Six semaines pour t'oublier

Abby McDonald

Six semaines pour t'oublier

Traduit de l'anglais (américain)
par Alice Delarbre

Wiz
Albin Michel

Titre original :
GETTING OVER GARRETT DELANEY
(Première publication : Candlewick Press, 2012)

Avertissement

Il faut que vous compreniez : je suis follement, désespérément, tragiquement même, amoureuse de Garrett Delaney depuis deux ans maintenant – depuis ce jour fatidique où j'ai levé les yeux de ma liste des « Dix meilleurs couples de tous les temps » pour le voir entrer avec nonchalance dans mon café habituel.

(Avant que vous ne rétorquiez qu'on ne connaît pas l'amour véritable à quatorze ans, je vous ferai remarquer que Roméo et Juliette, mon couple n° 4, n'avaient pas encore quitté le collège quand ils se sont rencontrés, or il ne viendrait à l'esprit de personne de remettre en question l'ardeur de leur passion.)

Mais revenons-en à Garrett. Il m'est soudain apparu, mince et dégingandé, avec son pantalon de velours passé, ses longs cheveux blond foncé qui tombaient négligemment sur ses yeux bleus mouchetés. Alors qu'il se tenait sur le seuil de la porte, une vieille sacoche de cuir en bandoulière, j'ai tout de suite su. Il était celui que j'attendais, celui que le ciel m'envoyait pour rendre, en un tournemain, mon existence à la fois infiniment meilleure et délicieusement douloureuse.

Parce que, oui, c'était le destin, vous ne me convaincrez pas du contraire. Comment expliquer autrement que le Café In – dont en général la moitié des tables, au mieux, étaient occupées par des bosseurs acharnés et des caféinomanes irréductibles – ait été envahi de jeunes mères et de leurs marmots braillards au sortir d'un cours de yoga, avec pour conséquence que je me retrouvais moi, Sadie Elisabeth Allen, à côté de l'unique table libre de tout l'établissement ?

Oublions même que ma meilleure amie, Kayla, était retenue à son cours d'alto, ce qui faisait que j'étais seule. Non, j'ai la certitude que notre rencontre, à Garrett et à moi, était écrite pour la raison suivante : de tous les livres pourris et cucul que j'aurais pu avoir sur moi (j'étais en pleine phase romans à l'eau de rose), il se trouve que j'avais choisi le vieil exemplaire abîmé des poèmes de Pablo Neruda que mon père m'avait donné. Et lorsque Garrett s'est affalé sur la chaise voisine et qu'il a posé les yeux dessus, un sourire en coin s'est immiscé sur ses lèvres – ce sourire qui, aujourd'hui encore, déclenche des réactions étranges dans mon estomac.

– *Vingt poèmes d'amour* ? a-t-il lu à voix haute tandis que j'essayais de ne pas m'étouffer avec mon cheesecake.

Le dieu des adolescents me regardait. Le dieu des adolescents me parlait !

– Neruda est mon poète préféré, a-t-il ajouté. J'adore son œuvre surréaliste.

D'une patience exceptionnelle, il a attendu que j'avale une gorgée de mon mocha à la crème fouettée et que j'intègre cette nouvelle donnée : les garçons mignons pouvaient engager une conversation intelligente avec moi et pas uniquement me bombarder de boulettes de papier mouillé pendant le cours de bio. Kayla avait raison, les choses seraient sans doute différentes au lycée.

– Tu savais qu'il n'écrivait qu'à l'encre verte ? ai-je fini par répondre, recyclant la seule anecdote que je connaissais à son sujet.

J'ai pris une inspiration et loué les dieux de la Publicité Mensongère pour avoir mis un soutien-gorge rembourré grâce auquel cet inconnu me donnerait au moins seize ans, avant de poursuivre :

– Parce que c'était la couleur de l'espoir.

– Vraiment ? Classe...

Après m'avoir considérée d'un air admiratif, il s'est présenté.

– Je m'appelle Garrett, je viens d'emménager à Sherman.

– Sadie, ai-je réussi à articuler. Bienvenue !

– Sadie..., a-t-il répété.

J'avais toujours rangé mon prénom dans la catégorie « vieille dame », avec Gertrude ou Ada, or soudain il prenait des accents glamour et exotiques.

– Alors, Sadie, dis-moi ce qu'on fait dans cette satanée ville si on veut s'amuser.

Il a accompagné sa phrase d'un sourire complice. Amis, camarades, et pourquoi pas couple star du lycée. Roi et reine de la promo. Il a suffi de ce sourire merveilleux pour que je voie notre avenir défiler devant nous, comme dans ces montages irrésistibles des comédies romantiques dont nous raffolions, avec Kayla : Garrett et moi flirtant pendant une partie de jeu d'arcade, Garrett et moi blottis l'un contre l'autre devant le présentoir d'un magasin de disques,

Garrett et moi allongés sur les berges de la rivière, main dans la main, en train de nous embrasser...

Et quelle importance si je ne savais pas jouer aux jeux d'arcade ou si le dernier magasin de disques avait fermé un an plus tôt ? Il m'avait suffi d'un coup d'œil pour savoir que c'était le début de mon histoire d'amour, à moi. Du balai, Elizabeth et Darcy (couple n° 6) ! Faites-nous de la place, Scarlett et Rhett (couple n° 9) ! Ma liste comportait deux nouveaux amoureux, et ils s'appelaient Sadie et Garrett.

Deux ans plus tard...

1

– Hé, joyeux anniversaire, toi !

Je me redresse si brusquement que le sang me monte à la tête et que le monde bascule du ciel bleu aux gradins gris avant de revenir à la pelouse luxuriante du terrain de foot désert. C'est la première semaine de l'été, et il n'y a personne à part Garrett, qui fond sur moi, un sourire entendu aux lèvres, les deux mains cachées dans le dos. Il porte son uniforme habituel : pantalon en velours défraîchi et chemise froissée, en l'occurrence ouverte sur un vieux tee-shirt des Clash qui, je ne peux m'empêcher de le remarquer, lui moule le torse. Cinquante pour cent preppy, vingt pour cent punk, trente pour cent rock indé anglais, et cent pour cent canon. Voilà Garrett.

– Ferme les yeux.

Il s'arrête à quelques centimètres ; le soleil couchant forme une sorte de halo autour de ses cheveux.

– Et pas de triche ! insiste-t-il.

Je fais tinter mes bracelets en applaudissant d'excitation.

– Un chaton ? Une licorne ? Un croisement entre un chaton et une licorne ?

– Tu voulais un chacorne ? me taquine-t-il. Pourquoi tu ne l'as pas dit ? Ils en avaient en rayon, mais j'ai pensé à tes allergies, et puis ces ailes qui s'agitent sans arrêt...

– Toutes les autres filles en ont ! Et les poneys sont passés de mode cette saison !

Un bruit sourd m'informe qu'il s'est laissé tomber sur l'herbe et je découvre, en soulevant les paupières, qu'il a toujours un sourire aux lèvres.

– Désolé, je me suis planté. Tu me pardonneras un jour ?

– C'est déjà fait.

Je secoue le paquet qu'il me tend. Garrett ne fait jamais rien emballer dans les magasins, pas plus qu'il ne se sert du rouleau de papier cadeau rangé dans le placard chez lui. Pour l'occasion, il a utilisé des pages tirées de livres d'occasion, au papier jauni et décoloré sur les bords. Tout en entreprenant de retirer, avec précaution, les différentes épaisseurs, je fais remarquer :

– J'adore vieillir. Chaque année de plus est un pas supplémentaire vers la mort, heureusement il y a les cadeaux.

– Tu devrais proposer ta maxime à un éditeur de cartes de vœux ! s'esclaffe-t-il. À ranger dans la catégorie « Anniversaire consumériste ».

– Parce qu'il y a d'autres catégories ?

La dernière couche de papier tombe sur la pelouse et je découvre mon butin : une pile d'exemplaires de la revue littéraire *Paris Review*, une compil rétro sur CD et un poche écorné des *Clochards célestes*, le roman de Kerouac.

– Merci ! je m'écrie, aux anges, tournant et retournant le livre. C'est génial ! Je rêve de le lire depuis une éternité... depuis que tu m'en as parlé, en fait !

– Tu me donneras ton avis. J'ai mis quelques notes dans la marge pour toi. Il me tarde qu'on prenne enfin la route ensemble. L'autoroute à perte de vue... Jusqu'en Californie !

Je me redresse sur les coudes avant de me prêter à ce petit jeu familier :

– Dormir dans des motels minables au bord des routes...

– Manger dans des diners...

– S'arrêter pour voir la plus grande pelote de laine au monde...

– Hors de question ! proteste-t-il. Pas de tourisme débile ! Nous partirons à la découverte de la véritable Amérique.

Il s'allonge à côté de moi, un bras négligemment posé sur ses yeux pour les protéger du soleil. J'observe un instant les ombres projetées sur ses pommettes parfaites. Je devrais être heureuse, je le sais – heureuse de mes cadeaux, heureuse de ce projet incroyable qu'il a mentionné une nouvelle fois. Pourtant il y a un détail qui cloche dans ce tableau idyllique. Dans celui-ci et dans tous les autres.

Nous ne sommes pas ensemble.

Je vous rassure tout de suite : je ne me l'explique pas non plus. Il devrait sortir avec moi ! Je sais depuis le jour de notre rencontre que nous sommes destinés. Enfin, la fatalité a la réputation de ne pas avoir sa pareille pour détruire espoirs et rêves, pour écrabouiller les cœurs sur les rochers cruels de la vie – demandez aux pauvres victimes des mythes grecs ! Il se trouve, voyez-vous, que je n'avais pas entièrement raison au sujet de Garrett, à l'époque. Pas au sujet de notre amitié future, non, car malgré mes craintes de le voir disparaître dans un trou noir le jour de la rentrée, il n'a pas hésité à adresser la parole à une modeste seconde et nous sommes devenus ce que j'avais imaginé : des potes, des amis, les meilleurs du monde même. Tout sauf ce que je convoitais en secret.

Des amoureux.

Et ça me tue. Ma mère trouve que j'exagère, mais je suis très sérieuse. On peut très bien mourir d'une peine de cœur – des scientifiques l'ont prouvé –, et le mien se brise régulièrement depuis ce premier jour. À cet instant précis, et comme chaque fois que nous sommes ensemble, il saigne dans ma cage thoracique, il bat au rythme désespéré d'un « aime-moi, aime-moi, aime-moi ».

À la dérobée, j'observe Garrett, étendu sur la pelouse. Il bâille en s'étirant ; son tee-shirt, qui se soulève légèrement, révèle plusieurs centimètres de peau dorée. Tais-toi, ô mon cœur !

J'étouffe un soupir familier. Ce serait différent s'il était hors de portée – gay, par exemple, ou dingue d'une autre fille –, pourtant je ne peux même pas me rassurer avec une explication rationnelle. Peu importe sa copine du moment, et il y en a souvent une, il est toujours aussi proche de moi. De plus en plus proche, même, puisque je suis celle qui recueille ses confessions les plus intimes et qui connaît ses peurs les plus noires, celle qui débarque avec une pizza et des Coca lorsque l'inévitable rupture a lieu. Depuis deux longues années, nous sommes inséparables. Et depuis deux longues années, j'attends désespérément plus.

Garrett ne reste jamais immobile très longtemps ; au bout de deux minutes, il se redresse, impatient.

– Alors, tu es prête pour la suite de ton anniversaire ? On a une longue soirée de festivités devant nous.

– Tant que tu as prévu du sucre et de la caféine, je réponds d'un ton léger, comme si je ne venais pas de me perdre en considérations sur ses sublimes abdominaux.

– Tu peux compter sur les deux.

Je fourre mes cadeaux dans ma besace en cuir usé et nous prenons la direction du parking. Mon jean effiloché traîne dans l'herbe.

– Tu as déjà choisi tes cours pour le stage ? me demande-t-il alors que je ferme les poings pour oublier que nos doigts ne sont pas enlacés.

– Pas encore, j'avoue. Celui sur les nouvelles a l'air chouette...

– Ma main à couper qu'il le sera, insiste-t-il, enthousiaste. Et tu deviens vraiment bonne dans ce domaine, tu as fait de sacrés progrès cette année.

Garrett n'a pas le compliment facile.

– Merci. Alors va pour les nouvelles !

Je repense au merveilleux été qui nous attend. Six semaines ensemble pour suivre un stage intensif d'écriture dans les bois du New Hampshire – qui pourrait rêver d'une retraite plus romantique ? Bien sûr, il y aura les huit heures de cours par jour, mais elles fileront à toute allure. Ce sont les soirées que j'attends avec le plus d'impatience. Me blottir contre lui devant le feu de camp, me promener avec lui au clair de lune près du lac... Voilà l'occasion que j'espérais, je le sais. Nous n'avons pas encore reçu la réponse à nos candidatures, cependant Garrett, qui connaît l'un des professeurs par l'intermédiaire de ses parents, m'a assuré que c'était du tout cuit.

Nous rejoignons sa vieille Vespa, esseulée sur le bitume.

– Salut, Vera, je roucoule en caressant la carrosserie. Comment vas-tu ?

– Capricieuse, à son habitude.

Garrett me tend le deuxième casque, cerise.

– Oh, je suis sûre qu'elle te fait juste tourner en bourrique !

Par superstition, je donne trois coups sur le métal au moment d'enjamber le siège. Ça peut paraître débile, mais c'est notre rituel. La seule fois où je ne m'y suis pas livrée, Vera a piqué une colère et nous a lâchés quelque part entre la dernière station-service et le lotissement à l'abandon, à l'entrée de la ville. On s'est caillés sous la pluie le temps que ma mère vienne nous chercher, armée d'un : « Je vous l'avais bien dit », ainsi que d'un laïus sur les dangers de la route, surtout pour les deux-roues, rebaptisés les « donneurs d'organes ».

– Tu crois qu'elle tiendra le coup encore un an ? je demande avant de mettre le casque.

Avec une indignation feinte, Garrett rétorque :

– Tu devras me passer sur le corps pour m'arracher Vera !

J'éclate de rire.

– À ta place, je reconsidérerais cette métaphore ! Avec toutes les brochures de sécurité routière que ma mère laisse traîner à ton intention...

– Suffit, petite, me réprimande-t-il en grimpant devant moi. Qu'as-tu fait de ton sens de l'aventure ?

– Il n'y a pas plus aventurière que moi !

Je noue mes bras autour de sa taille. Peu m'importe l'aventure, au fond, ce voyage me fournit surtout un prétexte pour me serrer contre lui.

– Je te rappelle que je vais voir tous ces films étrangers avec toi ! j'ajoute.

Garrett démarre le scooter et, lentement, nous traversons le parking.

– Tu adores ça ! Ne prétends pas le contraire ! hurle-t-il pour couvrir le raffut du moteur.

Je ne réponds rien. Parce que je les aime. Et que je l'aime, lui.

Le Café In est en pleine effervescence : les caféinomanes du soir jouent des coudes avec les étudiants inscrits aux cours d'été, planqués derrière leurs bouquins. Nous nous dirigeons vers notre table habituelle, au fond, contre le mur tapissé de vieux posters de concerts de rock, abîmés et délavés.

– Comme d'habitude ? me demande Garrett.

– Yep !

Après m'être affalée sur la banquette en cuir craquelé, j'ajoute :

– Tiens, je dois avoir...

Garrett repousse mes billets froissés.

– Tu plaisantes ? On fête le jour de ta naissance. Je ne veux pas de ton argent !

Je profite qu'il se dirige vers le comptoir pour m'installer plus confortablement et observer la scène. Ce café est ce que Sherman, petit bourg du Massachusetts, a de mieux à offrir en matière de sortie : le seul endroit un tant soit peu branché au milieu de l'océan d'enseignes standardisées, supermarchés, restaurants et solderies de fringues rasoir. Je vis en plein désert culturel. Et je n'exagère pas. Après des années de prières aux dieux de l'Expérience Culturelle, j'ai dû me rendre à l'évidence : cette ville est une cause perdue. L'ouverture du centre commercial aux abords de Sherman avec, retenez votre souffle, un restaurant mexicain de la chaîne Chipotle, a été l'objet de toutes les conversations au bahut pendant une semaine au moins. Non, la culture se mérite, ici : soixante-cinq kilomètres pour la ville universitaire la plus proche et deux heures jusqu'à Boston où, avec Garrett, nous nous gavons de nourriture indienne, de films d'art et essai, sans oublier la douce, si douce odeur de papier jauni des librairies d'occasion.

Je dois bien reconnaître pourtant que, dans le genre îlot perdu dans une mer de banalités, le Café In se défend. Les murs de brique nue, les piliers en acier et les reproductions d'art moderne auraient leur place à Brooklyn, voire Chicago, et il y a toujours de la bonne musique. Il suffit de poser la question pour que les serveurs vous donnent le nom du groupe et de l'album – puis s'empressent de préciser qu'il est moins bon que le précédent, datant de l'époque où il y avait un autre bassiste et où le chanteur n'avait pas vendu son âme à une grande maison de disques.

– Salut, la môme.

LuAnn fait claquer son chewing-gum au moment de débarrasser la table voisine. Enfin, LuAnn, c'est le prénom qu'indique son badge au style rétro, et elle m'a toujours trop impressionnée pour que j'ose vérifier qu'elle s'appelle bien comme ça.

– Très mignonnes, tes chaussures, observe-t-elle.

– Oh, merci... Elles viennent du supermarché.

– Tu les portes à merveille, dit-elle avec un clin d'œil avant de s'éloigner en se déhanchant.

Ses sandales roses années cinquante sont assorties à sa robe à fleurs. Je baisse les yeux sur mes baskets rouges avec une pointe de fierté. Un compliment de la reine en titre de l'élégance vintage vaut de l'or : LuAnn se pavane toujours dans des tenues impossibles, ses longs cheveux rouges relevés en chignons élaborés ou coiffés en ondulations très travaillées. Elle ne doit pas avoir beaucoup plus que moi, vingt ans au maximum, mais elle dégage une confiance incroyable que je suis à des kilomètres de pouvoir ne serait-ce qu'imiter. Non que je m'y essaierais, d'ailleurs.

– Fais un vœu, m'annonce Garrett à son retour.

Il dépose devant moi un plateau avec nos boissons et un cupcake surmonté d'une seule bougie.

– Ça n'était pas la peine ! je proteste, même si à l'intérieur j'exulte.

Il en a choisi un à la framboise, mon préféré. Il s'en est souvenu !

– Bien sûr que si, c'est un jour important. Tu as dix-sept ans. Tu peux... tu ne peux rien faire de plus qu'à seize, s'esclaffe-t-il avec une grimace. Et ça se fête quand même ! Tu es grande maintenant.

– Tant que tu ne chantes pas, le mets-je en garde avec un sourire avant de souffler la bougie. Tu nous ferais bannir d'ici à vie.

– Es-tu en train d'insinuer que je chante faux ?

– Je dis juste que la dernière fois que tu as entonné le refrain d'une chanson de Radiohead, la moitié des chats du voisinage sont devenus dingues.

Je plonge le doigt dans le glaçage du cupcake. À quoi sert un gâteau sinon à tenir lieu de support au glaçage, de toute façon ?

– Miam !

Garrett m'imite de son index taché d'encre et j'écarte sa main d'une tape.

– Aïe ! s'écrie-t-il en me tirant la langue, couverte de vermicelles multicolores. Quel est ton vœu, alors ?

Je hausse les épaules.

– Comme d'hab : la paix dans le monde, remporter le prix Nobel... et rencontrer Justin Bieber !

– Tu mets la barre haut, j'aime ça.

– On a le droit de rêver.

J'entame le cupcake pour oublier mon mensonge. En vérité, j'ai fait le même vœu qu'à chaque fois que je m'y autorise. C'est lui que je veux.

Une bande de filles s'approche en gloussant ; elles doivent avoir quatorze ou quinze ans et se dirigent vers les toilettes. Elles sont bruyantes et surexcitées.

– Oh mon Dieu ! Il faut ab-so-lu-ment qu'on aille voir ce film !

– Je sais ! Il est trop cra-quant !

– Vous croyez que c'est vraiment lui qui vole ou un cascadeur ?

– Impossible, il ne prendrait jamais un risque pareil !

J'échange un regard amusé avec Garrett.

– La vache, il faudrait les enfermer dans une pièce et leur montrer ce qu'est la vraie culture, murmure-t-il d'un ton de conspirateur.

J'éclate de rire.

– Je suis sérieux ! réplique-t-il. Une génération entière nourrie aux stars en plastique et aux happy ends.

– Leur seule chance de découvrir la littérature, c'est si Disney s'en empare. « Bientôt sur vos écrans *Anna Karénine*, la comédie musicale ! »

Il ricane dans son café et j'éprouve une certaine fierté quant à mon trait d'esprit. Les filles s'éloignent et Garrett s'assied.

– Alors, ta mère t'offre quoi ?

– Aucune idée.

Je verse la moitié du sucrier dans mon café – c'est le seul moyen que j'ai trouvé pour réussir à le boire noir. Garrett prétend que les compositions glacées et sirupeuses qu'ils servent ici ne sont rien d'autre que des milk-shakes prétentieux, des trucs de gamins, et je me suis mise aux boissons d'adultes dès que je l'ai connu.

– Elle m'a annoncé une grande surprise pour mon retour, ce soir.

– Elle a peut-être cédé pour la voiture, suggère-t-il. Tu as laissé traîner la liste de modèles d'occase, hein ?

D'un regard dubitatif, j'évacue cette possibilité.

– On parle bien de la même femme, non ? Haute comme trois pommes, survoltée et légèrement étouffante ?

– D'accord, peut-être pas... Mais elle sera bien obligée de lâcher du lest à un moment, non ? Tu es en première, tu ne vas pas prendre le bus toute ta vie.

– Merci de me le rappeler, dis-je avec une grimace.

Au cas où ça n'aurait pas fait tilt dans votre esprit, je n'entrerai pas en terminale à la rentrée. Au nombre de mes multiples désaccords avec ma mère, celui-ci est le plus douloureux de tous. Alors que je viens d'avoir dix-sept ans, je ne serai qu'en première après l'été. Tel est le destin de ceux nés hors année scolaire. Bien sûr, elle a les rapports des psychologues de son côté – et croyez-moi, elle est capable de les citer par cœur –, selon lesquels il vaut mieux être l'enfant le plus avancé et mature de son groupe que la fillette sous-développée avec des notes moins brillantes et surtout une poitrine beaucoup moins avantageuse. En toute honnêteté, je troquerais sans la moindre hésitation ce sentiment constant d'être la vieille de service, pas à sa place, contre le manque d'assurance inhérent à la taille d'un soutien-gorge.

– La connaissant, elle nous a sans doute concocté une petite escapade mère-fille, je soupire. Un atelier pour prendre conscience de notre potentiel commun, ou une autre activité tout aussi réjouissante.

C'est le prix à payer pour avoir une coach de vie à la maison. La dernière fois, j'ai eu droit à : « Faire advenir son excellence intérieure en sept étapes », ce qui n'incluait ni room service, ni télé câblée. Vous imaginez le cadeau...

Garrett me gratifie de son fameux sourire en coin, mais cette fois celui-ci ne gagne pas ses yeux. Il joue avec l'anse de sa tasse, et je comprends que quelque chose cloche. J'ai un sixième sens pour détecter son humeur, et aujourd'hui elle ne ressemble pas à un ballet de petits lapins blancs sous un grand soleil.

– Qu'est-ce qu'il y a ? Tout va bien ?

– Oui, oui, très bien... Hé, tu as vu ce documentaire sur Warhol et la Factory ?

Garrett sirote son café l'air de rien, seulement je le connais par cœur.

– Nan. Et tu ne réussiras pas à me distraire aussi facilement. Crache le morceau, je lui ordonne en posant les coudes sur la table et en plongeant mes yeux dans les siens. Je suis sérieuse. Tu me caches quelque chose.

Il souffle avant de répondre :

– Rien d'important... Enfin, c'est ton anniversaire, ce n'est pas le moment d'en parler.

– Garrett !

Là, je commence à m'inquiéter.

– Qu'est-ce qu'il y a ? j'insiste. Tu sais que tu peux tout me dire.

Après un silence, il prononce les mots que j'ai toujours rêvé d'entendre, juste après « Je t'aime » et « Je ne peux pas vivre sans toi. »

– Je... euh... Beth et moi, on a rompu.

2

– Vous avez quoi ?

J'en ai le souffle coupé. Cet anniversaire est miraculeux : j'ai adressé un vœu à l'univers et j'ai été exaucée ! Bon, d'accord, Garrett ne m'a pas soulevée dans ses bras pour me donner un baiser passionné et il ne s'est pas dit incapable de vivre sans moi. N'empêche, c'est un début.

M'efforçant de cacher ma joie, je demande :

– Quand ? Pourquoi tu n'as rien dit ?

Gêné aux entournures, il répond :

– C'est arrivé hier soir. Enfin, il y a un moment qu'on se dispute, mais... Je ne sais pas. Je ne voulais pas gâcher ton anniversaire avec mes histoires.

Il continue à jouer avec sa tasse de café, visiblement embarrassé.

– Garrett ! Qu'est-ce qui s'est passé ? Elle t'a trompé ? Tu as fini par te lasser de ne jamais la voir sortir le nez de son *Cosmo* ? Elle a piqué une crise de trop ?

Garrett a un faible pour les rousses, inscrites au club théâtre de surcroît. J'ai pensé à me teindre et à me présenter à l'audition pour la pièce de fin d'année, avant de réaliser que ça ne m'avancerait sans doute pas... Je me reprends :

– Attends, je m'excuse.

Je suis là pour jouer la bonne copine pleine de compassion et pas l'hystérique euphorique pleine d'espoir.

– Ça va, toi ? j'ajoute. C'est le plus important.

Il hoche la tête sans conviction. La façon dont il presse l'index sur les grains de sucre parsemant la table me ramène brusquement sur terre. Cette rupture l'a blessé, et je ne peux pas me réjouir de le voir souffrir, même si la cause de son chagrin me met aux anges.

– Ça devait arriver, je suppose, dit-il. Elle a fini le lycée, maintenant. Et c'était plutôt tendu ces derniers mois.

– Parce qu'elle est cinglée, fais-je remarquer.

– Non ! Beth est juste... compliquée. Elle exige beaucoup d'attention.

– Cinglée, je persiste en secouant la tête. Elle s'emportait pour un oui ou pour un non !

Vous vous dites peut-être que je manque un poil d'objectivité pour juger le caractère des copines de Garrett, mais croyez-moi sur parole, je ne suis pas aveuglée par la jalousie ou un amour à sens unique. Pour avoir tenu la chandelle à d'innombrables occasions, au cinéma ou après les cours, je ne m'avance pas en affirmant que Beth Chambers est une hystérique caractérielle. Et je peux enfin le dire tout haut !

– Tu seras tellement mieux sans elle, je le rassure avec ferveur. Je ne comprends même pas pourquoi tu es sorti avec elle.

Et encore moins comment ça a pu durer cinq mois. Cinq longs mois de souffrance, à le regarder l'admirer, chacun de ses baisers pareil à un minuscule poignard planté dans mon cœur.

Un sourire nostalgique aux lèvres, il répond :

– Parce qu'elle est belle. Et imprévisible… Elle m'a inspiré les poèmes les plus…

Je me mords la lèvre. O. K., on n'en a pas tout à fait fini avec les coups de couteau.

– Pourtant, ça n'a pas vraiment marché, si ? Vous vous êtes bien séparés pour une raison…

Il opine, résigné.

– Elle voulait que je m'engage. Qu'on reste ensemble à la fac. Elle m'a posé un ultimatum : si je ne pouvais pas lui faire cette promesse, ça ne servait à rien de continuer.

Il a la voix serrée, et si j'ai attendu cette nouvelle – prié pour l'entendre ! – depuis qu'ils se sont embrassés à la soirée de Lexie Monroe, je ne peux pas m'empêcher d'avoir de la peine pour lui.

– Tu as pris la bonne décision, Garrett. Tu ne le regretteras pas, je te le garantis.

Il n'est hélas pas convaincu.

– Je ne sais pas. Je tenais à elle… Je tiens encore à elle. Elle n'était pas toujours… facile, j'en ai bien conscience, seulement quand on était ensemble, rien que tous les deux, c'était incroyable.

– Mais elle t'a posé un ultimatum, j'insiste avec douceur. Qui aurait pu lui garantir une chose pareille, de toute façon ?

Il réussit à sourire.

– Je sais bien. Ça ira mieux bientôt, enfin j'espère… Voilà pourquoi je ne voulais pas en parler ! ajoute-t-il en levant les yeux au ciel. Je ne tiens pas à déverser sur toi mes angoisses existentielles. Pas aujourd'hui.

– À quoi servent les meilleurs amis ?

Je me redresse sur la banquette et ajoute d'un ton enjoué :

– Allez, on arrête de se morfondre, on a un film à voir, je te rappelle ! *Before Sunrise* !

– Tu es sûre ?

– Hmmm, laisse-moi réfléchir...

Je fais semblant de considérer la question.

– Une soirée avec Ethan Hawke et une pizza... quelle horreur ! je m'écrie.

Sans oublier que je devrai me blottir contre Garrett sur le canapé, qui a le grand avantage d'être riquiqui. Il finit par se fendre d'un sourire, sincère cette fois, et me passe un bras autour des épaules alors que nous nous dirigeons vers la sortie.

– On va faire une teuf d'enfer, pour ton anniversaire ! martèle-t-il, dans une piètre imitation de rappeur.

– Aïe, mes oreilles ! Arrête ça tout de suite !

Je lui donne une bourrade taquine.

– On va parler de Schopenhauer, pour ton anniversaire !

– Je te renie officiellement, Garrett Delaney, dis-je en m'éloignant.

Il slame encore plus fort.

– On se saoulera à la bière, pour ton anniversaire !

Je surprends le regard de LuAnn au passage. Elle me sourit, et je rougis.

– Il n'est pas sortable, j'observe alors que Garrett gesticule, se prenant pour le membre d'un gang démodé.

– On n'est pas sortis d'affaire, pour ton anniversaire !
– Et tu te prétends poète...

Quand Garrett me dépose chez moi après notre marathon ciné – et un énorme pot de croquants aux cacahuètes –, j'ai réussi à le convaincre que sa rupture avec Beth est ce qui pouvait lui arriver de mieux. En tout cas, c'est la meilleure chose qui me soit arrivée, à moi, j'en suis certaine. Enfin, les dieux des Amours à Sens Unique sont de mon côté : Garrett est redevenu célibataire juste à temps pour notre stage d'écriture. Je nous vois déjà là-bas... Les journées animées par une saine émulation visant à nous faire atteindre des sommets littéraires vertigineux, les soirées consacrées à des rendez-vous secrets et romantiques sous les étoiles.

Après deux années de supplice, le destin est à nouveau mon allié !

– Souviens-toi, interdiction de broyer du noir en relisant ses anciennes lettres d'amour, je lui ordonne avant de ranger le casque sous la selle du scooter.

– Oui, chef ! s'esclaffe-t-il.

– On se voit demain ? On pourrait passer la journée à lire au bord de la rivière.

– Bonne idée.

Il fait vrombir le moteur, puis ajoute :

– Appelle-moi dans la matinée, d'ac ?

Des étoiles dans les yeux, je le regarde s'éloigner : Vera crachote le temps qu'il redescende la rue, tache rouge sur le vert des chênes touffus et des pelouses qui auraient bien besoin d'être tondues. Avec ma mère, nous vivons dans la partie la plus ancienne de la ville, où pullulent les maisons de style colonial, biscornues, et leurs jardins luxuriants. La famille de Garrett, elle, habite à l'opposé, dans l'une des résidences récentes au bord du lac : les pavillons flambant neuf, d'inspiration médiévale avec leurs colombages, ont des moquettes épaisses blanc cassé et des canapés sur lesquels on laisse une trace rien qu'en les regardant.

– Salut, Sadie !

Je me retourne et aperçois, de l'autre côté de la rue, Kayla. Assise sur les marches de son perron, elle porte une jolie tunique imprimée et un short en jean.

– Joyeux anniversaire, dit-elle en agitant la main. C'est bien aujourd'hui, non ?

– Oui, merci !

Aucune de nous deux ne traverse, pourtant. Le lycée a distendu les liens que nous avions tissés durant notre enfance, à coups de soirées pyjama et d'après-midi de jeux. Nous nous entendons toujours bien, mais il est évident que nous sommes différentes maintenant. Après avoir rencontré Garrett, j'ai intégré l'équipe du magazine littéraire, alors que Kayla est devenue ce genre de fille dynamique et enthousiaste qui attache sa queue-de-cheval blonde avec des élastiques de couleur vive et échange des ragots sur les stars. Depuis un an, elle sort avec un terminale qui veut être basketteur, Blake, et parfois, quand Garrett me dépose en fin de soirée, nous apercevons son pick-up bleu, garé plus bas, les vitres couvertes de buée.

Alors que j'hésite justement à m'approcher afin de parler à Kayla, le pick-up en question tourne le coin de la rue, fenêtres ouvertes et rock à fond. Elle saute sur ses pieds pour rejoindre son copain.

– Amuse-toi bien ! me dit-elle.

Blake lui ouvre la portière de l'intérieur ; elle grimpe, l'embrasse longuement avant qu'il ne redémarre, un bras autour de ses épaules.

Un étrange pincement de jalousie me serre le cœur, lorsqu'ils s'éloignent. Non que j'entretienne une passion secrète pour les sportifs incapables d'aligner plus de deux mots – je mourrais d'ennui si je passais plus d'une heure avec Blake. Je l'ai croisé à une ou deux reprises, et si je dois reconnaître qu'il est mignon (dans le genre bronzé et gominé), il n'a rien à raconter. Et quand je dis rien, c'est rien. Le néant absolu. Avec Garrett, nous discutons pendant des heures, de tout : politique, philosophie, religion. Il m'amène à porter un regard neuf sur le monde. C'est ça, le véritable amour : être sur un pied d'égalité intellectuelle. Il est mon Ted Hughes. Moi, sa Sylvia Plath. Enfin, sans la partie où je me colle la tête dans un four.

J'ai à peine refermé la porte d'entrée que ma mère jaillit de la cuisine, resplendissante dans son ensemble de yoga en velours turquoise. C'est la seule femme de l'univers qui repasse ses tenues d'intérieur.

– Trésor ! s'exclame-t-elle, rayonnante. Je t'attendais ! Tu es prête pour ta surprise ?

– Bien sûr. Laisse-moi juste le temps de me changer...

– Inutile ! Ton cadeau est en haut.

Je la suis au premier. D'après tout le monde, nous nous ressemblons, avec notre teint pâle et nos cheveux foncés, qui ont tendance à boucler. Elle, en version réduite et harmonieuse, quand moi j'ai hérité de la taille démesurée de mon père et de son côté anguleux – ainsi condamnée à fréquenter toute ma vie le rayon « grandes tailles » des magasins de vêtements et à m'entendre dire par les profs de gym que je devrais tenter une carrière dans les sports collectifs.

– Ferme les yeux !

C'est la seconde fois de la journée que je reçois cette injonction. J'attends patiemment qu'elle ouvre la porte de ma chambre.

– Et voilà !

Je soulève les paupières... et laisse aussitôt échapper un gémissement de détresse.

– Qu'est-ce que tu as fait, maman ?

Envolés, mes montages photos maladroits ; tous mes clichés sont dorénavant minutieusement punaisés sur un tableau en liège dans un coin. Mon bureau, dont le désordre répondait à un système personnalisé, se résume à présent à un ensemble de boîtes de rangement de couleurs différentes et une bannette à courrier en métal brillant. Ma collection de vieux bouquins a tout bonnement disparu, tout comme les vêtements que j'avais pris le soin d'empiler – oui, je l'avais fait avec amour – sur ma table de nuit, ma moquette et ma commode...

– Qu'en dis-tu ? s'exclame-t-elle en tournant sur elle-même, aussi fière qu'un mannequin dans un catalogue. J'ai organisé ta penderie, tu vois ? Tout répond à un code couleurs, avec des compartiments et des boîtes. Et j'ai rangé ton bureau pour qu'il soit le plus fonctionnel possible, avec un système de classement et...

– Maman !

Je l'ai interrompue, horrifiée par les bouleversements qu'elle a imposés à mon fatras parfait.

– Je croyais qu'on était d'accord : tu devais m'épargner tes talents de coaching !

Pas démontée une seule seconde, elle rétorque :

– Mais ça va te plaire, ma chérie ! Tu vas pouvoir être tellement plus productive, grâce à ça. Et tu sais ce que je répète toujours : un environnement ordonné est la garantie d'une vie intérieure harmonieuse !

– Et toi, tu sais ce que Nietzsche répète ? « Il faut avoir du chaos en soi pour accoucher d'une étoile dansante » !

Elle pâlit aussitôt.

– Accoucher ?

– C'est une métaphore !

Je retiens mon souffle puis ajoute :

– Et où sont passés tous mes bouquins ?

– Là, répond-elle, le doigt pointé vers l'étagère pleine de livres classés avec soin.

Des livres si neufs qu'ils brillent.

– Les autres étaient abîmés, je les ai tous remplacés par une édition plus récente.

– Mais...

Je ne peux pas poursuivre, tant les mots me manquent. Avons-nous vraiment un lien de parenté ?

– C'est l'intérêt ! finis-je par m'exclamer. Qu'ils soient vieux ! Ils ont appartenu à quelqu'un d'autre avant. Ils étaient remplis de notes. Ils avaient une histoire, une signification, une...

– Très bien, très bien !

Ma mère réalise enfin qu'elle a été trop loin en touchant à ma bibliothèque. Elle pose une main qui se veut rassurante sur mon épaule et fait marche arrière.

– Je les ai entreposés dans un carton, dans le garage. On peut aller les chercher.

– Merci, dis-je avec un soupir de soulagement. Et... euh... merci, j'ajoute, soucieuse de ne pas passer pour une morveuse ingrate. Pour tout ce que tu as fait. C'est une... gentille intention.

Elle me sourit.

– Je te le promets, ma chérie, donne-toi quelques jours et tu seras conquise par cette nouvelle organisation. C'est par là que je commence avec tous mes clients. Regarde, je t'ai même préparé un tableau pour que tu puisses planifier tes objectifs personnels et répertorier tes succès.

– Merci, maman...

Ça me pendait au nez, je suppose. Depuis des années, elle brûle de se saisir de mon cas : de me compter au nombre des petits clones qui veulent se réaliser en sept étapes et qui suivent les listes et programmes qu'elle leur distribue comme une institutrice des exercices de coloriage. Elle était chouette autrefois... Étourdie et dotée d'une âme d'artiste, elle s'accomplissait en modelant des sculptures abstraites en terre cuite. Elle s'absorbait tellement dans ses projets que, parfois, elle perdait toute notion de temps. On devait alors se contenter de manger des sandwichs au beurre de cacahuètes et à la confiture pour le dîner et rester en pyjama les jours de lessive.

C'était génial.

Puis mon père nous a quittées pour se consacrer au saxophone. Il a suivi son groupe en tournée, et du jour au lendemain elle s'est muée en étrangère : elle s'est mise à engloutir des livres de développement personnel et à participer à des stages le week-end, ce qui l'a peu à peu privée de toute spontanéité, la transformant en déesse de la performance et de la pensée positive. On peut dire que ça a été efficace. Elle a décroché son diplôme de coach et aujourd'hui elle a une tonne de clients qui lui versent des sommes ridicules pour qu'elle leur lave le cerveau... euh, pardon, pour qu'elle leur transmette son savoir.

Mais je ne suis pas de ceux-là.

Nous considérons, Garrett et moi, que l'ordre et la structure sont les ennemis mortels de la création. Vous imaginez Emily Dickinson en train d'écrire ses poèmes dans un cahier avec des onglets de couleur ? Ou Shakespeare s'inspirer de la citation du jour d'une éphéméride ?

Je ne crois pas, non.

Ma mère tourne les talons pour sortir et je m'affale sur mon lit – fait au carré.

– Attends ! la retiens-je. On a eu du courrier ? Des nouvelles du stage d'écriture ?

– Pourquoi tu ne regarderais pas dans ta bannette ? rétorque-t-elle avec un clin d'œil.

Je me jette dessus. Elle contient une seule enveloppe, blanche.

– Pourquoi tu n'as rien dit ? je m'écrie en l'ouvrant si brusquement que je déchire aussi la feuille qu'elle contient.

– Du calme ! s'esclaffe-t-elle, tandis que je parcours à toute allure les petites lettres imprimées.

Chère mademoiselle Allen,

Nous vous remercions d'avoir postulé à notre programme d'été. Nous sommes néanmoins au regret de vous informer qu'en conséquence du nombre élevé de candidats qualifiés cette année, nous avons décidé de limiter les inscriptions à ceux qui ont déjà au moins terminé leur année de première...

Je suspends ma lecture. Impossible. Et pourtant, c'est bien écrit noir sur blanc, dans cet horrible Times New Roman.

Nous sommes néanmoins au regret de vous informer...

Je laisse retomber le long de mon corps la main qui tient la lettre.

– Je n'ai pas été prise.

– Quoi ?

Maman m'arrache le courrier pour en prendre connaissance.

– Oh, ma chérie, je suis désolée. Mais tu vois : « Votre dossier présentait des qualités indéniables, nous vous invitons donc à postuler à nouveau l'été prochain. » Tu n'es pas en cause, c'est une simple question d'âge.

– Pas d'âge, je rispote les dents serrées. De niveau d'études.

Elle n'a même pas l'élégance d'afficher une mine coupable.

– Ça vaut sans doute mieux. Tu n'aurais pas été à l'aise, étant la plus jeune, tu aurais eu du retard sur tout le monde.

Je ne me fatigue pas à lui expliquer que je n'aurais eu aucun retard, que je suis en avance la plupart du temps. À la place, je relis la lettre, alors que mon dernier soupçon d'espoir se fracasse en un million de morceaux.

Pas de stage d'écriture pour moi. Pas d'été passé à citer des poèmes sous les étoiles avec Garrett. Rien.

Je resterai toute seule.

3

La candidature de Garrett a été retenue, bien sûr. Il a déjà été publié, deux fois !, dans d'obscures revues littéraires de Nouvelle-Angleterre, et il a remporté le concours régional du meilleur poème inspiré par l'œuvre de Walt Whitman. Je n'aurais pas été surprise qu'ils lui proposent d'enseigner, plutôt, ou qu'ils lui confient la direction d'un des ateliers. Je le vois d'ici en train de flâner sur les rives du lac, en pleine conversation passionnante avec la sublime, et jeune, enseignante de littérature (parce que, évidemment, il y en aura une, une fille charmante de vingt-quatre ans ayant publié plusieurs recueils de nouvelles et possédant un goût prononcé pour les élèves de terminale exaltés).

Je suis à la torture pendant le reste de la semaine, m'efforçant de ne pas broncher à chaque bourde de Garrett, à chaque mention enthousiaste des gens avec qui il va partager sa chambre ou de son emploi du temps. Il me croit désespérée à la perspective de ne pas consacrer mon été à explorer mes talents intellectuels. Bien entendu, c'est le cas, mais je suis surtout effondrée à l'idée de ne pas passer ce temps-là avec lui.

– Hé, tout ira bien, me rassure-t-il pour la énième fois.

Je me suis échappée du dîner de Shabbat pour me rendre à la soirée d'un élève de terminale, dans les bois. Après avoir vérifié que sa Vespa est solidement attachée, il se tourne vers moi.

– Je t'enverrai par mail toutes mes notes de cours, comme ça tu pourras les suivre à distance. Tu seras une auditrice libre, en quelque sorte.

– Tu as raison.

Je continue à prétendre que l'écriture est ce qui m'importe vraiment dans cette histoire.

– J'aurai terminé mon grand roman américain à ton retour.

– Pas si vite, dit-il avec un éclat de rire. Vise d'abord le roman américain potable.

Nous prenons la direction de la maison.

– Alors...

Je m'interromps le temps de calculer le nombre, ridicule, de jours qu'il nous reste avant son départ.

– C'est notre dernière soirée ensemble ?

Son visage s'illumine.

– À t'entendre, on croirait qu'on ne se reverra jamais ! Je ne pars que six petites semaines.

Il me passe un bras autour des épaules et me serre contre lui.

– On va faire en sorte de la rendre inoubliable, d'accord ? conclut-il.

Je hoche la tête – ma voix risquerait de me trahir –, et nous longeons une collection de voitures de sport rutilantes. Paul vit à quelques pâtés de maisons de Garrett, au fond d'une impasse. Pas besoin de gardien pour suggérer que n'importe qui ne met pas les pieds ici !

– Hé, Garrett, tu es là !

Un groupe de types de terminale l'accapare à la minute où nous franchissons le perron flanqué de colonnades. Garrett n'a jamais été très populaire au lycée de Sherman – même si on se pâme dans les cercles du club théâtre et du magazine littéraire à son passage, il ne peut pas prétendre concurrencer les rois incontestés du lycée. Ce soir, pourtant, ils se tapent tous dans le dos et entrechoquent leurs poings avec virilité, comme des amis de longue date que rien ne pourrait séparer. J'ai déjà remarqué ce phénomène étrange à la fin de l'année scolaire : une franche camaraderie se répand parmi les élèves qui vont quitter le lycée, balayant toutes les rancunes et les hiérarchies instaurées à la cafétéria, au point que des filles qui ont passé plusieurs années à cracher les unes sur les autres se tombent tout à coup dans les bras, en larmes, devenues les meilleures amies du monde, alors que des garçons plaisantent avec leurs anciennes victimes – des geeks à qui ils mettaient la tête dans les toilettes à chaque intercours (c'était juste le lycée qui voulait ça, sans rancune, hein !).

Le pouvoir de ce genre de réunion est si grand qu'il rayonne même sur une élève de seconde, esseulée comme moi. Julie Powers m'étreint de toutes ses forces pendant que j'attends Garrett.

– Je n'arrive pas à croire que c'est terminé ! s'écrie-t-elle en m'étouffant.

Son mascara, qui coule, mouchète ses joues rougies de

taches noires : je ne suis sans doute pas la première victime de sa nostalgie, ce soir.

– Mmm-mmm, je murmure.

– Non mais sérieux ? Qu'est-ce qu'on va faire maintenant ? Qui est-on vraiment ?

– Ah, l'heure des questions existentielles...

– Quoi ? demande-t-elle en s'écartant et en se renfrognant.

– Rien, réponds-je avec un sourire. Passe un bel été !

Je m'éloigne et me mêle à la foule des invités. Notre lycée est plutôt petit à l'échelle du pays, et je connais presque tout le monde de vue. Les étudiants de la fac sont, comme toujours, agglutinés autour du fût de bière, les skaters avachis dans le salon devant la Xbox et l'écran plasma, alors qu'une bande de filles danse à l'autre bout de la pièce, en agitant des gobelets en plastique et en renversant du punch jaune fluo.

J'établis mon campement dans la cuisine, où j'observe le festin : des chips et des sauces à perte de vue, des pizzas, des montagnes de cookies...

– Bouh ! me souffle Garrett à l'oreille.

Je bondis de surprise.

– Oh, c'est toi.

Je lui donne une tape puis ajoute :

– Tu m'as fait peur. Pourquoi tu continues à me surprendre, comme ça ?

– Parce que tu pousses toujours ce petit cri ridicule.

Il éclate de rire et me tend un gobelet rouge vif. Devant mon hésitation, il précise :

– Coca light. Je ne chercherais pas à te détourner du

droit chemin, tu es bien trop jeune et influençable pour ça.

– Ha ! dis-je avant d'avaler une gorgée. Essaie un peu.

Garrett examine tout autour de lui.

– Eh bien, je vois des tables, pourtant tu n'es pas encore montée dessus pour danser.

– Je me réserve pour plus tard. Quand le groupe chargé de la première partie m'aura laissé la scène.

J'incline la tête en direction des filles ivres, dont les poses et les mouvements se font plus suggestifs de minute en minute.

– Euh... ça se comprend...

Garrett cligne des yeux, ébloui par les déhanchements de Jaycee Carter.

– Tu vas devoir sortir le grand jeu après ça, ajoute-t-il.

Amusés, nous observons le spectacle un moment, jusqu'à ce que je lui lance un avertissement.

– Oh, oh... Ex cinglée à trois heures. Non, ne regarde pas !

Je le force à se retourner.

– C'est fini, les psychodrames, tu te souviens ? dis-je.

– Détends-toi, Sadie.

Garrett jette un coup d'œil prudent à Beth, qui discute avec deux de ses amies. Ses longs cheveux roux ondulent sur ses épaules, et je dois bien admettre qu'elle est jolie ce soir. Pour une hystérique jalouse.

– Je n'ai pas l'intention de la supplier de me reprendre, poursuit-il.

Dubitative, je le dévisage.

– Ça n'est arrivé qu'une fois ! proteste-t-il. Et je l'avoue, me servir du magazine littéraire pour publier un poème d'amour n'était pas la meilleure idée du monde. Tu vas un jour me lâcher avec ça ?

– Je n'ai rien dit.

Ce petit tour de force était destiné à Julie Sanders, une championne d'athlétisme qui était sortie avec Garrett pendant deux semaines entières avant de lui briser le cœur. Elle n'avait pas été émue par sa déclaration d'amour publique. Aux dernières nouvelles, elle était à Bard, une fac dans l'État de New York, où elle avait choisi les options suivantes : bisexualité et percussions.

Garrett reporte son attention sur Beth.

– Attention..., le mets-je en garde.

Tout est une question de concentration avec lui : il suffit que je le laisse s'absorber trop longtemps dans la contemplation d'une ex ravissante, et il a déjà composé la moitié d'une strophe.

– Non, ça va, promet-il.

Il lui tourne le dos pour se consacrer entièrement à moi.

– Et merci, ajoute-t-il.

– De quoi ?

– Juste... d'être toi, répond-il avec un sourire. Tu sais toujours me parler après les séparations.

Je hausse les épaules.

– Tu ferais la même chose pour moi.

Enfin, si j'étais déjà sortie avec quelqu'un, s'entend.

– Je sais, Sadie, mais ça signifie beaucoup pour moi... Alors, que dirais-tu de nous mettre hors de portée de son pouvoir de séduction avant que je subisse un lavage de cerveau et récite de la poésie devant tout le monde ?

– Pitié... Oui, fuyons !

Après avoir fait le plein de victuailles, nous trouvons un coin tranquille, à l'écart de la folie ambiante. Garrett s'allonge sur le canapé d'angle, je me pelotonne contre lui, et nous nous adonnons à notre activité préférée lors des soirées de ce genre : observer, critiquer, parler de tout le monde. Notre petit cercle privé n'accepte pas d'autre membre que nous deux.

– Tu sais, Sadie, tu vas me manquer, déclare-t-il d'un air triste. Ça va être bizarre sans toi.

– Et on prétend que les relations fusionnelles se finissent toujours dans les larmes !

Je m'efforce de prendre avec humour la tragédie imminente.

– Tu survivras, lui dis-je, d'un ton toujours léger. Tu rencontreras une certaine Cadie au café le jour de ton arrivée, et tu m'oublieras.

– Jamais. Il faut qu'on trouve un moyen de communiquer : Skype, chat en ligne, n'importe. On doit rester joignables.

– Parle pour toi, je le taquine. Je serai par monts et par vaux avec mes nouveaux amis, on fera la fête tous les soirs.

– C'est maintenant que tu vas te décider à avoir une vie sociale ?

Il me donne une bourrade amusée.

– Avoue, reprend-il, tu comptes les jours jusqu'à mon départ du lycée pour pouvoir te réinventer et en devenir la reine.

– Mince ! je soupire. Tu as deviné mon plan diabolique. Moi qui convoitais la couronne au bal de promo et tout le toutim.

Nous éclatons de rire, même si ma joie est teintée de panique. Oublions les six semaines de cet été. Qu'arrivera-t-il l'an prochain ? Quand, son diplôme en poche, il disparaîtra pour de bon ?

– Tout se passera bien une fois que je serai à la fac, me rassure-t-il comme s'il lisait dans mes pensées.

Il me prend par les épaules, puis ajoute :

– Tu viendras me rendre visite. Ça me donnera un prestige de dingue aux yeux des autres mecs dès qu'ils verront que j'ai une copine lycéenne aussi canon.

– Bien sûr ! je rétorque en riant.

Je surprends alors son regard. Il m'observe avec tendresse, et je décèle quelque chose de fort derrière son apparente légèreté. Du moins, c'est ce qu'il me semble. Attention pourtant, je suis déjà tombée dans ce piège : prendre mes désirs pour des réalités.

– C'est toi qui m'oublieras, dis-je avant de baisser les yeux. Tu te réinventeras et tu tourneras la page.

– Jamais, affirme-t-il tout bas. Toi et moi, c'est pour la vie.

Je retiens mon souffle.

– Vraiment ?

– Je te le garantis.

Il me presse l'épaule, sans sa désinvolture habituelle. Cette pression est plus douce, plus affectueuse... Mon cœur s'emballe. Je m'efforce de garder un air détaché.

– Tu deviens sentimental, Garrett. Tous ces terminales déteignent sur toi. Tu n'as pas encore fini le lycée.

– Peut-être bien, seulement... je ne sais pas. Sans doute que ça pousse à réfléchir à certaines choses... À ce qu'on attend de la vie, à ce qui compte vraiment.

Il s'interrompt, puis me lance son fameux sourire en coin et ajoute :

– Et à qui compte vraiment.

– Je suis flattée d'apparaître quelque part dans ton top cent, je réplique avec malice, m'en tenant à notre habituel échange de piques, alors que nous nous engageons sur un terrain inconnu et glissant.

Il secoue la tête. Nous sommes tout près l'un de l'autre ; blottie contre lui, je sens la chaleur de son corps à travers sa chemise bleue froissée.

– Ne parle pas comme ça, me reprend-il. Tu sais combien tu comptes pour moi.

– Oh...

Je me sens rougir.

– Toi aussi, Garrett. Enfin, bref, tu vois ce que je veux dire.

– Oui, parce que je parle couramment le Sadie.

Ses doigts remontent le long de mon bras nu, dans un geste qui pourrait presque mériter le nom de caresse. Je tente de garder mon calme.

– Couramment, hein ? Peut-être que tu ne me connais pas aussi bien que tu le crois.

– Si, insiste-t-il avec un nouveau sourire, si fervent et familier. Tu n'as pas le moindre secret pour moi.

Nous nous observons en silence. Il y a une tension à présent, une électricité qui détraque mon pouls. Nous sommes en terre inconnue, c'en est... trop.

– Alors tu sais que j'ai besoin d'un autre Coca ! je bafouille tout à coup. Tu t'en occupes ?

Il prend le gobelet que je lui tends et déplie ses immenses membres pour se relever.

– Tes désirs sont des ordres, mademoiselle. Ne bouge pas !

Il m'adresse un clin d'œil avant de me laisser, étourdie par la panique et le bonheur.

Respire, Sadie.

Il s'est passé quelque chose entre nous. Pour une fois, je ne surinterprète pas un geste inoffensif, déformant les lois de la logique et de la raison comme à mille autres occasions. Non, Garrett était en train de flirter avec moi, c'est un fait.

Respire.

Je m'accroche à un coussin pour ne pas être emportée par ce souffle d'espoir. Il a quitté Beth, il est vulnérable, déboussolé, et il cherche peut-être seulement à se changer les idées, à se sentir mieux. Pourtant, cet argument s'est à peine présenté à mon esprit que je l'écarte. Si je suis son âme sœur, il ne peut pas se servir de moi pour oublier un échec sentimental.

Et s'il s'était enfin rendu compte qu'il avait la fille parfaite sous les yeux depuis toujours ? La fin de l'année scolaire, la perspective d'un été sans moi... Les conditions sont réunies pour qu'il réalise ce que nous partageons ensemble, et ce que nous pourrions partager de plus !

Un frisson d'excitation me parcourt. Tout ce temps, je n'ai rien dit, parce que je n'étais pas certaine de ses sentiments. C'est vrai, je n'allais pas gâcher une magnifique amitié parce que j'avais mal interprété un geste ou que je m'étais fait des films. Et si je lui avais déclaré mon amour et que je n'avais obtenu pour réponse qu'un regard vide...

ou, pire, un air gêné ? Hors de question. Je n'allais pas prendre tous les risques. En revanche, si Garrett s'est rendu compte qu'il m'aimait… je peux lui laisser entendre que je ressens la même chose !

J'attends ça depuis toujours ! Moi, Sadie Elisabeth Allen, je vais enfin avouer mon amour.

4

Le jour fatidique s'est levé ! Enfin, couché plutôt, le soleil a disparu à l'horizon depuis longtemps maintenant. Peu importe de toute façon, cette soirée entrera dans l'histoire : le début d'un tout nouveau chapitre de ma vie. Garrett et moi. Moi et Garrett...

Je jette un coup d'œil rapide à ma montre, puis me réfugie dans la salle de bains. S'il est évident que c'est ma personnalité brillante qui l'a rendu amoureux, ça ne signifie pas pour autant que je veux avoir une trace de gloss sur la joue quand il se penchera pour notre premier baiser. Parfait.

Par miracle, il n'y a pas la queue. Le brouhaha de la fête diminue dès que je referme la porte, et je me laisse aller contre elle tandis que j'imagine ce que j'éprouverai en sentant enfin les lèvres de Garrett sur les miennes. Je ne compte plus les nuits – et les journées, et les heures de TP de chimie – consacrées à fantasmer ce baiser. La lueur d'émerveillement et de reconnaissance dans ses yeux... La caresse de ses doigts sur ma joue au moment où il écartera une boucle rebelle...

Attendez. Je me tourne vers le miroir et ébouriffe ma queue-de-cheval pour que quelques mèches s'en échappent. Voilà. Parfait.

L'estomac toujours noué, je me passe de l'eau froide sur les poignets. Garrett est-il aussi nerveux et impatient que moi, à cet instant ? Je me détends à cette pensée, mesurant soudain combien la situation est ridicule. Alors que je suis enfermée ici, lui panique sans doute aussi à l'autre bout de la maison... Nous en rirons ensemble un jour, dans notre super loft à Boston, où nous organiserons des soirées raffinées pour nos amis. « On a perdu tellement de temps », leur dira Garrett tout en me jetant un regard amoureux à l'autre bout de la table. « Heureusement, tout a fini par s'arranger. »

Je vérifie une dernière fois que mes cheveux sont en place pour le baiser et perfectionne mon regard « je ne m'en étais jamais rendu compte, mais je partage tes sentiments bien sûr ! », avant d'ouvrir la porte de la salle de bains.

– Attention !

Je percute une fille dans le couloir.

– Désolée ! dis-je au moment de découvrir Beth Chambers, qui tient salon avec ses admiratrices du club théâtre.

Il lui suffit d'un tee-shirt blanc et d'un jean pour être belle, tout en donnant l'impression qu'il ne lui en a coûté aucun effort. C'est irritant.

– Euh... salut, Beth.

– Sadie.

Elle n'aurait pas pu prononcer mon prénom sur un ton plus glacial, même si elle s'était appliquée. Elle réussit à poser les yeux au-dessus de mon crâne, et je mesure cinq bons centimètres de plus qu'elle. Beth maîtrise l'indifférence à la perfection.

Je fais semblant de ne rien remarquer.

– La forme ?

Elle me prend peut-être toujours de haut, mais rien ne m'empêche d'être la plus adulte des deux.

– J'ai appris que tu avais été acceptée à UCLA[1]. Félicitations.

– Ha ! ricane-t-elle. J'imagine que tu dois te réjouir de me savoir à l'autre bout du pays, loin, très loin de Garrett...

– Pourquoi...

Sans me laisser poser ma question, elle ajoute, en se penchant vers moi :

– Tu crois que je n'ai pas compris que tu cherchais à te mettre entre nous deux depuis le début ?

Je recule d'un pas, estomaquée.

– Beth ! Je te jure que je n'ai rien fait de tel !

– Bien sûr que non, rétorque-t-elle sarcastique. Et tu ne feras jamais rien. Tu continueras à le regarder avec tes yeux de chien battu dans l'espoir qu'il te remarquera un jour. Si tu savais à quel point tu es pathétique à le coller depuis des années.

– Ce n'est pas vrai, dis-je en rougissant.

Avec un petit air satisfait, Beth enfonce le clou :

– Il ne se passera rien, tu sais. Il aime bien t'avoir dans les pattes parce que ça lui donne l'impression d'être, je ne sais pas, important, ou un truc dans le genre. Une sorte

1. Soit l'université de Californie, à Los Angeles. L'une des plus anciennes et des plus sélectives du système public. (NdT.)

de groupie attitrée. Mais tu délires si tu t'imagines qu'il y aura un jour plus entre vous.

Après ce dernier coup bas, elle s'engouffre dans la salle de bains. Suivie de ses admiratrices. Les vraies stars ne doivent jamais faire pipi seules, je suppose...

Je reste plantée là un moment, secouée par notre échange. Elle se trompe, bien entendu – notre amitié ne repose pas sur un tel déséquilibre. Beth est juste jalouse que Garrett me considère comme son égale. Il n'en reste pas moins que Beth a tout de suite perçu mes sentiments, qu'elle s'est payé ma tête depuis le début...

Aucune importance maintenant. Garrett a quasiment sorti un panneau lumineux « Je veux qu'on soit plus que des amis ! », et rien de ce que Beth pourra dire ne gâchera cette nuit magique.

Je me ressaisis, puis retourne dans le salon. Le vacarme est encore plus retentissant, c'est le moment de la soirée où les élèves populaires se lâchent – ils l'imputeront demain à une consommation excessive d'alcool – et où le petit groupe de filles qui danse s'est étoffé, envahissant l'ensemble de la pièce.

– Hé ! m'apostrophe Garrett, qui m'attend sur le canapé. Madame a besoin d'autre chose, ajoute-t-il en me tendant un gobelet.

– Tout de suite... Je t'ai juste demandé un service amical, je rétorque, le cœur battant la chamade.

Il s'esclaffe.

– Mais oui, bientôt tu vas me demander de t'éventer avec une feuille de palmier et de te donner des grains de raisin un à un.

– Tu vas avoir du mal à trouver des palmiers dans le Massachusetts, je lui fais observer en m'asseyant à côté de lui sur le canapé, douloureusement consciente de sa proximité. Je me contenterai d'une branche de pin.

Il y a un silence dans la conversation alors que les invités continuent à se déchaîner autour de nous. Soudain, le simple fait de regarder Garrett me semble tenir du défi. Je rassemble donc mon courage et relève la tête vers lui. Nos yeux se croisent ; les siens sont toujours éclairés de cette lueur inhabituelle. Plus douce, plus complice. Je l'ai déjà aperçue, quand il était avec Beth, Julie ou une autre de ses nombreuses conquêtes ; elle ne m'avait jamais été destinée.

Les battements de mon cœur se précipitent encore.

– Écoute, Sadie, j'aimerais te parler de quelque chose...

Il s'éclaircit la gorge, mal à l'aise.

– Oui ? dis-je en me penchant vers lui.

Plusieurs secondes s'écoulent. Il prend une inspiration, ouvre la bouche, puis...

– Tu sais quoi ? finit-il par lâcher avec un sourire triste avant de se laisser aller contre le dossier du canapé. Ce n'est sans doute pas le moment idéal.

– Non ! Je veux dire, si, c'est le moment idéal. Je t'écoute !

Je hoche la tête pour l'encourager à poursuivre.

– Tu es sûre ?

Il examine les filles aux poses de plus en plus obscènes sur la piste de danse et les garçons qui vident des bières cul sec.

– Ce n'est pas l'endroit rêvé pour une discussion privée, ajoute-t-il.

– Allons ailleurs dans ce cas ! Dans le jardin, ou chez moi.

Impossible de patienter plus longtemps, je dois entendre ce qu'il a à me dire !

Après quelques minutes de réflexion, il finit par approuver ma proposition :

– Un peu d'air ne nous fera sans doute pas de mal. Échappons-nous une minute, oui.

Je bondis quasiment et me fraie, à coups de coude, un chemin jusqu'à la porte de la cuisine. Je n'ai jamais compris la fascination de cette partie de la ville pour les jardins à l'anglaise, avec leurs rosiers chichiteux, pourtant j'avoue qu'à cet instant précis, entre les haies touffues qui nous encerclent et le clair de lune qui se reflète sur le bassin, cet endroit est la garantie d'une intimité parfaite. La musique est assourdie. Les mains dans les poches, Garrett gagne d'un pas nonchalant l'extrémité de la terrasse. Je fais quelques pas nerveux dans sa direction.

– Tu disais ?

Tout en l'invitant à me livrer ce qu'il a sur le cœur, j'adopte une pose détendue contre le mur. Les spots projettent des ombres sur nous. Les yeux de Garrett paraissent encore plus mouchetés dans la lumière tamisée. J'y plonge les miens, à l'affût des mots magiques...

– Attention !

Je suis bousculée par une brute épaisse, qui se jette sur la rambarde de la terrasse et se penche pour vomir bruyamment.

Non !

J'assiste, impuissante, à ce spectacle répugnant : il grogne puis vomit à nouveau.

– Hé, mec, lui demande Garrett qui s'est approché, ça va ?

– La forme !

Le type fait volte-face et pose sur nous des yeux dans le vague. Il vacille, puis passe un bras autour des épaules de Garrett.

– Et toi, ça va comment ? bafouille-t-il.

– Waouh, Dax... je ne t'avais jamais vu dans cet état ! s'exclame Garrett avant d'envoyer une tape dans le dos de son ami.

Dax se contente de hocher la tête, sans se rendre compte qu'il a une trace de vomi sur sa chemise, ni qu'il vient d'interrompre un moment parfait.

– C'est la fêêête..., ahane-t-il avec un sourire idiot. C'est l'ééété.

– Oui, oui, c'est vrai.

Garrett le pousse gentiment vers la maison.

– Tu devrais aller boire quelque chose, mec. De l'eau, plutôt.

Dax trébuche sur le seuil et manque de passer au travers de la porte moustiquaire. Garrett se tourne vers moi avec une grimace.

– La vache ! Il va avoir une de ces gueules de bois, demain...

– Hmm-hmm, dis-je, impatiente. Alors, tu voulais me parler de quelque chose ?

Garrett répond avec un temps de retard :

– Oui, désolé. Alors...

Je retiens mon souffle, le monde rétrécit pour ne contenir plus que nous deux, seuls sur...

– Garrett ! Comment ça va, mon pote !

Argh !

Un groupe de gars déboule sur la terrasse. Entortillés dans du papier-toilette, des colliers phosphorescents autour du cou, ils chahutent et beuglent.

– Guerriers de la Xbox ! On ne capitulera pas ! s'écrie l'un d'eux, pendant qu'un autre se frappe le torse en hurlant.

Je suis à deux doigts d'arracher un des poteaux de la rambarde pour les battre à mort.

– Garrett...

L'empoignant par le bras, je cherche désespérément à conserver son attention, alors que les gars continuent à se chamailler.

– Tu veux qu'on aille ailleurs ? je propose. On pourrait retourner chez moi...

D'un soupir, il déclare forfait.

– C'est bon. Je me doutais que ce n'était pas le bon endroit.

– Mais c'est notre dernière soirée ensemble...

Je laisse la fin de ma phrase en suspens : deux types se sont approchés et lui décochent des coups de poing factices dans le ventre.

– On discutera plus tard ! me lance-t-il, alors qu'ils l'entraînent à l'intérieur et que je me retrouve seule.

« Plus tard. » Est-ce que ça veut dire : « Donne-moi dix minutes pour me débarrasser de ces bouffons et je reviens » ? Ou bien : « On en profitera quand je te raccompagnerai chez toi » ? Après avoir, par acquit de conscience, patienté vingt minutes sur la terrasse, je rentre dans la maison.

– Hé, Kris, tu as vu Garrett ?

Sur la piste de danse, j'interroge un garçon qui était dans sa classe, cette année, mais il est beaucoup plus intéressé par les ondulations de Jaycee, montée sur une table – ça y est, on est arrivé à cette partie-là de la soirée.

– Hé, Kris !

– Quoi ? Ah, ouais... j'en sais rien. Plusieurs gars sont partis chercher des pizzas.

Il hausse les épaules et reporte son attention sur le spectacle.

– Il les a peut-être accompagnés.

– Merci.

Merci pour rien du tout, oui ! Garrett ne m'aurait jamais plantée comme ça. Au bout d'une demi-heure, pourtant, de trois textos restés sans réponse, et de trois tours complets de la maison, je dois bien me rendre à l'évidence : et si Kris avait raison ? Garrett a disparu.

Installée sur les marches du perron, je lui envoie pour la quatrième fois le même message : *T où ?* Ce coup-ci, il me répond : *Désolé, sorti acheter à manger avec les gars. Reviens vite !*

Je me ratatine aussitôt, mon excitation s'est volatilisée en un instant. Il est déjà vingt-trois heures, d'ici trente minutes je dois être rentrée. Aucune chance que Garrett ait le temps de revenir, d'échapper à sa bande de baltringues et de me chanter une sérénade au clair de lune, et surtout de me raccompagner avant le couvre-feu chez moi pour m'éviter d'être privée de sortie. Évidemment, je serais prête à rester enfermée dans ma chambre jusqu'à la fin de l'année contre quelques minutes de bonheur entre ses bras, mais je me rends bien compte que l'occasion est passée. Ça, pour être passée...

Je reste assise là, à jeter des poignées de gravillons au loin tout en songeant, avec douleur, à ce qu'aurait pu être cette soirée. J'étais si près du but ! Si près de l'avoir pour moi seule, si près de couvrir une bonne fois pour toutes cette distance intolérable entre l'amie et l'amoureuse. Si près de...

– Aïe !

Je relève la tête : ma pluie de gravillons a atteint Kayla, qui est en train de remettre sa veste. Je m'empresse de m'excuser.

– Désolée ! Je ne t'avais pas vue.

– Pas de problème, dit-elle avec un sourire quelque peu forcé.

Mon expression doit trahir mes tourments intérieurs pourtant, car elle s'approche.

– Ça va ?

Je me ressaisis aussitôt.

– Bien sûr ! Super, oui !

– D'accord...

Elle n'est pas convaincue, mais elle n'insiste pas.

– On allait partir, reprend-elle avant d'ajouter, après un silence, tu veux qu'on te dépose ?

– Euh... ça vous embêterait ?

Je n'ai rien partagé avec Kayla depuis longtemps, et c'est pourtant elle qui m'offre ce dont j'ai le plus besoin dans l'immédiat.

– Aucun problème, m'assure-t-elle avec un haussement d'épaules. Il y a plein de place dans le pick-up de Blake. Il a réussi à faire tenir la moitié de l'équipe de basket une fois, on aurait dit un de ces vieux films muets.

– Des clowns dans une voiture, je confirme avec un léger sourire.

Garrett raffole de ces films des années 1940, en noir et blanc. Garrett... Un soupir de regret m'échappe.

– Prête, ma puce ? demande Blake, qui vient de nous rejoindre.

Il porte un jean taille basse et un tee-shirt de sport gris délavé. Il n'a pas lésiné sur le gel pour se faire cette coiffure décoiffée, en vogue chez les sportifs cette année.

– Prête, répond Kayla en glissant sa main dans la sienne. Ça ne te dérange pas qu'on dépose Sadie au passage ?

– No problemo.

Il hoche la tête vers moi et complète :

– Quoi de neuf ?

Je leur emboîte le pas en direction du pick-up bleu, garé de traviole, à cheval sur une plate-bande de fleurs.

– Pas grand-chose. Et toi ?

– Toujours pareil.

– Cool.

Tout le temps du court trajet, je reste le front collé contre la vitre froide, à l'arrière, le regard perdu dans le vide, tandis que Blake et Kayla s'échangent des mots doux à l'avant. Ils ont l'air si à l'aise ensemble, comme Garrett et moi – les baisers en plus, bien sûr. Dire que ça aurait pu changer ce soir, si...

– Et voilà !

Blake, qui tambourine sur le volant, me ramène brusquement à la réalité. Nous sommes arrivés. Je m'empresse de descendre.

– Merci de m'avoir ramenée.

Kayla l'embrasse longuement avant de me rejoindre. Elle agite la main jusqu'à ce que son pick-up disparaisse. Le silence s'étire dans la rue noire ; je décide de le rompre :

– Alors... Des projets pour cet été ?

– Sans doute trouver un boulot, grimace-t-elle. Je ne sais pas encore où.

– J'ai passé l'été dernier chez Dough Hole.

– L'endroit où ils vendent des donuts sur Third Street ?

– Yep ! Je ne recommencerai jamais, dis-je en frissonnant à cette évocation. Mes cheveux sentaient encore le graillon en octobre.

– Aïe ! s'esclaffe-t-elle. À éviter, donc... merci pour le tuyau. Et toi ? Quel est le programme ?

– Je n'en ai pas... Je prévoyais de faire un stage d'écriture, mais ça n'a pas marché.

– Dommage. Bon, je dois y aller, soupire-t-elle. Ma mère va m'attendre, tu te souviens comment elle est ?

– Tu as raison, la mienne aussi.

Prenant congé d'un petit geste de la main, Kayla rejoint sa maison. Le lierre et la glycine envahissent la façade de briques. Avant, nous jouions pendant des heures dans son grenier ; j'apportais mes Petits Poneys pour les échanger contre les Barbie de contrebande que sa mère n'avait aucun scrupule à acheter – contrairement à la mienne, qui les interdisait sous prétexte qu'elles déformeraient la représentation que je me ferais de mon propre corps et nuiraient au développement de ma personnalité indépendante. Nous ignorions à l'époque combien la vie était facile, avant que l'amour débarque, et que le reste perde tout sens ou intérêt.

Je trouve ma mère blottie sur le canapé devant une de ses vidéos de développement personnel – un homme à la voix de velours évoque l'« étincelle du changement ».

– Tu t'es bien amusée, chérie ? me demande-t-elle, après avoir mis sur pause, le regard brillant d'espoir.

Comment répondre à cette question ? Non, ma soirée a été gâchée par une ex jalouse, le futur membre d'une fraternité capable de vomir non-stop et une virée inopinée à la pizzeria ?

– Oui, oui, dis-je en me forçant à sourire, mais je suis claquée, je vais me coucher.

– D'accord, ma puce, on se voit demain matin.

Je veille à bien refermer la porte de ma chambre derrière moi, puis allume mon ordinateur. Je suis peut-être fatiguée, pourtant il y a une dernière chose que je dois faire, la seule qui me remontera le moral après cette soirée désastreuse. En quelques clics, j'accède à la base de données et entre mes critères de recherche : « amour à distance ».

Les résultats se mettent à défiler. John et Abigail Adams, Virginia Woolf et Vita Sackville-West... Une litanie rassurante de couples ayant réussi à surmonter la distance infinie qui les séparait.

Tout n'est pas perdu...

À mesure que je parcours la liste, mon dépit s'estompe. Comme toujours. Cette base de données est ma contribution à l'Amour avec un grand A, un catalogue secret des histoires réussies. Après ma rencontre avec Garrett, je me suis rendu compte que mes top dix étaient insuffisants : l'Amour avec un grand A ne peut pas être simplement réduit à dix couples. Impossible ! Puisque mon âme sœur avait pu entrer dans un café de Sherman par un banal après-midi d'août, il y avait forcément des centaines, que dis-je, des milliers d'autres rencontres à consigner. J'avais donc besoin d'un meilleur système pour traquer mes héros et héroïnes romantiques, un système qui embrasserait toutes les formes de la dévotion amoureuse.

Voilà comment mon site Internet a vu le jour. Histoires d'amour réelles, littéraires, théâtrales, etc., de toutes les cultures et de tous les types. Avec des références croisées par genre, nature, impact historique... Ce qui, au départ, n'était qu'une petite pierre à l'édifice s'est développé jusqu'à devenir une base de données maousse et, aujourd'hui, je passe plus de temps à intégrer les suggestions des autres que mes propres idées. Je me connecte à ma boîte mail et parcours les nouveaux messages. Trois nouvelles citations à ajouter à la page « Elizabeth et Darcy », un plaidoyer pour la prise en compte de couples non orthodoxes nés de fan fictions. Il y a un internaute philippin obsédé par tous ceux que compte le soap *Des jours et des vies*, et un professeur en études féminines à Oxford, soucieux de développer la partie non hétérosexuelle et de créer des pages pour Gertrude Stein et Alice B. Toklas.

Garrett ne connaît pas l'existence de ce site ; comme personne autour de moi, d'ailleurs. C'est mon jardin secret, où je cultive l'espoir d'un avenir glorieux pour moi. Et par une nuit pareille, alors que Garrett est à la fois si proche et si loin, j'ai besoin de tout l'espoir du monde.

5

Le lendemain, Garrett se retrouve pris dans un tourbillon de préparatifs en vue de son départ imminent, si bien qu'il n'a pas plus de cinq minutes à m'accorder – à peine assez pour me serrer dans ses bras, sans parler de me jurer un amour éternel et sans faille. En un éclair, il a disparu.

Il a peut-être décidé qu'il était trop tôt pour m'avouer ses sentiments, ou alors il a préféré attendre qu'on puisse être vraiment ensemble – au lieu de partir juste après m'avoir embrassée. Voilà ce que je me raconte. Ce qui ne m'empêche pas d'errer dans les limbes. Les heures défilent sans le moindre appel ni même texto, et je m'enfonce dans les brumes de la léthargie et de l'expectative, sans rien d'autre à faire que revoir *Elle et Lui*, *Casablanca* et tous les autres tire-larmes en noir et blanc mettant en scène un amour maudit. Et il y en a beaucoup. Au moins, je sombre dans l'abattement en bonne compagnie ; il ne me manque qu'un beau rouge à lèvres mat et un tailleur gris bien ajusté pour que je puisse me transformer moi aussi en héroïne tragique sur un quai de gare, regardant une locomotive à vapeur emporter l'être cher vers la guerre et une mort certaine...

Bon, d'accord, Garrett a pris un car pour rejoindre son stage d'écriture dans les bois, mais n'empêche : je reste seule, abandonnée. Même ses promesses de me donner des nouvelles régulières se sont, jusqu'à présent, révélées vaines : je n'ai pas eu droit à un seul mot de sa part depuis son départ. Un silence de deux jours entiers ! Alors, je vous le demande, est-il si surprenant que je n'arrive pas à sortir de mon lit ? En dépit des raisons parfaitement compréhensibles de mon désespoir, ma mère débarque dans ma chambre à la première heure lundi matin et ouvre mes rideaux.

– Nooon, je grommelle, cachée sous les draps. Va-t'en !

– Il est dix heures trente, rétorque-t-elle en tirant sur ma couette. L'heure de se lever !

– Maman ! dis-je avant de me mettre la tête sous l'oreiller. Ce sont les vacances d'été !

– Ce qui signifie qu'il y a des tas de choses passionnantes à faire.

Elle s'active aussitôt, range ici et là.

– Je t'ai suffisamment laissée broyer du noir. Le moment est venu de te remuer le popotin.

– Je ne me morfonds pas, je suis en deuil.

– Quelle est la différence ?

– Tu compares les angoisses existentielles adolescentes et complaisantes à un chagrin justifié ! je l'informe d'un ton glacial. Je fais le deuil de l'amour de ma vie, dont je suis séparée !

Je lui tourne le dos.

– Allons, ma chérie, insiste-t-elle d'une voix si guillerette que c'en est insupportable, je t'ai préparé une liste des petits boulots et autres activités possibles. Je me suis dit que c'était un jour idéal pour planifier tes objectifs personnels !

J'étouffe un bâillement.

– Pourquoi je ne suis pas surprise...

– Sadie Elisabeth Allen. Debout ! Tout de suite !

– Encore cinq minutes, dis-je en refermant les yeux.

Avant cette interruption brutale et malvenue, je faisais une rêverie délicieuse ; Garrett et moi déambulions dans les ruelles pavées de Paris, main...

Splash !

Je bondis dans mon lit.

– Qu'est-ce que... ? je hurle, le visage dégoulinant d'eau.

Ma mère se dresse au-dessus de moi, avec un petit air suffisant. Elle tient un verre vide. Je manque de m'étouffer.

– Tu n'as pas fait ça !

– Bien sûr que si.

Elle ne montre aucun signe de remords.

– Je vais au centre-ville dans vingt minutes, reprend-elle, et tu m'accompagnes.

– Mais...

– Il n'y a pas de mais qui tienne. Tu vas retirer ce pantalon de pyjama dégoûtant, mettre des vêtements dignes de ce nom et partir en quête d'un job.

Elle soupire et se radoucit.

– Je n'aime pas te voir ainsi, ma chérie. Tu as besoin d'un objectif.

– J'ai des objectifs !

– Consulter ton portable à la recherche d'un message de Garrett ? réplique-t-elle en levant les yeux au ciel. Comme je dis toujours à mes clients : tu te sentiras mieux dès que tu seras occupée. On peut même passer à la bibliothèque, ajoute-t-elle d'un ton enjoué.

Elle croit vraiment que c'est l'argument décisif qui achèvera de me convaincre ? Bon, d'accord, elle n'a peut-être pas tout à fait tort. Je suis à court de lectures et tous les livres que je possède me rappellent Garrett : qu'il me les ait donnés, que nous les ayons lus ensemble ou qu'il me les ait recommandés...

– Très bien. Mais pour la dernière fois, maman, je ne remplirai jamais ton planificateur d'objectifs.

– Oh, Sadie, pourtant j'ai...

– Je me fiche de tes étoiles dorées !

Ma mère me dépose devant la bibliothèque avec pour mission d'écumer le centre-ville à la recherche de baby-sittings et autres boulots d'été aussi valorisants et amusants.

– Arrête de faire cette tête ! m'ordonne-t-elle par la vitre baissée. Haut les cœurs !

Mon humeur maussade ne m'a toujours pas quittée quand je parcours la section « romans ». Ai-je vraiment une raison de me réjouir ? La mélancolie est un état d'esprit parfaitement acceptable – elle a alimenté des générations d'artistes. *Guerre et Paix* : voilà une fresque qui n'a sans doute pas été écrite dans un élan de gaieté pour répondre à un objectif précis, si ? Et *Anna Karénine*. Tolstoï ne passait pas ses journées à sauter de joie, ça ne l'a pas empêché de réussir quelque chose dans sa vie.

Je devrais peut-être déménager en Russie... Ils savent apprécier les tourments intérieurs là-bas !

– Sadie ? Ta carte ?

Mme Billings, la bibliothécaire, attend patiemment derrière le bureau des emprunts. Dans la grande tradition des clichés attachés à ce lieu, elle porte des lunettes à monture métallique et un chemisier BCBG avec une jupe en tweed. Je lui reconnais pourtant un certain style, genre maîtresse d'école britannique. Son autorité naturelle lui permettrait d'imposer le silence à une foule d'un seul regard, mais en réalité elle n'est que douceur : c'est elle qui m'a tendu un exemplaire de *Pour toujours*, de Judy Blume, alors que j'avais épuisé toutes les histoires de poneys, de baby-sitters et de pensionnats du rayon « primaire ».

Le service public fait femme.

Je m'empresse de lui remettre ma carte de bibliothèque.

– Désolée...

Elle enregistre la pile de romans, arquant légèrement les sourcils à mesure qu'elle repère certains éléments récurrents : longueur, pessimisme, esprit russe.

– Je travaille sur ma tristesse intérieure, je l'informe.

– Mauvaise journée ? demande-t-elle avec un sourire compatissant.

– Mauvaise année plutôt... Ça vous arrive d'avoir l'impression que le destin vous joue un tour cruel ?

Elle s'interrompt un instant.

– Dans ce cas..., dit-elle avant de regarder autour d'elle et de sortir de la pile des retours un livre qu'elle me tend aussi furtivement que si nous étions des espionnes échangeant un paquet. *Cette sacrée vertu*, de Winifred Watson. Ce roman a toujours réussi à me remonter le moral. Et j'ai l'impression que tu en as bien besoin.

Je retourne le mince volume puis l'ajoute à ma pile d'emprunts.

– Merci, je suis preneuse de tout ce qui peut marcher... Attendez ! j'ajoute, pleine d'espoir tout à coup. Vous ne cherchez pas à embaucher pour l'été par hasard ?

Un boulot à la bibliothèque serait la moins pénible de toutes les options qui s'offrent à moi.

– Et non, malheureusement. Il y avait un poste à mi-temps, mais avec les coupes budgétaires... On ne prend plus que des bénévoles.

– Ah, d'accord, je soupire.

Le bénévolat pourrait apaiser ma mère, et faire bon effet dans mon dossier de candidature pour la fac, seulement ce n'est pas comme ça que je me rapprocherai de mon rêve inatteignable : une voiture.

– Merci quand même.

Partout en ville, c'est la même histoire : les jobs d'été ont tous été raflés il y a des semaines de ça par des étudiants entreprenants, qui n'avaient pas pour ambition de faire un stage d'écriture. Même le panneau « Cherche serveur/se » dans la vitrine de Dough Hole a disparu : les candidats prêts à courir, quotidiennement, le risque de mourir dans un bain d'huile bouillante contre un salaire de misère ne manquent donc pas...

Je me réfugie au Café In et prends la direction de notre table habituelle avec un soupir. Sans Garrett, ce n'est plus la nôtre, simplement la mienne.

– Qu'est-ce que je te sers ? me demande LuAnn au comptoir.

La robe vintage du jour, en vichy bleu et blanc, est assez décolletée pour dévoiler les mots tatoués le long de sa clavicule, que je ne réussis pas à lire. On dirait un croisement entre un personnage du *Magicien d'Oz* et un repris de justice.

– Un café, s'il te plaît. Noir.

Comme mon cœur, j'ajoute pour moi-même.

– Bien sûr, dit-elle en écartant des mèches rouges collées par la sueur sur son front. Et un double espresso pour ton petit copain ? C'est bien ça ?

Je la regarde sans comprendre.

– Grand, mignon ? Vous ne vous déplacez jamais l'un sans l'autre ?

– Ah... Non.

Piquant un fard, j'explique :

- Il n'est pas... Enfin, ce n'est pas mon copain, et il ne vient pas. Un seul café, quoi.

– Oups ! grimace-t-elle. Rupture difficile ? Désolée. Il faut toujours que je mette les pieds dans le plat... c'est plus fort que moi.

Elle s'empresse de préparer ma commande, me laissant avec un sentiment d'abandon renouvelé. Enfin, si vous aviez besoin d'une preuve supplémentaire, la voici : de parfaits étrangers pensent que nous sommes faits l'un pour l'autre, Garrett et moi.

Restant attablée au fond de la salle, je suis l'évolution de la clientèle : les mères adeptes du yoga et matinales ont cédé la place à une marée de collégiennes hystériques en quête de leur dose de sucre. Je commence et abandonne une demi-douzaine de lettres à Garrett ; je suis passée du simple « Comment se déroule le stage ? » à « Je t'aime, je t'aime, je t'aime », pourtant rien ne me semble adapté. Qu'est-ce que je suis censée faire ? Il avait promis d'appeler une fois qu'il serait installé ; combien de temps faut-il pour ranger cinq tee-shirts dans le tiroir d'une commode et aligner ses exemplaires de Proust ?

Je me tasse un peu plus sur ma chaise. Il est sans doute en train de s'éclater, alors que moi, je suis coincée au même endroit depuis des années. Je n'avance pas.

– Dites-moi que je rêve, là !

Je relève la tête, comme tous les clients du café. L'une des serveuses, une blonde anguleuse en chemise à carreaux et jean skinny, observe un type branchouille qui fume dehors... et drague deux lycéennes. Elles entortillent leurs cheveux en gloussant, ce qui l'encourage à continuer. La serveuse, dont le visage a pris une curieuse teinte rose, lâche avec fracas le plateau contenant la vaisselle sale sur la table la plus proche – juste à côté du sandwich à peine entamé d'un pauvre type en costume.

– Hé ! proteste-t-il.

Elle l'ignore, se dirigeant déjà vers la porte. Dès que les lycéennes l'aperçoivent, elles prennent la fuite. J'observe la scène, fascinée. La vitrine assourdit leurs cris, et je la vois gesticuler, furibonde, tandis qu'il se renfrogne et hausse les épaules. La dispute s'étire en longueur au beau milieu de la rue principale, si bien que tout le monde peut en profiter – la ville n'a pas connu d'événement aussi palpitant depuis la fois où Becca Larsen avait « accidentellement » oublié de mettre une culotte pour la parade des Pères fondateurs (ce qui lui a permis de gagner les quelques dizaines de voix manquantes pour décrocher le titre de reine de la promo – pure coïncidence ?).

– Qui veut goûter notre muffin du jour ?

LuAnn tente de faire diversion, mais tous les regards sont rivés sur le drame qui se joue dehors. Avec un dernier hurlement, la Furie blonde tourne les talons, alors le Type branchouille la retient par le bras. Il suffit de ce petit geste pour qu'ils se sautent dessus et s'embrassent à pleine bouche. Au point qu'on dirait qu'ils vont se dévorer tout cru. Il la plaque contre la vitrine, qui vibre à chaque nouvelle vague de passion.

Alors que LuAnn se précipite dehors afin de séparer le couple d'amoureux – par égard pour les enfants présents ou, tout simplement, par souci de préserver la décence publique –, je ne peux m'empêcher de laisser échapper un soupir mélancolique. D'accord, je ne rêve pas d'un garçon aux doigts tachés de nicotine, phobique de l'engagement et qui représente un grand risque de MST, pourtant leur étreinte fougueuse et leur indifférence au reste de l'univers... Même lorsque LuAnn leur tapote l'épaule, ils continuent à s'embrasser, et elle est presque contrainte d'arracher la Furie blonde.

Oh, être jeune et aimer (tout en l'étant en retour) !

La Furie blonde est, de toute évidence, persuadée qu'il n'y a rien de plus important au monde : sans une seule seconde d'hésitation, elle arrache son tablier vert et le plaque contre la poitrine de LuAnn. Puis elle prend la main du Type branchouille, et ils s'éloignent en flânant, perdus dans leur bulle de perfection, cool et branchée.

– Je n'y crois pas ! fulmine LuAnn en entrechoquant les

mugs quand elle débarrasse les tables restantes. Elle est là depuis à peine trois jours et déjà elle nous plante. Je me retrouve à devoir assurer le service toute seule, alors que Josh n'est pas encore rentré de déjeuner et que la machine à café est à deux doigts de me lâcher. Encore une fois !

– Désolée, dis-je tout bas.

Elle prend une inspiration profonde.

– Merci, la môme. Je me laisse emporter.

Posant les yeux sur ma tasse vide depuis un moment, elle ajoute :

– Tu veux un autre café ? C'est le moins que je puisse t'offrir. Soumettre un jeune cerveau impressionnable comme le tien à ce spectacle de bas étage...

– Non, tout va bien.

Elle est à mi-chemin du comptoir lorsque je prends conscience de l'occasion incroyable qui s'offre à moi. Le salut, sous la forme d'une scène de ménage !

Je me précipite vers elle.

– Je peux le faire ! Son boulot, je veux dire. Servir les clients. Je peux la remplacer.

J'adopte mon air le plus sérieux, mais il ne réussit pas à convaincre LuAnn.

– Je ne sais pas, la môme... C'est parfois très mouvementé ici. Et on n'a pas pour habitude d'embaucher des lycéens...

– J'ai dix-sept ans ! J'ai presque fini le lycée. Et j'ai déjà travaillé dans la restauration.

J'adresse une prière muette aux dieux de l'Expérience Professionnelle pour ces longs mois consacrés à saupoudrer des donuts de vermicelles multicolores.

– Je pourrais te donner un coup de main cet aprèm, ça

servirait de période d'essai, je propose, au désespoir. Tu as dit toi-même que tu étais toute seule.

Tout à coup, ce boulot représente mon plus grand désir au monde. Ma seule chance de ne pas passer un été pourri, j'en suis sûre. Sans parler de ce que ma mère inventera si je ne trouve pas un job correct : ce poste pourrait tout changer pour moi. Disparue, Sadie la pauvre cruche, condamnée à pleurer l'amour de sa vie durant de longues journées d'été vides. Place à Sadie, la super serveuse, qui choiera les clients tout en écoutant leurs conversations – ce matériau constituera la base du roman que Garrett m'encourage sans arrêt à écrire.

Je veux devenir cette fille. Et je le pourrai si LuAnn me laisse une chance.

– S'il te plaît ? Je t'en supplie ! j'insiste, les doigts croisés dans mon dos, par superstition.

Elle évalue la situation. Et à cet instant précis – tels les messagers des dieux du Timing Idéal –, une marée de personnes âgées pousse la porte du café. Ils sont dix ou douze peut-être : ridés, les cheveux d'un blanc bleuté, ils portent tous le même sweat-shirt jaune du club de marche de Doolittle Falls. Ils s'agitent autour des tables, bousculent le tableau d'affichage, lorgnent le présentoir à gâteaux, hésitant entre commander une grande théière ou plusieurs tasses.

Ding ! tinte la clochette, alors que d'autres les rejoignent. *Ding ! ding ! ding !*

Je n'ai jamais entendu de son plus doux.

– Très bien !

LuAnn n'a d'autre choix que baisser les armes devant

cette intervention divine – et cette armée de clients pointilleux. Elle récupère le tablier de la Furie blonde sur le comptoir et me le lance.

– Tu te charges d'encaisser et de débarrasser les tables. Mais je ne te promets rien. C'est juste pour aujourd'hui, d'accord ?

– Oui ! je m'écrie en sautillant. Tu ne seras pas déçue, je te le jure !

De toute ma vie, je n'ai jamais été aussi excitée à la perspective de manipuler de la vaisselle sale.

6

Moi qui pensais, ainsi qu'on nous l'apprend à l'école, que ce seraient la finesse et le zèle qui m'ouvriraient les portes de la gloire... Finalement, c'est donc ma capacité à débarrasser les tables sans prendre la poudre d'escampette avec le premier type venu qui scelle mon destin. Suite à un après-midi d'essai, au cours duquel j'ai fait la démonstration de ma grande adresse pour essuyer les tables – sans parler de l'essentiel « Voulez-vous que je réchauffe votre muffin ? » –, LuAnn accepte de m'intégrer à l'équipe du Café In.

Et pour couronner le tout, le lendemain matin, de bonne heure, je reçois un message de Garrett, rayon de soleil qui dissipe les nuages sombres de ma solitude.

Le stage est génial. Très occupé avec les cours. Mais tu me manques !

Arrivée au café pour mon premier jour de formation, je m'arrête sur le seuil le temps de relire ces quelques mots précieux.

Tu me manques.

Tu me manques.

Tu me manques.

A-t-on jamais envoyé message plus doux ?

Je presse le téléphone contre ma poitrine, aux anges, et aussitôt je comprends que, depuis le début, j'ai considéré la situation sous le mauvais angle. Cet été loin de lui n'est pas un obstacle placé sur notre route commune, c'est un signe du destin ! Après tout, quel meilleur moyen pour que Garrett réalise ce que je représente pour lui ? L'absence attise les passions – c'est bien ce qu'on dit –, et il a d'ailleurs suffi de quelques jours de séparation pour que je lui manque. Ses hésitations seront bientôt balayées, j'en ai la conviction. À ce rythme, il me déclarera son amour à la fin de l'été. Je dois juste tenir jusque-là sans lui. Fastoche !

Je m'engouffre dans le café, poussée par un nouvel espoir et la détermination. Il n'est pas encore ouvert, mais les autres membres du personnel sont déjà attablés autour de cafés et de viennoiseries dans le grand bureau, au fond, qui fait aussi office de vestiaire et de réserve. LuAnn me fait signe d'approcher, un flacon de vernis à ongles dans la main.

– Je suis en retard ? je lui murmure en m'asseyant sur la chaise libre à côté d'elle.

Je connais de vue certains employés. Aucun ne semble s'intéresser à l'arrivée d'une nouvelle : ils discutent à voix basse en bâillant et se grattant – à croire que sept heures, c'est beaucoup trop tôt pour se tirer du lit, quand on est à la cool.

– Ne t'en fais pas, me répond-elle à un volume normal, tandis qu'elle applique des paillettes violettes sur les ongles de sa main droite. Carlos n'est pas encore réveillé.

Du menton, elle désigne un gars avachi sur le bureau. La trentaine environ, pas rasé, en jean froissé et tee-shirt noir qui a connu de meilleurs jours.

– Qui est-ce ?

– Le patron, répond LuAnn, tout en tirant la langue, concentrée sur son vernis.

Lorsque son dernier ongle est suffisamment pailleté, elle reprend :

– Il était membre d'un groupe de rock indé qui a eu son petit succès, il y a dix ans. Ils se sont séparés, mais une de ses chansons a été utilisée dans une publicité pour une voiture. Ça lui a rapporté gros. Et il a ouvert cet endroit.

– Waouh ! Au magasin de donuts, je bossais pour un chauve, Kenny. Il nous hurlait dessus chaque fois qu'on essayait de changer sa musique pourrie.

– Carlos est super. Enfin, tant que tu ne lui parles pas trop fort s'il a la gueule de bois. Et que tu ne l'appelles pas pour lui demander quelque chose avant midi.

– Les amis, on peut s'activer un peu ?

Carlos a fini par émerger. Il pousse une liasse de documents vers la personne la plus proche, une fille menue à mèches bleues, des bracelets élastiques multicolores aux deux poignets.

– Vous me gonflez avec vos nouvelles feuilles de présence ! s'exclame-t-il. Changez d'heure, si vous voulez, je m'en tape ! Réglez ça entre vous...

Il bâille puis ajoute :

– Autre chose ? Non ? Parfait.

– Si, moi !

LuAnn agite la main.

– Katy m'a plantée hier, explique-t-elle.

– Encore une ! grogne Carlos. Qu'est-ce que tu leur fais ?

– Hé ! Je n'y suis pour rien !

– Évidemment. N'empêche que c'est à moi de lui trouver une remplaçante.

Cette perspective ne semble guère réjouir Carlos. LuAnn me pousse à me lever et s'écrie :

– Pas cette fois ! Je t'ai évité cette peine en embauchant quelqu'un. Voici la nouvelle, tout le monde !

Une douzaine de regards sont braqués sur moi.

– Sadie, dis-je avec un petit geste gêné de la main. Euh... bonjour.

Carlos se renfrogne aussitôt.

– Attends, tu es qui, toi ?

– Une vraie sauveuse ! intervient LuAnn en me tapotant la tête et en souriant à pleines dents. Une nouvelle serveuse sur un plateau d'argent. Tout le monde est gagnant dans l'affaire !

Les yeux restent rivés sur moi et je m'empresse d'ajouter :

– Désolée, je croyais que tout était réglé. Je peux remplir un formulaire de candidature en bonne et due forme si besoin. Et j'ai d'autres expériences dans la restauration ! Vous voulez peut-être me faire passer un entretien...

– Un entretien ! s'esclaffe quelqu'un dans mon dos.

Le regard sévère, Carlos me demande :

– Tu as déjà travaillé ?

J'opine vigoureusement.

– Pas de casier judiciaire ? Ni de problème de drogue ?

Je fais non de la tête.

– Je... j'ai dix-sept ans, j'ajoute, soudain prise de panique.

Je le savais ! Je n'ai pas l'âge requis pour bosser ici. Et je ne suis sans doute pas assez branchée de toute façon. Autant m'habituer tout de suite à l'idée que mon été va se résumer à subir les pensées positives de ma mère et à distribuer des badges ou des tracts jusqu'à ce que...

Carlos éclate brusquement de rire. Il avale une gorgée de café et s'essuie la bouche du revers de la main, avant de dire :

– Détends-toi, ma petite, c'est bon. Tu es embauchée.

– Super !

Je me laisse tomber sur ma chaise avec soulagement.

– Je ne suis pas d'accord ! désapprouve une jolie fille apprêtée avec un accent français.

Elle porte une chemise impeccable, des lunettes en écaille et me foudroie du regard. Sa coiffure afro forme une sphère parfaitement régulière autour de son crâne.

– Je vous préviens, je ne changerai pas mes horaires. Pour personne.

– Dominique, m'informe LuAnn tout bas. Tu peux le constater, elle a l'esprit d'équipe.

Carlos lève les yeux au ciel.

– Tu changeras tes horaires si je te le demande.

– J'ai des cours ! s'emporte Dominique. Et au cas où vous l'auriez oublié, je suis des études de droit, moi, je ne suis pas dans une fac de troisième zone où personne ne remarque les absences !

– Hé ! proteste la fille minuscule aux mèches bleues.

Dominique lui jette un regard plein de mépris, puis enfonce le clou :

– Je tiens juste à rappeler que certains d'entre nous font de vraies études.

Les mains sur les hanches, Carlos réplique :

– Et je tiens juste à rappeler que si vous ne respectez pas les horaires dont je décide, vous êtes libres de chercher un autre travail !

– Je ne me gênerai pas ! riposte Dominique. On verra comment tu te débrouilleras avec les comptes. Tu ne tiendrais pas une semaine sans moi, abruti !

Je sens qu'on me tire la manche.

– Viens, me dit LuAnn entre deux bouchées de muffin. Je vais te montrer les ficelles.

– Mais...

Je me tourne vers Carlos et Dominique, qui râle maintenant au sujet des heures d'ouverture et du droit du travail.

– Est-ce qu'on ne devrait pas... ?

– Laisse-les, soupire-t-elle. Elle va démissionner avec fracas et il lui présentera ses excuses. Ou pas, et il te proposera de faire plus d'heures. Tout bénef pour toi !

Les autres employés, indifférents eux aussi, se dispersent pour sortir fumer une cigarette ou négocier leurs horaires entre eux.

– D'accord, dis-je en me levant au moment où Dominique se met à jeter des objets sur Carlos. Montre-moi les ficelles !

Il faut moins de dix secondes à LuAnn pour m'expliquer la carte, le fonctionnement de la caisse enregistreuse et de l'impressionnante machine à café.

– C'est fastoche, la môme, tu t'en sortiras comme une

chef, conclut-elle avant de me donner une nouvelle tape sur la tête, aussi condescendante que rassurante.

– Où vas-tu ? je m'étonne, la voyant contourner le comptoir.

– Je ne travaille que cet après-midi.

– Alors, qui... ?

Je ne vais pas au bout de ma question : LuAnn y a déjà répondu en pointant le doigt sur Dominique.

– Ah...

– Ne t'en fais pas, me rassure-t-elle de ce ton désinvolte que lui confèrent son incroyable style vestimentaire, sa confiance inébranlable et, j'allais l'oublier, son âge. Ignore-la si elle pique une colère. C'est un sucre, en réalité.

Un vieux sucre tout dur, dans ce cas : rien de ce que je peux faire ou dire durant ces premières heures de travail ne semble trouver grâce à ses yeux.

– Deux latte, dont un au lait de soja et un déca, avec une camomille ! me crie Dominique un peu plus tard dans l'après-midi.

– Avec plaisir !

Je commence par le plus simple, l'infusion, avant d'affronter mon nouvel ennemi : la machine à café. J'ai passé la matinée à débarrasser les tables et à encaisser les clients, poste relativement inoffensif, mais elle a fini par me pousser derrière le comptoir et me livrer à la Bête. Et si vous trouvez que j'exagère, c'est que vous n'avez pas vu le monstre métallique : une énorme masse de cadrans, boutons et tuyaux, lesquels, si l'on sait leur parler, sont censés produire le fameux breuvage du Café In, autrement dit « le meilleur café de Nouvelle-Angleterre ».

– On n'a pas toute la semaine ! ajoute Dominique, un sourcil arqué par le dédain.

Vive l'esprit d'équipe !

– Qu'est-ce que tu fabriques ? s'enquiert Josh, le cuistot, à travers le passe-plat. Tu espères faire décoller ce machin ?

Ses cheveux bruns forment des épis indomptables et ses yeux bleus sont allumés d'une lueur d'amusement, tandis que j'actionne prudemment les différentes commandes de la machine.

– Je voudrais juste préparer un latte, lui dis-je tout en craignant d'avoir l'air débile.

Difficile d'oublier que je suis la petite nouvelle. *Petite* étant le mot clé. LuAnn a bien eu raison de me surnommer « la môme » : les autres employés sont nettement plus âgés. Carlos a au moins trente ans, bref c'est un vieux. Dominique doit avoir la vingtaine, et la serveuse aux mèches bleues, Aiko, a peut-être l'air jeune avec sa silhouette frêle et ses tee-shirts rétrofuturistes, mais elle est en première année de fac, en arts graphiques. Le plus jeune après moi, c'est Josh, il a dix-neuf ans – je le tiens d'Aiko. La plupart du temps, il reste dans son domaine, la cuisine, où il prépare des paninis. Quand il ne me regarde pas m'agiter dans tous les sens pour brasser de l'air.

– Essaie d'appuyer sur ce truc, me suggère-t-il.

Je presse un bouton argenté.

– Non, dit-il, celui d'à côté.

Je suis ses indications, pas entièrement rassurée – la Bête peut toujours, d'un instant à l'autre, m'embrocher avec l'un de ses leviers. Un sifflement s'élève, suivi d'un grognement. Un frémissement impressionnant secoue la machine et... ça marche ! Les deux tasses devant moi se remplissent de café.

– Tu m'as sauvé la vie ! je rayonne. Bon, ce serait mieux si j'avais retenu les gestes pour la prochaine fois. Encore une centaine d'essais et...

– Tu rêves !

Il disparaît dans la cuisine et revient, quelques instants plus tard, avec un bloc de Post-it.

– Ça devrait t'aider à te repérer, dit-il en écrivant *1, 2, 3* au marqueur noir, avant de les coller sur les commandes correspondantes.

– Merci, Josh. J'aurais quand même pu y penser toute seule...

Il sourit.

– C'est pour ça que tu n'es qu'une vulgaire servante alors que je possède mon propre royaume ! s'exclame-t-il avec un geste grandiloquent en direction de la minuscule cuisine. Admire un peu !

J'éclate de rire.

– Impressionnant ! Tu as l'eau courante, et tout.

– La plupart du temps, oui.

– Sadie !

Dominique ne tourne même pas la tête vers moi pour m'apostropher.

– La servante ferait mieux de se remettre à ses vulgaires latte. Encore merci !

Je donne les boissons – sans doute tièdes à présent – à Dominique.

– C'est pas trop tôt, râle-t-elle. La prochaine fois tu vas attendre qu'on soit tous devenus séniles ?

– Désolée, je...

– Je ne veux pas le savoir. Va débarrasser les tables à l'avant.

Elle pousse un soupir de lassitude, épuisée par mon incompétence.

– *Subito*, ajoute-t-elle.

Je la regarde sans comprendre.

– Tout de suite ! traduit-elle.

Munie d'une lavette, je me faufile sous le comptoir. Je prends le temps de nettoyer chaque table – pas tant par souci du travail bien fait que parce que j'espère trouver une source d'inspiration pour mon futur roman. Comme toujours, Sherman me déçoit.

– Je lui ai encore demandé de repeindre sa clôture. Ça nuit à l'unité esthétique de la rue.

– Et ils font une promotion sur la peinture au magasin de bricolage en ce moment.

– Exactement ! Certaines personnes n'ont vraiment aucun sens de la communauté.

Si j'étais intéressée par les petits détails de l'existence, je serais au paradis à l'heure qu'il est. Je devrais y songer, d'ailleurs... Je pourrais raconter l'histoire d'une serveuse dans une petite ville, condamnée à écouter, à longueur de journée, des conversations sur les activités passionnantes des habitants, alors que son amour est loin...

Un éclair rouge capte mon attention de l'autre côté de la vitrine. Les gamins du centre aéré, qui portent tous le même tee-shirt, descendent la rue en file indienne désordonnée. Kayla les accompagne, vêtue de son propre tee-shirt rouge et chargée de bouteilles d'eau ainsi que de crème solaire. Elle rayonne, plus guillerette que jamais, et remet la casquette d'un gosse avant d'en faire rentrer un autre dans le rang. L'incarnation parfaite de l'enthousiasme estival. J'aurais dû me douter qu'elle finirait par décrocher un boulot avec des enfants. Ou avec des personnes âgées. Ou avec d'adorables bêtes à poil.

Elle m'aperçoit et me fait signe. Je lui retourne un geste maladroit, les bras encombrés de vaisselle sale.

Quand j'ai enfin fini de débarrasser, mon estomac produit des gargouillements inquiétants. J'étais si obsédée par ma tenue pour ce premier jour de travail que j'ai sauté le petit déjeuner, et je n'ai rien eu le temps d'avaler de la journée.

C'est avec appréhension que j'aborde Dominique.

– Je me disais que, peut-être, je pourrais prendre ma pause...

Le visage de marbre, elle finit la phrase à ma place :

– Une fois que ça se calmera. Tu trouves que c'est calme, là ?

– C'est comme ça qu'on dit « bien sûr » en français ? intervient LuAnn, qui vient d'entrer par la porte de derrière. Prends ta pause, Sadie.

Elle jette son sac à franges et à paillettes sur le comptoir, répandant du maquillage et des pièces de monnaie partout.

– Je peux te remplacer dix minutes, ajoute-t-elle en voyant que je n'ai pas bougé.

– Merci, dis-je avant de retirer mon tablier. Je n'en ai pas pour longtemps, je dois juste déjeuner.

LuAnn cligne des yeux de surprise.

– Déjeuner ? Mais il est presque quinze heures, ma puce.

Elle se tourne vers Dominique.

– Qu'est-ce que tu lui as fait ?

Celle-ci se contente de hausser les épaules.

– Elle est là pour travailler.

– Femme cruelle et sans cœur, observe LuAnn d'un air sévère.

Imperturbable, Dominique reprend la lecture du magazine de mode qu'elle a planqué derrière la machine à café.

Poussée par la curiosité, je les regarde se chamailler. Quand j'étais de l'autre côté du comptoir, simple cliente, j'avais imaginé que les employés étaient tous les meilleurs amis du monde. C'était en tout cas l'impression qu'ils me donnaient, lorsque je les voyais rire ensemble. Après avoir entendu LuAnn me parler de Carlos et Dominique... d'à peu près tous les autres, je constate que l'équipe du Café In ressemble plus à une famille – le genre nombreuse et dysfonctionnelle, dont tous les membres se battent au moindre prétexte et se fichent de l'avis des autres.

– Josh ! appelle LuAnn, tout en tortillant ses cheveux et en les ramenant en chignon avec deux crayons, comme ce matin.

Il passe la tête hors de la cuisine et demande, avec un faux accent traînant du Sud :

– Oui, m'dame ?

– Nourris cette enfant avant qu'elle ne se trouve mal.

– Je vais bien, j'insiste, gênée.

Rien n'arrêtera LuAnn.

– Apportez une chaise ! Et de l'eau ! lance-t-elle tout en dansant dans l'espace exigu derrière le comptoir. On ne voudrait pas être encore obligé de fermer le café pour exploitation de mineure !

Si je frémis à ces mots, Josh, lui, est hilare.

– Regardez-la, elle est toute pâlotte. Elle souffre de malnutrition, ça se voit, ajoute-t-elle en me pinçant la joue. Prépare-lui un de tes merveilleux sandwichs bacon-laitue-tomate.

– Euh, en fait, je ne mange pas de bacon, interviens-je, mal à l'aise. Ni de jambon. Enfin, je ne mange pas de porc, quoi...

Josh jette un torchon au visage de LuAnn.

– Et le prix du manque de subtilité revient à...

Elle se donne une tape sur le front.

– Tu es juive ! Mince, désolée !

– Ce n'est rien, j'insiste, piquant un fard. Vraiment. Je ne mange même pas casher... c'est plutôt une habitude, disons.

Dominique finit par sortir le nez de son magazine.

– Fichez-lui la paix, à cette pauvre petite, grommelle-t-elle.

Je lui souris, reconnaissante de son soutien, mais alors elle ajoute :

– Si elle nous colle sa démission, je devrai récupérer ses heures demain.

Charmant.

7

Maintenant que la Bête est presque domptée et que je suis capable, grâce à mes Post-it magiques, d'atteindre le nirvana du café, le reste de ma première semaine de travail se déroule selon une routine régulière : moudre, verser, faire mousser et servir.

– J'ai même récupéré vingt dollars de pourboire, j'informe Garrett, le dimanche matin.

Le téléphone coincé entre mon épaule et mon oreille, je me bats avec mon jean pour l'enfiler. Il éclate de rire avant d'observer, d'une voix claire et forte, qui ne laisse pas supposer que plus de cent cinquante kilomètres nous séparent :

– Mais quelle générosité, ces clients ! Ne dépense pas tout d'un coup.

– Je n'ai pas le choix, je soupire. J'ai abîmé presque tous mes jolis hauts avec la mouture. Je ne sais pas comment faisait Amélie Poulain pour ne pas tacher ses robes.

– Tu as l'air de bien t'amuser avec tous tes nouveaux amis.

– C'est vrai.

Après une hésitation, j'ajoute d'un ton détaché :

– J'aimerais tellement que tu les rencontres, tous. Tu adorerais LuAnn, la fille aux cheveux rouges. Elle est démente.

– Je n'arrête pas de me dire la même chose à propos des gens, ici. Ceux avec qui je partage ma chambre doivent en avoir assez d'entendre parler de toi. Je suis constamment en train de répéter : « mon amie Sadie »...

Une sensation délicieuse papillonne dans ma poitrine. Il pense à moi, je le savais. Il parle même de moi ! Je n'ai pas le temps de réclamer plus de détails, déjà il soupire :

– Écoute, je dois aller à un atelier. Tu seras joignable plus tard ? ajoute-t-il d'un ton plein d'espoir. J'ai tout un tas de choses à te raconter.

– Oui ! je m'écrie. Enfin, bien sûr, appelle quand tu veux.

– Super. À plus, alors.

Bien que je sois tentée de traîner à la maison en attendant son nouveau coup de fil, ma pauvre garde-robe maculée de café m'appelle au secours. J'emprunte donc la voiture de ma mère et fais les trente minutes de route jusqu'à l'immense bloc de béton qui contient le centre commercial, Hadley Mall. Je garde en général mes distances avec cet endroit – « temple sans âme du capitalisme moderne », pour reprendre les mots de Garrett –, mais mon budget restreint mes options.

Je suis en train de passer en revue les promotions au sous-sol de la principale boutique de vêtements quand un visage familier surgit au détour d'une allée.

– Sadie ? Hé !

– Kayla, dis-je gênée, en la découvrant aussi jolie et

apprêtée qu'à son habitude avec son jean et sa chemise à carreaux fermée par des boutons-pression. Euh, salut !

– Salut ! répond-elle avec un sourire éclatant.

Ses cheveux blonds tombent en vagues naturelles sur ses épaules. Naturelles pour elle, en tout cas – elle est née sans le gène si redoutable du frisottis.

– La forme ? Qu'est-ce que tu... oh ! s'exclame-t-elle soudain avant de se jeter sur le portant derrière moi. C'est parfait !

– Vraiment ?

Incrédule, je détaille le bermuda monstrueux qu'elle brandit : kaki avec des fleurs rouges, il lui descend au moins jusqu'aux genoux. Surprenant mon expression, elle éclate de rire.

– Non, je veux dire, il est immonde, mais c'est exactement ce que je cherchais. Ces gamins abîment tout ce que je mets.

Elle ajoute un tee-shirt vert fluo dans son panier.

– J'ai le même problème, j'observe. Enfin, avec mes vêtements. Tu n'imagines pas comme c'est difficile d'enlever les traces laissées par des pépites de chocolat fondu.

– Tu t'adresses à la spécialiste des taches de peinture à doigts. Je jurerais qu'ils le font exprès. Il y en a un, Jaden, il a laissé des empreintes de main bleu vif sur ma chemise préférée. Elle est bonne à jeter !

Nous prenons la direction des cabines d'essayage, et je l'interroge sur son boulot.

– Ça te plaît, le centre aéré ? Ça doit être marrant.

– Ils sont trop chou, évidemment. Pendant les cinq

premières minutes de la journée. Ensuite, j'ai envie de leur tordre le cou, à ces petits choux.

Je n'en crois pas mes oreilles.

– J'ai toujours pensé que tu adorais les gamins.

– Jamais de la vie ! rétorque-t-elle en secouant exagérément la tête. Un, ça va. Deux, à la rigueur, tu peux les mettre devant un dessin animé ou les laisser jouer à la Xbox toute la nuit. Dès qu'ils sont en nombre, brrr..., lance-t-elle avec un frisson.

– Tu pousses un peu, non ? dis-je dans un éclat de rire.

– As-tu déjà été coincée avec un groupe de rase-moquette ?

Elle me fixe, les yeux écarquillés, puis ajoute :

– Au début, ils sont calmes, mais dès qu'ils s'en prennent à toi... c'est comme dans les films. Ceux qui semblaient les plus innocents se transforment toujours en démons. Ou en zombies.

– Tu veux dire qu'ils sont possédés ?

– Ça expliquerait beaucoup de choses. Enfin, voyons le côté positif, ça fera un bon point dans mon dossier pour la fac. Je voudrais faire psycho, explique-t-elle. Et c'est poilant de regarder les parents se demander jusqu'à quel point leurs enfants sont perturbés et traumatisés.

Un large sourire illumine son visage à l'idée de toutes les heures de thérapie dont ces petits auront besoin.

– Eh bien... tant mieux, alors.

À l'évidence, j'ai sous-estimé Kayla.

Elle parcourt du regard l'espace éclairé aux néons, envahi de panneaux promotionnels de traviole et de clients qui furètent sans enthousiasme dans le bac des sous-vêtements soldés.

– Oh, mon Dieu ! s'exclame-t-elle, cet endroit est trop déprimant ! Je vais passer directement à la caisse avant de changer d'avis. Ou de me suicider.

– Tu ne les essaies pas, alors ?

– Pour me rendre compte que je ne ressemble à rien avec ? Tu es beaucoup plus courageuse que moi. À plus !

Je ressens un étrange pincement au cœur en la regardant s'éloigner. Cette conversation est sans doute la plus longue que nous ayons eue depuis des années et, à cet instant précis, j'ai du mal à comprendre pourquoi.

– Attends, Kayla !

J'ai parlé sans réfléchir. Gênée, je me force à poursuivre, quand elle se retourne :

– Tu as quelque chose de prévu ? Je me disais qu'on aurait pu prendre un verre. Et échanger des tuyaux pour éliminer les taches les plus tenaces.

J'ai piqué un fard en prononçant cette dernière phrase. Kayla réfléchit à peine.

– Pourquoi pas, je ne suis attendue nulle part.

– Super !

Réalisant combien je me suis laissé déborder par mon enthousiasme, je redescends d'un ou deux crans.

– Enfin, je veux dire : bien. C'est cool.

– Rejoins-moi à l'entrée du magasin dès que tu as terminé, propose-t-elle avec un sourire. Sans mentir, j'ai l'impression de faire une réaction allergique à tout ce polyester.

– O. K. ! On se retrouve devant.

Je sens monter un étrange sentiment de satisfaction.

– Alors, le Café In ? lance Kayla pendant que nous attendons nos immenses granités fluo.

Le coin restauration du centre commercial est envahi de troupeaux de préadolescentes qui squattent tous les bancs et de promeneurs du week-end qui flânent sans but dans les allées à l'éclairage artificiel.

– Tu veux échanger ? ajoute-t-elle. Les petits démons contre la machine à café. Les mecs qui bossent dans cet endroit sont canon.

– Vraiment ?

J'avale une gorgée de mon granité et une bouffée de nostalgie m'envahit. À moins qu'il ne s'agisse d'une impression de déjà-vu ? Que ce soit l'un ou l'autre, j'ai déjà dû jouer cette scène cent fois avec Kayla, quand nous étions plus petites, à l'époque où une virée au centre commercial et une boisson glacée étaient à peu près tout ce dont nous rêvions.

– Comme qui ? j'insiste.

– Par où commencer ? déclare Kayla en rejetant sa chevelure soyeuse derrière son épaule. Le mec en cuisine, coiffé en pétard ? Ou le grand, toujours en noir ?

– Denton.

Ils sont inséparables, Aiko et lui, et ils forment d'ailleurs une drôle de paire, avec leur quarante centimètres ou presque de différence.

– Je ne le connais pas bien, j'ajoute, on n'a pas les mêmes horaires. Il sort avec Aiko, ils sont adorables ensemble. Josh, le cuistot, est très sympa. Un peu crétin, mais sympa.

– Ah..., remarque-t-elle avec un petit air entendu.

– Quoi ?

Juste à ce moment-là, je crois sentir mon téléphone vibrer. Garrett ! Je sors mon portable et constate que j'ai rêvé. Kayla répond déjà à ma question.

– Enfin tu vois, il est mignon, vous passez de longues heures ensemble tous les jours...

Je relève la tête à temps pour surprendre son clin d'œil appuyé. Et je comprends soudain ce qu'elle sous-entend.

– Josh ? Hors de question. Il est... trop vieux.

Kayla étouffe un ricanement.

– Et ?

– Et il fait sans arrêt l'imbécile, dis-je avant de ranger mon téléphone. Hier, il a porté des oreilles de lapin toute la journée. Pas vraiment mon genre.

Elle pousse un soupir déçu.

– J'avais oublié, tu ne t'intéresses pas aux mecs.

– Et qui pourrait me le reprocher ? je rétorque, complexée (ai-je vraiment cette réputation-là ?). Tu sais à quoi ressemblent les garçons de Sherman.

– Tu exagères, certains sont super ! proteste-t-elle.

Les yeux brillants d'excitation, soudain, elle ajoute :

– Oh ! Je pourrais te présenter des amis de Blake...

– Non !

Je m'empresse de nuancer :

– Enfin, c'est très gentil, mais ça me va pour le moment. D'être célibataire.

– Si tu le dis... On s'amuse vraiment avec ces mecs-là, tu sais ? Crois-moi sur parole, conclut-elle avec un nouveau clin d'œil.

Je me rappelle alors combien nous menons des vies différentes depuis que nous sommes au lycée. Moi avec Garrett, elle avec sa tripotée d'amies pimpantes et ses fêtes au bord du lac le week-end.

Je décide d'orienter la conversation sur un autre sujet que mes longues soirées en solitaire.

– Alors, Blake s'occupe comment cet été ?

Kayla grimace.

– Il se prépare pour la fac, surtout. Il part pour New York à l'automne.

– Ah... Vous pensez que votre relation survivra à la distance ou...

Je m'interromps, ne voulant pas provoquer une crise d'angoisse. Kayla se contente pourtant de siroter son granité à la framboise sans frémir.

– Oh, tout ira bien. On se verra pendant les vacances, et dans deux ans, je serai là-bas, moi aussi.

Elle parle de ça avec autant de détachement que s'il s'agissait du week-end suivant et pas des deux prochaines années de sa vie.

– C'est... super. Que vous ayez tout prévu, je veux dire.

– On est faits pour être ensemble, rétorque-t-elle sur le ton de l'évidence. On va juste s'arranger pour que ça marche.

– Ah, tant mieux.

Je ne peux pas m'empêcher de m'interroger sur sa détermination. D'accord, je suis convaincue qu'il finira par se passer quelque chose, entre Garrett et moi, mais on est destinés, lui et moi. Kayla et Blake sont peut-être très mignons ensemble, seulement je me demande si les histoires d'amour entre lycéens peuvent durer toute une vie.

– Bonne chance, en tout cas, dis-je. Ce n'est pas toujours

facile de rester sur la même longueur d'ondes quand on a des vies différentes.

– Ah, c'est vrai, j'oubliais que Garrett était parti pour l'été.

Après un silence, elle complète :

– Je me suis toujours posé la question, tous les deux, vous avez déjà... ?

– Non.

Ou plutôt : pas encore.

– Sérieux ? s'étonne-t-elle, le front plissé. Pas même une ou deux fois, pour se réconforter entre amis ?

– Non ! je m'écrie, horrifiée. Notre amitié est bien trop précieuse, on ne prendra jamais le risque de la perdre pour un truc aussi débile.

– Pardon.

Alors que Kayla semble réviser son jugement sur la question, la poche arrière de mon jean vibre à nouveau. C'est un message. *Ai essayé d'appeler, suis tombé sur ton répondeur. Tu peux parler ?* Garrett. Comment ai-je pu rater son coup de fil ?

– ... tu ne crois pas ?

La voix de Kayla me ramène brutalement à la réalité.

– Euh, tu disais ?

Elle soupire.

– Tu attends un appel ? Tu vérifies ton téléphone toutes les deux secondes.

Je comprends à son expression qu'il vaut mieux éviter de répondre : « Oui, d'ailleurs, je dois y aller. »

– Non, pardon, dis-je en le rangeant dans ma poche arrière, ça peut attendre.

– O. K. Tu me tiens ça ? Je dois absolument me mettre du baume à lèvres.

Elle me tend ses sacs de courses et son granité, et je me retrouve les deux mains prises.

– Mince, je l'ai mis où ? Je suis sûre de l'avoir vu quelque part...

Pendant que Kayla fouille dans son sac à main, je réalise que j'ai de plus en plus de mal à jongler avec tous nos achats.

– Euh, je ne suis pas sûre de réussir..., je grommelle.

– Je te jure, Sadie, j'ai parfois l'impression que ce sac est un portail vers une autre dimension.

Elle me sourit avant de se remettre à explorer les confins infinis de son sac bleu pâle.

– Il avale carrément des trucs ! ajoute-t-elle.

Mon téléphone choisit ce moment-là pour vibrer.

– Kayla ?

Elle retourne son sac et renverse son contenu par terre : maquillage, monnaie, tampons...

J'insiste malgré tout :

– Est-ce que tu pourrais...

– Bien sûr, juste une seconde !

Ma poche arrière vibre derechef et, cette fois, la sonnerie de Garrett l'accompagne – une obscure chanson de Belle and Sebastian qu'il adore. C'est lui !

Cette seconde me semble durer une éternité... Pendant que je regarde Kayla en pleine quête du Graal, la sonnerie de Garrett retentit encore. Et encore. Je suis à la torture. Je ne peux plus me concentrer sur rien, ni Kayla, ni le centre commercial, rien ! Pas quand je sais que Garrett m'attend, quelque part...

Et s'il ne pouvait plus faire taire ses sentiments ? Et s'il devait absolument me dire ce qu'il a sur le cœur ?

Ça suffit ! Avec beaucoup de précaution, je coince l'un des granités contre ma poitrine. Puis j'entreprends de transférer tous les sacs du côté droit, en en passant deux sur mon petit doigt et en attrapant le dernier avec les dents. Et voilà ! Ma main gauche est libre ! Si je ne fais aucun mouvement brusque, je pourrai atteindre...

Je cherche à tâtons ma poche arrière et finis par toucher, du bout des doigts, mon téléphone. Centimètre par centimètre, je le tire vers le haut, jusqu'à ce que je puisse presque...

– Trouvé !

Kayla bondit sur ses pieds, brandissant fièrement son tube rose de baume à lèvres.

– Non !

Trop tard, elle m'a déjà bousculée. Je vacille, perds l'équilibre et alors – à croire que la scène se déroule soudain au ralenti – je réalise en un quart de seconde que je suis face à un dilemme cruel : répondre à Garrett ou m'assurer de la stabilité de mon fardeau.

Le téléphone ou les granités... Le téléphone ou les granités.

Je fais mon choix.

8

Je ne suis pas fière de ce qui suit : l'horrible jet de liquide rouge vif dans les airs, le cri incrédule de Kayla. Mais qu'étais-je censée faire ? Le destin n'attend pas qu'on soit disponible pour se manifester, et si on ne réagit pas assez vite, on court le risque de passer à côté. Non, il faut saisir l'occasion quand elle se présente – ou son téléphone portable – des deux mains, et au diable les conséquences. Dans ce cas précis : une tenue bonne à jeter et une amie prenant la fuite aussi rapidement que le lui permettent ses ravissantes baskets bleues.

Le lendemain matin, la culpabilité ne m'a pas encore entièrement abandonnée, d'autant que Garrett voulait seulement connaître le nom du type qui a écrit ce livre sur tous ces jeunes auteurs dépressifs. En tout cas, c'est le prétexte qu'il a avancé, car qui peut savoir quelle vérité affective il avait sur le bout de la langue et qu'il m'aurait sans doute avouée si j'avais décroché plus tôt ?

Je te garde toutes mes notes et tous les polycopiés.

Ce message instantané de Garrett vient de surgir sur l'écran de mon ordinateur. Pour lui, le matin de bonne heure est le meilleur moment de la journée pour discuter, avant le début de ses cours.

Je te les posterai ce week-end. Promis.

Aucun problème, réponds-je, mélancolique. Pour la première fois depuis des années, je ne sais pas exactement ce qu'il est en train de faire : toutes les histoires qu'il me raconte me semblent lointaines, récits de seconde main des choses qu'il a vues, faites et pensées.

Tu t'amuses bien en cours ?

Je bosse plus que je ne m'amuse. Sa réponse a mis quelques minutes à arriver. *Mais ça vaut le coup. J'apprends tellement.*

– Chérie, je pars dans deux minutes ! me crie ma mère.

– O. K. !

Je tape un dernier message rapide : *Je file, envoie-moi un SMS si tu veux parler !* Je m'autorise même à ajouter un petit *x* à la fin, façon informelle de l'embrasser, avant de me déconnecter, d'enfiler mes baskets les plus confortables, de récupérer mon sac au passage et de dévaler l'escalier.

– Tu es très jolie, observe ma mère avec un sourire quand je déboule dans la cuisine, même si elle ne peut pas s'empêcher de me recoiffer (et moi, d'écarter sa main). Je suis contente que tu te sois enfin décidée à laisser pousser cette frange.

– Pas du tout, j'ai juste oublié de l'égaliser ce week-end, je rétorque en prenant une tranche de strudel dans le frigo et en ajoutant, devant son expression, une vraie pomme.

– Mais tu serais tellement plus mignonne sans !

– Je n'ai plus six ans, je n'ai pas envie d'être mignonne.

Je goûte du bout des lèvres mon petit déjeuner froid, puis ajoute :

– Et de mignon à adorable, il n'y a qu'un pas.

– Je ne vois pas où est le problème.

Je soupire. Si je laissais faire ma mère, je porterais encore deux tresses terminées par des rubans en satin... Vient un moment dans la vie de toute fille où elle doit, en matière de coiffure, prendre d'autres avis en considération. Comme ceux des garçons. Quand j'ai vu *Le Fabuleux Destin d'Amélie Poulain* avec Garrett juste après notre rencontre et qu'il a souligné combien elle était stylée, je me suis dit : pourquoi pas ? Ce genre de carré me va plutôt bien. Enfin, je crois. Il fait un contrepoint à mon fichu nez et, les bons jours, j'ai même l'air d'une mystérieuse étrangère.

– On devrait y aller, dis-je à ma mère avant qu'elle ne passe de ma frange à ma tenue, mon attitude et mes choix de vie de façon plus générale. Je n'ai pas envie d'être en retard au travail.

Bien essayé, sauf que personne n'a autant de suite dans les idées qu'elle.

– Tu es sûre de vraiment vouloir servir du café tout l'été ? me demande-t-elle alors que nous rejoignons la voiture. Il n'est pas trop tard pour démissionner. J'ai toujours besoin d'une assistante pour mes séminaires de la semaine prochaine, « La positivité, c'est maintenant ! ».

– Non, merci.

Je me contente d'une réponse prudente pour ne pas avoir à lui expliquer que remettre des badges à un troupeau d'âmes perdues qui espèrent trouver un sens à leur existence grâce à un programme en sept étapes s'apparente à l'idée que je me fais de l'enfer. Je préfère me battre avec la

Bête, plutôt qu'entendre qu'un simple tableau peut sauver le monde.

– De toute façon, je m'inscris dans une longue lignée littéraire, j'ajoute. D'après Garrett, même Trotsky écrivait dans des cafés à Vienne.

Cet argument n'emporte pas l'adhésion de ma mère.

– Je peux te payer dix dollars de l'heure. Et tu pourras participer gratuitement aux conférences de développement personnel qui t'intéressent.

Cette perspective seule suffirait à me convaincre de refuser.

– Merci, je m'amuse bien, là-bas.

Mensonge.

– Et les gens sont super.

Enfin, certains le sont. À présent que je suis une employée vaguement compétente, Dominique a troqué son dédain contre une indifférence glaciale. Elle ne m'adresse la parole que pour me donner des ordres ou me demander de nettoyer tel endroit. Josh se montre plus amical, Dieu merci !, mais il faut toujours qu'il fasse l'imbécile et c'est quasiment impossible d'avoir une conversation sérieuse avec lui.

Je suis justement en train de préparer le café pour l'ouverture lorsqu'il pénètre en trombe dans la salle, muni d'une canne à pêche et d'une boîte à outils d'où pendent un tas d'hameçons. Son nez pèle en raison d'un coup de soleil, et ses cheveux bruns se dressent plus que jamais en épis indisciplinés.

– Tu pêches ? je demande en résistant à l'envie de prélever les noix de pécan sur les muffins que je suis en train de disposer sur les présentoirs.

Oh, merveilles caramélisées ! Je me tourne vers Josh pour éviter de transgresser au moins cinq règles d'hygiène et de sécurité, et poursuis :

– Je ne m'en serais pas doutée. Tu chasses, aussi ?

– Bien sûr ! dit-il, un sourire jusqu'aux oreilles.

Après s'être débarrassé de son matériel dans un grand fracas métallique, il ajoute :

– Oiseaux, gibier, mammifères, je tire sur tout. D'ailleurs, j'ai aperçu deux rongeurs dehors, si tu as un petit creux...

– Beurk !

– Quoi ? s'esclaffe-t-il. Non, la pêche, c'est plus le truc de mon père. Il me traîne de force, parfois. Il doit penser que ça resserre nos liens...

– La chance ! je soupire. Ma mère, elle, m'oblige à remplir avec elle des listes d'objectifs. Ou à faire une manucure. Tu vois le genre...

J'agite mes ongles rongés pour qu'il comprenne bien à quel point c'est du temps perdu, et reprends :

– Enfin, moi, je trouve ça mignon que ton père veuille partager des choses avec toi.

Ayant terminé les préparatifs, je me hisse sur le comptoir. Nous ne sommes pas encore officiellement ouverts, et le café est une mer tranquille de tables propres et de sucriers pleins. Le calme avant la tempête.

– C'est un peu pareil, avec mon père. Il voyage beaucoup, j'explique, mais dès qu'il est en ville, nous allons voir un spectacle, un concert que j'ai repérés. C'est un peu bête, je sais...

Gênée, je finis par aller au bout de ma phrase :

– Je ne peux pas l'expliquer, j'aime bien l'idée de partager quelque chose rien qu'avec lui.

Josh ne semble pas me trouver puérile. Il acquiesce tout en tambourinant d'un air absent sur le comptoir avec deux cuillères.

– Je vois. J'ai trois grandes sœurs, mon père s'est donc vengé sur moi. Football, baseball... À peu près tout ce qui implique un fusil ou des balles. Non, je n'ai pas dit des boules, pas de blague douteuse sur sa virilité ! s'esclaffe-t-il en pointant une cuillère menaçante sur moi. Crois-moi, je les ai déjà toutes faites.

M'efforçant de garder un air sérieux, je rétorque :

– Ce n'est pas mon genre. Mais tes sœurs n'aimaient pas le sport ? Et tirer un coup de temps à autre ?

Je m'interromps aussitôt, consciente de l'énormité qui vient de franchir mes lèvres. Josh se plie en deux de rire, et je rougis.

– Arrête ! Tu as compris ce que je voulais dire !

Il est pris d'une quinte de toux.

– Trop facile...

Je lève les yeux au ciel. C'est le problème lorsque je discute avec Josh : il déforme constamment mes propos pour en faire quelque chose de ridicule ou d'obscène.

– Non, reprend-il, une fois qu'il s'est calmé, il a essayé le sport et la chasse avec elles, mais elles préféraient d'autres trucs. La danse, la natation, les livres.

– Juste ciel ! je m'écrie, une main pressée sur le front. Ces filles, alors, qui s'imaginent pouvoir tout apprendre dans les livres !

– C'est vrai, tu aimes la lecture, toi aussi, observe-t-il comme si c'était un défaut.

Il chipe un des muffins interdits, le partage en deux et m'en offre une moitié. J'hésite à peine une seconde avant de l'accepter.

– Tu sais, poursuit-il la bouche pleine, ça n'est pas bon pour toi. De rester assise pour bouquiner. Que feras-tu quand les zombies débarqueront ? Tu seras trop ramollie pour courir.

– Je croyais qu'ils avançaient à deux à l'heure.

– L'espèce la plus commune, oui. Je te parle de ceux génétiquement modifiés.

J'éclate de rire.

– Mais où avais-je la tête ? Bon, eh bien, dans ce cas, je leur balancerai de gros pavés bien lourds à la tronche et je réciterai une prière.

– Bonne chance...

Il enfourne la fin du muffin et s'installe sur le comptoir à côté de moi. Poussée par la curiosité, je lui demande :

– Alors, tu commences la fac à l'automne ?

Il secoue la tête.

– Non, les études, c'est fini pour moi. Les heures de cours assis, les devoirs, tout ça... Pas mon truc.

– Qu'est-ce qui te branche, alors ?

Avec un petit sourire en coin, il répond :

– C'est justement ce qui me reste à découvrir. Et je compte bien trouver. Crois-moi, mes parents veillent au grain.

Le carillon de la porte annonce le premier client de la

journée : un type en costard, les yeux bouffis, qui se traîne jusqu'à nous d'un air endormi.

– Bonjour, monsieur Hartley ! je m'écrie en sautant du comptoir. Comme d'habitude ?

– Hmmmph, murmure-t-il dans un bâillement.

– Un triple espresso et un chausson au fromage blanc, c'est parti !

Je m'attaque à la Bête et actionne les leviers requis. Elle frissonne et crachote en guise de protestation, mais je ne me laisse pas impressionner un seul instant et lui donne une tape sur le flanc : un gargouillis s'élève et le breuvage se met à couler.

– Pas de Post-it, observe Josh.

Il me tend la main pour que je tope ; je m'exécute avec un sourire.

– Elle a compris qui commandait !

J'ai dompté la Bête juste à temps : nous sommes bientôt assaillis par la déferlante matinale d'accros à la caféine, qui ne retombe pas avant plusieurs heures. Sans m'en rendre compte, je me mets en pilote automatique – prendre la commande / faire mousser / servir – et laisse mon esprit vagabonder vers des pensées plus importantes, comme Garrett. J'ai toujours eu, hum !, une imagination très fertile dès qu'il s'agit de nous deux, et depuis qu'il est loin, je m'adonne à ce genre de rêveries avec une ferveur renouvelée. Je me suis rejoué notre dernière soirée une centaine de fois : si le mec bourré n'avait pas gâché l'ambiance, si Garrett avait été capable de me dire ce qu'il avait sur le cœur... Il y a aussi le scénario de son « retour précipité à Sherman » : au beau milieu d'un cours, Garrett pose un regard neuf sur le poème d'amour qu'il étudie et se rend compte qu'il parle de nous. Il quitte la classe en un éclair, revient en stop et court jusqu'au café pour me soulever dans ses bras et m'embrasser passionnément...

– Hé !

Une voix lasse me tire de mon songe éveillé. Je relève la tête et découvre Kayla, flanquée de trois gamins.

– Kaylaaa, je dois faire pipiii ! gémit l'un des garçons.

– J'ai soif ! ajoute une petite fille à couettes.

– Une seconde, réplique Kayla en croisant mon regard. Ce qu'on ne ferait pas pour un peu d'argent de poche...

Rouge de honte, je bredouille :

– Écoute, je voudrais m'excuser... pour l'autre jour...

Au lieu de signifier sa colère, elle secoue aussitôt la tête.

– Non, c'est entièrement ma faute ! C'est moi qui t'ai demandé de tenir tous mes trucs.

– N'empêche... Je me sens vraiment mal à cause de ce qui s'est passé. Tu as pu nettoyer tes vêtements ?

– Sans problème.

À son tour, elle paraît gênée.

– Je suis désolée d'avoir déguerpi comme ça, Sadie, mais avoir des taches de cette couleur sur mon jean...

– Oh, non ! dis-je, réalisant seulement que le rouge du granité pouvait prêter à confusion. Je n'y avais même pas pensé !

– Moi non plus, jusqu'à ce qu'une bande de mecs se mette à me montrer du doigt en se poilant. Je devais filer.

Le grand type qui fait la queue derrière Kayla se racle la gorge pour attirer mon attention, et je réagis aussitôt.

– Qu'est-ce que je peux te servir ? je demande à mon amie. C'est la maison qui offre, j'ajoute en murmurant.

– Super ! Un truc avec de la glace et du sirop.

– Tu es sûre ?

Les gamins qui l'accompagnent sont en train de martyriser un pauvre chien d'aveugle assis dans un coin.

– Ils ont l'air d'avoir déjà eu leur dose, fais-je remarquer.

– Eux oui, mais moi, non ! rétorque Kayla. Je dois encore tenir deux heures avant que leurs parents viennent les chercher !

– Une dose de sucre, c'est parti !

Et je ne lésine pas sur la quantité.

Je réussis à rester zen jusqu'à la fin de la semaine – si l'on excepte la fréquence obsessionnelle avec laquelle je consulte mon téléphone à chaque pause, espérant un mot de Garrett. Son emploi du temps plus qu'ambitieux a fini par avoir raison de lui et nos échanges matinaux par devenir de plus en plus réduits : à peine le temps d'un « comment ça va ? », sans parler de confesser son amour, avant son petit déjeuner, son premier cours ou que sais-je encore – j'aime autant ne pas imaginer ce qu'il peut faire dans les bois. Sans moi.

– Des projets pour le week-end ? me demande LuAnn pendant que nous balayons, le vendredi soir.

Le café serait désert sans la cliente installée dans un coin et bien décidée à profiter de notre wi-fi jusqu'à ce qu'on la chasse.

– Rien de spécial, réponds-je avec un haussement d'épaules. Je vais traîner chez moi. Je peux venir faire quelques heures, si tu as besoin de moi.

– Pas de fêtes délirantes ou de rendez-vous coquin ?

Avec un soupir outrancier, elle ajoute :

– Bon sang, qu'est-ce que je donnerais pour avoir encore dix-sept ans !

J'ai envie de rire. Par où commencer ? Lui expliquer que, sans Garrett, je n'ai pas d'entrée dans ces fêtes délirantes ? Ou que le seul garçon qui m'ait touchée, Kenny Mendolson, m'avait accidentellement effleuré la poitrine en attrapant une pipette en TD de chimie l'an dernier ? Me remémorant son expression d'effroi (il aurait au moins pu avoir l'air content !), je murmure :

– Évidemment, c'est trop génial.

– Je me souviens, quand j'avais ton âge, poursuit LuAnn avec le ton blasé d'une quinquagénaire, je rentrais si souvent après l'heure autorisée que ma mère a fini par baisser les bras. J'étais attirée par les motards.

– Moi aussi, dis-je.

Bon, d'accord, mais un scooter, c'est presque une moto.

Une fois que nous avons terminé de balayer les débris de vaisselle, nous faisons un arrêt au comptoir, le temps de nous partager les gâteaux restants. LuAnn grignote du bout des dents un scone. J'en profite pour l'interroger :

– Tu vas à la fac ?

Si la plupart des employés, ici, jonglent entre leurs heures de cours et leur travail, je ne l'ai jamais entendue parler de sa vie en dehors du Café In.

– Pas pour le moment.

Un nuage passe sur son visage.

– J'ai voulu faire une école de stylisme, ajoute-t-elle après un silence.

– Ça doit être chouette.

– C'était chouette, jusqu'à ce que j'arrête.

Elle repose le scone et se met à enrouler une mèche de cheveux autour de son index.

– Ensuite, je me suis inscrite à la fac. En littérature. Puis en théâtre. J'ai changé pour histoire de l'art, mais je n'ai pas non plus été au bout. Je suis très douée pour commencer les choses, dit-elle d'une voix à la gaieté forcée, métallique. Et encore plus pour les arrêter. C'est une manie, chez moi.

Sa mèche est si serrée autour de son doigt que l'extrémité rougit. Je change de sujet :

– Qu'est-ce qui t'a amenée à Sherman, alors ?

LuAnn affecte peut-être une certaine désinvolture, mais je vois bien qu'elle n'est pas aussi indifférente qu'elle voudrait me le faire croire à son parcours en dents de scie. J'entreprends d'essuyer le comptoir, et elle s'empare d'un nouveau gâteau.

– L'histoire classique, répond-elle avec un haussement d'épaules emphatique. L'amour. L'espoir. L'illusion du bonheur.

Je continue à briquer le comptoir, ne voulant pas insister davantage.

– Un garçon, finit-elle par lâcher avec un regard d'autodénigrement. Il a été accepté à la fac ici, alors j'ai tout plaqué pour le suivre.

– Ah. Et vous êtes toujours...

– Ensemble ? Non.

Si son ton reste dégagé, ses yeux ne sont plus aussi pétillants.

– Il a réussi à tenir environ un mois avant de coucher

avec une des assistantes du prof. Ou de se prendre une assistante personnelle, comme j'aime dire.

– Désolée.

– Enfin, bref. Ça m'apprendra à construire ma vie autour d'un mec dont le livre préféré est *La Grève*. Écoute mon conseil, la môme, ajoute-t-elle en agitant un doigt réprobateur. Il ne ressort jamais rien de bon d'Ayn Rand. Crois-moi sur ce coup-là.

– Garrett adore ce livre, je proteste.

Dans un hurlement de rire, elle conclut :

– Évidemment !

Une fois que nous avons terminé le ménage, et réussi à nous débarrasser de notre cliente pot de colle, le ciel est couvert ; un nouvel orage d'été se profile.

– Je te dépose ? propose LuAnn après avoir fermé derrière nous.

– Tu es sûre que ça ne te fait pas un détour ? je demande en tirant sur les manches de mon pull pour me réchauffer les mains.

– Aucun problème.

Je la suis jusqu'à une vieille voiture rouge, garée au bout de la rue, et elle me prévient :

– Ne prête pas attention au bazar. Ou à l'odeur.

À l'instant précis où elle m'ouvre la portière, je sens ma poche arrière vibrer. J'attends une seconde, convaincue d'avoir encore rêvé, mais non, c'est bien mon téléphone. Je regarde qui appelle, le cœur battant déjà à cent à l'heure.

Garrett.

9

– Tu sais quoi ? Je peux prendre le bus, LuAnn.

Je recule déjà.

– Vous avez des choses à vous dire ? demande-t-elle avec un clin d'œil. Je comprends très bien. Passe un bon week-end !

Le téléphone pressé contre mon oreille, je dévale la rue.

– Garrett ? Salut !

Et c'est bien sa voix, claire, forte, parfaite, qui s'élève à l'autre bout du fil.

– Sadie, quoi de neuf ? Tu pousses toujours des wagonnets dans la mine ?

Je m'assieds sur le banc près de l'arrêt de bus et laisse ses douces intonations agir tel un baume relaxant sur moi. Je n'ai plus ni courbatures ni le dos endolori d'avoir porté de la vaisselle sale toute la journée. Non, je n'exagère pas, il n'y a plus rien au monde que lui et moi.

– Rien de neuf, lui réponds-je. Et ton stage ? On vous a rendu votre poème, déjà ?

– Non, le professeur prend son temps, mais je travaille sur une nouvelle qui sera publiée dans un magazine à la fin de l'été.

Il marque un silence, puis se racle la gorge.

– Je... En fait, je voulais te parler de quelque chose, Sadie.

– Oui ?

Je prends une inspiration et pose les coudes sur les genoux, anticipant ce qui va suivre. Je ne rêve pas, si ? Garrett éclate d'un rire nerveux qui ne lui ressemble pas du tout.

– C'est trop bizarre de ne pas voir ton visage. Bien sûr, il y a Skype, mais ça n'est pas pareil que de t'avoir en vrai.

Je ne rêve pas ! Le moment que j'ai tant espéré est arrivé. Peut-être que les tenants de la pensée positive n'ont pas tort, après tout. Les heures, non, les jours passés à imaginer cet instant n'ont donc pas été vains. Au contraire ! À force de me le représenter, j'ai envoyé un message à l'univers, qui a fini par le faire advenir. J'ai provoqué mon destin amoureux !

– Oui, dis-je d'un ton encourageant.

La nuit, fraîche et couverte, disparaît autour de moi. Rien n'existe plus que le son de la voix de Garrett et les battements précipités de mon propre cœur.

– On est amis depuis toujours, et je sais que je peux tout te dire...

– Tout !

Qu'est-ce qui me prend de l'interrompre avant qu'il ait eu une chance de soulager son âme ?

– Pardon, Garrett, je t'écoute.

– Euh, eh bien... voilà...

Il s'interrompt une nouvelle fois, et j'entends presque le roulement de tambour et le concert de trompettes. Ma vie est sur le point de changer à tout jamais, là, sur un vulgaire banc face à une laverie automatique. Mon existence va basculer !

Enfin, Garrett prend son courage à deux mains et prononce les mots merveilleux que j'attends depuis si longtemps.

– Alors voilà, je... je suis amoureux.

J'ai une poussée d'adrénaline, une douce euphorie m'envahit.

– Je t'aime aussi, je souffle, étourdie.

Garrett ne m'entend pas pourtant, il continue à parler.

– Elle s'appelle Rhiannon. Rhiannon, répète-t-il avec vénération. On s'est rencontrés le premier soir, et j'ai tout de suite su que c'était la bonne, mais je croyais qu'elle avait un copain, alors je me suis interdit d'espérer. Et...

– Attends ! l'interromps-je. Rhiannon ? Je...

J'en ai le souffle coupé.

– Tu n'as jamais parlé..., je bredouille.

– C'est la fille la plus incroyable que je connaisse, susurre-t-il. Et je sais que je l'ai déjà dit, avec Julie et Beth, seulement là, j'ai trouvé la bonne. Les autres, ça n'était que des coups de cœur adolescents. Là, c'est du sérieux. Je l'aime, répète-t-il, avec une sincérité telle que je comprends qu'il y croit vraiment.

Garrett est amoureux. De quelqu'un d'autre.

Mon cœur se brise.

– Elle a reçu une bourse pour venir ici...

Garrett continue à bavasser, alors que je suis pétrifiée

par la surprise et l'horreur. L'adrénaline dans mes veines s'est transformée en plomb.

– Elle a déjà écrit son premier roman et elle vient de signer avec un agent littéraire. Incroyable, non ?

Je suis à court de mots.

– Tu l'adorerais, Sadie. Vous vous ressemblez tellement. C'est d'ailleurs pour ça que je l'ai remarquée, au début, poursuit-il, enfonçant le couteau déjà bien planté dans mon cœur. Elle a la même tignasse que toi, et elle a exactement les mêmes goûts que nous pour la musique et le cinéma. Elle a même ton tee-shirt, celui avec l'érable ? Sauf que le sien est bleu. Sa couleur préférée.

J'étouffe un gémissement.

– Je ne sais pas comment t'expliquer, Sadie, ce que ça fait d'avoir une connexion aussi étroite avec quelqu'un. Et dire qu'on s'est retrouvés ici, dans ce stage... C'est le destin. Forcément. J'ai trouvé mon âme sœur.

Lui qui s'était toujours moqué de cette idée, au point que je veillais à ne jamais trahir ma propre foi dans les dieux du Destin, me parle de fatalité ? D'âmes sœurs ?

Des larmes me brûlent la gorge.

– Je suis désolée... Je dois y aller, dis-je abruptement, en m'efforçant de masquer le bouleversement dans ma voix.

– Ah, d'accord, rétorque-t-il, désarçonné. Mais tu me rappelles plus tard, hein ? Je dois tout te raconter !

Je réussis à marmonner une réponse étranglée avant de rabattre le clapet de mon téléphone.

Rhiannon.

Je m'affaisse sur le banc, sonnée. Incapable d'avoir une seule pensée cohérente, je fixe mes vieilles baskets d'un air hébété. Une part de mon cerveau enregistre qu'il s'est mis à pleuvoir. Une bruine glaciale qui transperce mon pull fin. Je ne bouge pas, pourtant. Je ne peux pas. Toute mon énergie est accaparée par la nouvelle qu'il vient de m'annoncer avec une joie si évidente.

Une autre fille. Garrett est amoureux d'une autre fille. Ça n'a aucun sens. C'est impossible !

Un sanglot monte dans ma poitrine, et des larmes brûlantes roulent sur mes joues. Comment ai-je pu être aussi bête ? Tout ce temps, je me suis convaincue qu'il partageait mes sentiments. J'étais si sûre de notre amour réciproque que j'ai voulu croire qu'il lui manquait juste le courage de m'avouer le sien. Je me trompais. Garrett n'éprouve que de l'amitié pour moi. Des sentiments simples, clairs, et affreusement platoniques. J'ai construit cet amour sur du vent, je le réalise avec effroi, je l'ai fondé sur des mails et des conversations nocturnes. Comme si ma volonté avait pu suffire à le faire exister.

Tout ça, dans ma tête ! Encore !

Mais pourquoi ? Pourquoi je reproduis les mêmes erreurs ? Qu'est-ce qui ne tourne pas rond chez moi ? Je continue à espérer que Garrett ouvrira les yeux et, cette fois, c'est encore pire. Avant, je pouvais me rassurer en me disant que je n'étais peut-être pas son genre – n'étant ni une rousse hystérique ni une petite blondinette –, mais là ? Rhiannon ? Il l'a avoué lui-même : elle est comme moi. À une différence près. Elle, elle sort avec lui, alors que moi, j'ai seulement le droit de l'entendre me parler de son amour. L'histoire se répète.

La pluie continue à tomber. Des gouttes glacées commencent

à perler à la pointe de mes cheveux, puis glissent sur mon visage. Je voudrais que des trombes d'eau s'abattent, qu'un orage se déchaîne pour me distraire des pensées noires qui m'agitent, de ma souffrance, et je n'ai droit qu'à cet inconfort humide, cette averse sans enthousiasme. À croire que le ciel lui-même sous-estime mes sentiments.

Le bus finit par arriver et s'arrête dans un crissement de pneus. Je me hisse à l'intérieur et m'affale sur un siège libre. Mes baskets couinent à chaque pas. Ce désagrément-là n'est rien en comparaison de la douleur aiguë dans ma poitrine, de la sensation terrible de rejet et de chagrin. Je suis brisée. Parce qu'il ne m'aime pas. Pas comme je le voudrais. Et ça a toujours été le cas.

Je m'étais imaginé que si je me montrais patiente... Que c'était notre destin. Que, peut-être, les dieux de l'Amour avec un grand A me mettaient à l'épreuve ou que c'était la voie que notre histoire devait prendre. Cette si longue attente n'aurait rendu que plus douce notre réunion.

Les vieilles excuses se bousculent dans ma tête alors que je traverse la ville au rythme des cahots du bus : des mois et des mois à tenter de rationaliser, à chercher une explication à ce simple fait. Garrett ne m'aime pas. Et il ne m'aimera jamais.

Vidée, j'appuie mon front contre la vitre froide et pleine de traces. Sherman défile sous mes yeux, le long du trajet familier. Les feuilles vertes des arbres luisent d'humidité et dégouttent, les rues sont lavées par la pluie, derrière la fenêtre embuée par mon souffle. Soudain, la situation m'apparaît avec une lucidité douloureuse : mon amitié avec Garrett, démontée, pièce par pièce, sous mes yeux. Parce que le problème ne vient pas seulement de Rhiannon, de Beth ou du défilé de filles dont il tombe amoureux à une fréquence déchirante. Il vient aussi de moi. Moi qui ne serai jamais l'une d'elles, quels que soient mes souhaits, mes prières et mes désirs.

Il ne composera jamais des odes à ma beauté et à ma grâce. Il ne se pointera jamais sous ma fenêtre avec un vieux radiocassette pour rejouer cette fameuse scène d'*Un monde pour nous*. Il ne débarquera jamais à trois heures du matin sous prétexte que je suis malade, que je ne peux pas dormir et que j'ai envie de me blottir dans ses bras. Je peux continuer à espérer toute ma vie et me transformer en vieille fille hargneuse et amère, s'épuisant en « et si ? ». Ça ne changera rien.

Pendant deux longues années, je l'ai attendu. Deux longues années, où il a été le centre de mon univers. Le seul contact de mon portable programmé en numérotation rapide. L'objet de mes premières pensées, chaque matin, et des dernières, chaque soir. Et aujourd'hui... ?

Aujourd'hui, j'ai une certitude. Ça ne peut plus durer. Je ne peux pas continuer à m'infliger ces claques, à y croire tellement fort que je tombe toujours de plus haut. Je ne peux pas continuer à me dire qu'il va enfin se rendre à l'évidence, suspendre mon état émotionnel à sa décision, à lui. Et s'il ne réalise jamais que nous sommes faits l'un pour l'autre ? Et si je passe encore un an à attendre, ou plus ? Dans une fulgurance terrible, je vois mon futur se dérouler devant mes yeux : espérer un appel, construire ma vie autour de son emploi du temps, lire entre les lignes de ses SMS et de ses mails.

Ce n'est pas de l'amour mais de la torture à l'état pur.

Tout à coup, je sais ce qu'il me reste à faire, et jamais, de toute ma vie, je n'ai été aussi sûre de rien. Je dois tourner la page. Me débarrasser de ce maudit amour qui n'est pas réciproque. À tout prix.

Je dois l'oublier pour de bon.

10

Le temps d'arriver à la maison, j'ai acquis la certitude de ne pas avoir d'autre choix. Soit je passe le reste de ma vie à me languir d'amour pour un garçon que je n'aurai jamais, soit je trouve une solution pour me défaire de l'ascendant qu'il exerce sur moi. Comment ?

Je prends une longue douche chaude. Même mon gel douche préféré à la pêche ne parvient pas à me débarrasser de ma tristesse. Après m'être longuement frictionnée avec ma serviette, je choisis mon pyjama le plus doux, dans l'espoir que la flanelle usée parviendra à consoler mon pauvre cœur brisé. Mes chaussons en tricot ne me fournissent aucune solution magique, pourtant. Comment oublier un garçon qui a été au centre de mon existence pendant deux ans ? Par où commencer ? L'exclure entièrement de ma vie ? Me faire hypnotiser pour me convaincre que je ne l'aime plus ? Organiser un exorcisme pour le bannir de mon cœur à tout jamais ? Si seulement c'était aussi simple...

Ma mère me trouve dans la cuisine, juchée sur un tabouret devant une tourte au poulet, que je mets en charpie.

– Tu es rentrée facilement ? demande-t-elle tout en remplissant la bouilloire avant de sortir deux mugs.

Elle porte un de ces joggings qu'elle aime tant – en velours violet, cette fois.

– J'ai appelé pour te proposer de venir te chercher, ajoute-t-elle, mais je suis tombée sur ta messagerie.

J'opine lentement.

– J'étais en ligne avec Garrett.

– Comment va-t-il ? s'enquiert-elle, imperméable à ma détresse. Il est content du stage ?

J'opine à nouveau. Malgré la sauce, les légumes ont soudain un goût de carton. Je repousse mon assiette.

– Oui. Il est content à tous points de vue.

– Formidable.

Tandis qu'elle s'affaire avec l'eau bouillante et les sachets de tisane, elle poursuit :

– Je sais combien tu as été déçue de ne pas être acceptée, Sadie, mais c'est peut-être mieux. Tu vas pouvoir profiter de cet été pour te faire de nouveaux amis ici, et tu reposeras ta candidature l'an prochain.

– Mm-mmm, je soupire.

Enfin, elle remarque mon désespoir et suspend son activité.

– Tout va bien, chérie ?

– Oui, oui. Je suis juste... fatiguée. La journée a été longue.

Elle me sourit avec tendresse.

– Je me rappelle, à ton âge, j'ai travaillé dans un restau, tout un été. À la fin de la journée, j'avais les pieds en compote. Je devais porter une robe à carreaux rouges et blancs qui se boutonnait sur le devant, de haut en bas. Je dois avoir des photos quelque part...

– Ça devait être mignon.

L'espace d'une seconde, je regrette de ne pas pouvoir tout lui dire, mais ma mère et moi, nous ne sommes pas du genre à nous étendre sur nos sentiments. Ça n'a jamais été le cas. Chaque fois que je l'oublie et que j'évoque, disons, une angoisse liée aux cours ou une contrariété, elle saute sur l'occasion pour me proposer des plans d'action ou me servir son laïus psy sur la nécessité de transformer ma réalité, alors que j'aurais seulement besoin de l'entendre me confirmer que, oui, la vie est injuste parfois, et que ce n'est pas grave. Ça ne m'avait jamais vraiment pesé jusqu'à présent... après tout, j'avais Garrett pour discuter de mes tourments intérieurs, et je pouvais toujours compter sur lui pour me citer, tout à fait à propos, une phrase d'un classique ou une anecdote sur un grand écrivain ayant nourri son œuvre de sa tristesse.

Mais je ne peux plus compter sur lui. En tout cas pas dans cette situation précise. Et m'apitoyer sur mon sort ne m'aidera pas à atteindre le but ultime : oublier Garrett.

– Maman..., dis-je à contrecœur. Imagine que tu veuilles faire quelque chose... mener à bien un projet, j'ajoute en restant volontairement vague, et que tu ne saches pas comment y parvenir. Par où commencerais-tu ?

Elle s'illumine aussitôt. C'est peut-être la première fois que je lui demande conseil, surtout sur un sujet qui lui est aussi cher.

– Eh bien...

Elle réfléchit le temps de poser sa tasse sur la grande table en bois de la cuisine et de s'installer en face de moi.

– En général, j'aime bien établir un programme.

– Un programme. Évidemment. J'aurais dû y penser.

Je libère mon souffle, déçue. Je n'arrive pas à croire que l'un de ses cahiers d'exercices fera le poids face au gouffre sans fond de ma peine. Mon expression dubitative provoque son hilarité.

– Sadie, tu es convaincue que les programmes sont les ennemis de la créativité, ou je ne sais quelle expression Garrett avait employée ce jour-là, mais ça fonctionne vraiment. Aucune épreuve ne te paraîtra insurmontable une fois que tu l'auras décomposée en étapes.

– Aucune ? je répète, toujours incrédule. Ça n'est pas vrai ! Je vois bien l'intérêt de cette approche dans le domaine pratique, pour assembler une étagère IKEA ou préparer des spaghettis à la carbonara, en revanche quand il s'agit des sentiments...

– Comment ça ?

Elle se lève pour me servir une tisane, à moi aussi, un sourire aux lèvres. Cette conversation la réjouit.

– Eh bien, admettons qu'un de tes clients veuille arrêter d'être angoissé, en colère ou simplement amoureux de quelqu'un, dis-je du ton le plus naturel de la terre. Tu ne lui proposerais pas un programme en plusieurs étapes pour se défaire de ses sentiments, si ?

– Pourquoi pas ?

– Maman ! je proteste, frustrée.

– Je ne me paie pas ta tête, Sadie, s'amuse-t-elle. Je te le promets. Tu es convaincue, je le sais, que nous n'avons aucune prise sur nos sentiments, mais c'est faux. Nous pouvons exercer un contrôle sur nos actions et, finalement, changer ce que nous éprouvons. Prenons ton exemple d'une personne soumise à un grand stress. Je lui suggérerais d'établir un tableau avec les choses qui lui permettent de se détendre et les moyens d'éviter les sources de tension. Elle pourrait par exemple s'inscrire à un cours de yoga, envisager de changer de travail, voire...

J'interromps sa longue suite de solutions pratiques.

– D'accord, d'accord, j'ai pigé ! Et pour oublier quelqu'un dont on est amoureux ?

– Amoureux ? répète-t-elle avec un petit sourire, qui me fait aussitôt craindre d'avoir été percée à jour.

Je m'empresse d'ajouter :

– C'est une hypothèse !

– Bien entendu, convient-elle avant d'avaler une gorgée de tisane le temps de réfléchir. Tu as raison, ça serait plus difficile. Mais pas impossible.

– Ah non ?

Une étincelle d'espoir s'est allumée dans ma poitrine.

– Rien n'est impossible si on le décide. Enfin, ce n'est qu'une hypothèse, conclut-elle avec un sourire.

– Alors... on pourrait mettre en place un programme pour cesser d'aimer quelqu'un ?

Si je ne suis pas encore entièrement convaincue, je suis surprise de réaliser combien j'ai envie d'y croire. Et quel autre choix ai-je ? Traîner telle une âme en peine, le cœur en miettes, dans l'espoir qu'un matin au réveil je découvrirai que, comme par magie, je ne suis plus amoureuse de Garrett ?

– Il me semble, confirme-t-elle. On ne peut pas décider de ce qu'on ressent, mais on peut décider d'agir. Se concentrer sur autre chose, s'occuper... Bien vite, tu ne te sentiras plus aussi dépendante de la personne en question. Enfin, lui, mon client. Voilà ce que je lui dirais.

Je hoche lentement la tête. J'ai du mal à le croire, pourtant sa suggestion me paraît tenir la route.

– Merci, je souffle.

– Je t'en prie.

Elle me caresse la main, puis ajoute :

– Je suis là, si tu as besoin de quoi que ce soit.

Je la retiens sur le seuil de la cuisine.

– Il y a encore une chose.

– Oui ?

Je m'éclaircis la voix, gênée, mais si je veux aller jusqu'au bout, je dois m'investir à fond.

– Je peux t'emprunter quelques livres de développement personnel ?

À l'étage, je m'installe devant mon ordinateur : j'ai déjà des idées pour mon programme. Pourtant, dès que je me retrouve devant ma boîte de réception, sans parler de l'icône de ma base de données au bas de mon écran, je suis subitement saisie d'un sentiment de frustration. Je sais ce qui manque à mon grand projet, la partie sur laquelle j'ai fermé les yeux avec complaisance tout ce temps.

Entrer un nouveau champ : Fin.

Portée par un nouvel élan, je parcours les pages de données, précisant l'issue tragique de chaque histoire. Pour Shakespeare, c'est du gâteau. Desdémone : assassinée par son mari. Ophélie : noyée. Cordélia : pendue. Voilà qui est encourageant. Puis viennent les Russes ; avec eux, ça se termine toujours dans un caniveau ou dans la souffrance. Les Français avaient un faible pour les chagrins d'amour aboutissant à la mort. Les Grecs, eux, n'appréciaient rien tant qu'un bon meurtre sacrificiel ou une erreur d'identité. Exil, divorce, retraite dans un couvent, icebergs traîtres... mes doigts courent sur le clavier tandis que je renseigne les détails manquants. Il y a une pléiade de moyens pour détruire l'Amour avec un grand A ; j'étais simplement trop aveugle pour les voir.

Et même les histoires heureuses, si on y regarde d'un peu plus près... Qui sait vraiment ce qui arrive après le générique de fin ? Elizabeth mourra sans doute en couches pendant que Darcy attendra, stoïque, devant la porte de sa chambre. Lassée de Doug Ross et de ses pulls à torsades, Carol Hathaway se réfugiera sur une île tropicale. Même Bella, lorsqu'elle aura découvert qu'Edward refuse de lui laisser la télécommande et que son rire est horripilant, décidera probablement de mettre un terme à leur histoire. Sans rancune.

Je ne vois pas le temps passer, accaparée par ma mise à jour et mes recherches sur Google, jusqu'à ce qu'il soit trois heures du matin et que je m'arrache à mon bureau pour m'écrouler dans mon lit. J'ai à peine eu le temps de m'attaquer à la surface de ma base de données, pourtant loin d'être abattue par ce long catalogue de morts et de chagrins qui vient compléter ma brillante contribution à l'histoire mondiale de l'amour, je me sens étrangement inspirée.

Les âmes sœurs ne sont pas nécessairement destinées à s'aimer toujours. Ce n'est pas parce qu'elles ont connu un amour véritable qu'elles sont condamnées à ne pas avoir de vie après sa disparition.

Je bâille et me blottis sous ma couette. Martha Gellhorn, la femme d'Hemingway, a connu la passion avec lui, ce qui ne l'a pas empêchée de se refuser à être réduite à une note de bas de page dans la vie de quelqu'un d'autre. Après leur divorce, elle a travaillé comme grand reporter et ses reportages ont d'ailleurs fait date. Elle a eu des tas d'aventures après sa prétendue grande histoire d'amour. Martha me servira de modèle ! Voilà la résolution que je prends dans les brumes du sommeil. Évidemment, les pays en guerre constituent un danger non négligeable, mais c'est surtout de sa capacité à aller de l'avant que je veux m'inspirer.

Et grâce à mon nouveau programme, je vais suivre ses traces.

Étape 1
Détox complète

*Certaines personnes se lancent dans des cures inouïes à base de jus de fruits ou se nettoient les intestins à l'eau pour débarrasser leur système des toxines. Or c'est exactement ce qu'**il** est. Une toxine. Un produit nocif. Une substance addictive cachée sous de sublimes pommettes et un sourire dévastateur. Pour l'oublier, il faudra donc commencer par prendre vos distances : ni appels, ni textos, ni mails. Rien. Pas tant que vous ne serez pas capable de passer une journée sans penser avant tout, et uniquement, à **lui**.*

11

Le lendemain matin, lorsque j'ouvre les yeux, le soleil pénètre à flots par ma fenêtre ouverte et la détermination coule dans mes veines. Je bondis de mon lit, vibrante d'énergie. J'y suis : c'est le premier jour du reste de ma vie. Je n'ai jamais vraiment adhéré à cette façon de penser avant, pourtant sa simplicité présente un attrait irrésistible. Les choses vont changer. Je fixe mes propres règles. Enfin, plutôt les étapes de mon programme. Je n'attends plus les appels de Garrett, je ne suis plus suspendue au moindre de ses messages... Ce ne sera peut-être pas aussi dur que je me le figure, voilà ce que je me dis en me brossant les dents avec enthousiasme. Bien sûr, j'ai l'impression que l'aimer est la seule chose que je sache faire, mais ça passera, forcément, et bientôt...

Bing !

Le son familier de ma messagerie instantanée signale la présence d'un de mes contacts. Je me pétrifie.

Bing !

Je jette un œil à mon ordinateur : une nouvelle fenêtre

de dialogue est apparue sur l'écran et le texte ne cesse de défiler – mon correspondant complète son message.

Il ne peut s'agir que d'une personne.

Je reste plantée au milieu de ma chambre, mon débardeur sur la tête. Je ne devrais pas être aussi surprise. Nous échangeons toujours des messages le matin, nous avons pris cette habitude cet été. Et en dépit de mes résolutions enthousiastes, je n'ai qu'une envie : courir jusqu'à mon ordinateur, lire et répondre !

Je me force à analyser la situation. Après tout, ce n'est qu'un minuscule message. Et je n'ai pas à faire de détour pour lui répondre : quatre minuscules pas me séparent de mon bureau ! « Et puis », me murmure une petite voix, « quel mal y aurait-il à ça ? » Je pourrai toujours commencer la détox après. Et ne devrais-je pas le prévenir d'une façon ou d'une autre, lui expliquer que je vais être très occupée et pas très disponible, pour qu'il ne s'inquiète pas de mon silence ?

Seulement, si je fais ça, ce petit message de rien du tout en engendrera cinq autres, puis il appellera et je n'aurai pas la force de résister.

Non !

Je me jette sur ma souris et clique sur la petite croix dans le coin supérieur de la fenêtre, les yeux rivés sur un point imaginaire au-dessus de l'écran afin de ne pas être tentée de lire son message. Je m'habille ensuite à la hâte, prends mon livre et dévale l'escalier.

Il est huit heures et déjà je sens que ça me taraude. Quelque chose me dit que cette journée va être très, très longue.

Vous connaissez ce test de psychologie où quelqu'un vous dit de ne pas penser à un éléphant et où vous vous retrouvez subitement incapable de penser à autre chose ? Des pachydermes défilent sans fin dans votre cervelle ? Il suffit que je me concentre pour oublier Garrett et alors, aussitôt, il occupe la moindre parcelle de mon esprit. Je veux choisir une station de radio ? Garrett n'écoute que NPR[1]. Je cherche le jus d'orange dans le frigo ? Garrett préfère quand il a de la pulpe. Je contemple pendant au moins dix minutes mes options pour le petit déjeuner, me rappelant combien de fois Garrett est passé partager des œufs brouillés et un café avant de me déposer au lycée. Je finis par renoncer à avaler quoi que ce soit.

Comment faire ? Y a-t-il une seule chose à laquelle je peux songer sans la rattacher aussitôt à une anecdote impliquant Garrett ? Je finis par m'asseoir en position du lotus sur la terrasse, pour m'essayer à faire le vide dans ma tête. Méditer. Ne penser à rien. Me concentrer sur ma respiration et le joli rayon de soleil qui traverse la rambarde plutôt que sur d'autres choses moins importantes. Comme le message que je n'ai pas lu, là-haut, ou me demander si mon fournisseur d'accès à Internet sauvegarde ces échanges quelque part...

Ma mère m'apostrophe de la cuisine :

– Tu veux des pancakes, chérie ?

– Non, ça va ! je lui crie.

Imagine des choses apaisantes, Sadie. Apaisantes et sans rapport avec Garrett...

---

1. Soit le réseau de radios publiques américaines. (NdT.)

– Tu es sûre ? insiste-t-elle en me rejoignant. Tu as déjà mangé ? Parce que le café n'a aucune valeur nutritionnelle, et que le petit déjeuner est...

– Le repas le plus important de la journée, je complète avec un soupir. Je sais, maman.

Pour le calme, on repassera.

– Peut-être autre chose, alors, poursuit-elle en me détaillant de la tête aux pieds, de cet air qui m'indique qu'elle jauge mon rapport taille-poids et le compare au tableau qu'elle a épinglé dans le coin de son cerveau dévolu au développement de sa fille. Je pourrais te préparer du pain perdu, tu as toujours...

– Je t'ai dit que je n'avais pas faim !

Elle ne cache pas sa surprise devant mon agressivité. Je prends une inspiration.

– Désolée, j'ajoute. Je suis juste... de mauvais poil ce matin.

– À l'évidence.

Je balaie aussitôt ses inquiétudes.

– Ce n'est rien. Et oui, je prendrai des pancakes, merci.

– D'accord, la pâte est dans le frigo. Je serai à ma conférence jusqu'à dix-sept heures, mais tu peux prendre la voiture. Ah ! Et ton père a appelé.

Elle s'efforce de garder une voix égale, pourtant j'identifie l'habituel ton réprobateur lorsqu'elle le mentionne.

– À quel sujet ?

– Aucune idée, rien d'urgent. Tu ne décrocherais pas ton portable, apparemment.

– Oui, c'est vrai, je l'ai mis sur silencieux. Je veux éviter les sources de distraction, je m'empresse d'expliquer. J'ai lu un article sur les adolescents et le trouble de déficit de l'attention.

Visiblement impressionnée, elle rétorque :

– Il s'agissait donc de ça, hier soir ? Une désintoxication technologique ? Quelle excellente initiative ! Je vais songer à ajouter ce point à mon programme.

Elle m'embrasse sur le front avant de rentrer, dégainant déjà son portable pour noter cette idée – sans réaliser, bien sûr, l'ironie de la situation.

J'attends qu'elle ait disparu pour sortir mon propre téléphone. J'ai coupé la sonnerie afin de me protéger de Garrett : je vais devoir trouver une stratégie qui me permettra de ne pas me couper du reste de mon entourage en même temps.

– Salut, papa !

– Mon lapin !

Oui, j'ai dix-sept ans. Non, il n'arrêtera jamais de m'appeler comme ça.

– Quoi de neuf ? je demande. Tout va bien ?

– Ne quitte pas. Une seconde, tu veux ?

J'entends de la musique derrière lui, la cacophonie caractéristique d'une répétition. Elle s'estompe : il doit quitter la pièce. Il reprend le téléphone, sa voix est plus audible à présent.

– Alors, tu vas bien, ma chérie ? Comment se profile ton été ? Tu as déjà écrit ta grande œuvre ?

– J'attends un peu ! je m'esclaffe. L'été... se profile bien, je crois. J'ai été embauchée au café, c'est sympa.

– Moi aussi, j'ai servi du jus de chaussette, à mon époque.

Mon père vit à Washington – enfin, quand il pose ses

valises plus de quelques jours. Il joue du saxophone. Pas comme un amusement ou pour ramasser des pièces dans le métro, non, je veux dire qu'il fait carrière dans la musique. Il accompagne des chanteurs et son groupe, invité à jouer partout, a même enregistré un CD qui a reçu une nomination aux Grammy, à l'époque. D'accord, dans la catégorie meilleur album de musique zarico ou cajun. Et d'accord, ils n'ont même pas été conviés à la grande cérémonie avec Beyoncé et compagnie. N'empêche, ça compte.

– Tu as reçu mon mail ? reprend-il. Je t'ai envoyé la vidéo d'un chien qui joue du piano.

– Non, j'essaie de... me déconnecter un peu, je soupire. De rester à l'écart des nouvelles technologies. Mais c'est difficile. Je suis sans arrêt tentée de regarder mon téléphone. Un peu comme un toc.

– Oui, je sais. On devient esclave de ce genre d'habitude. Tu te souviens quand je voulais arrêter de fumer ? J'ai failli devenir fou au début, jusqu'à ce que je trouve la solution : m'occuper. Occuper mes mains en permanence pour oublier la cigarette.

– M'occuper... Je dois pouvoir y arriver.

– Bien sûr, que tu vas y arriver. Sadie, je suis désolé de ne pas être rentré pour ton anniversaire, mais je serai bientôt à Boston pour un concert. Ça te dirait de venir ? On pourrait passer du temps ensemble, tu resterais le week-end.

Cette perspective illumine ma journée.

– J'aimerais beaucoup ! On pourrait aller voir ce chanteur, Jonny Pardue ? Il est à Boston pour plusieurs semaines, je crois.

– Évidemment. Écoute, je dois retourner répéter, je réglerai les détails avec ta mère, entendu ?

– Entendu. À bientôt !

Cette conversation me fait réfléchir. La bataille que mon père a menée contre la cigarette a été épique – gagnée et perdue à de nombreuses occasions. Si les messages de Garrett n'abîment pas mes poumons, ils rongent mon âme. L'inactivité ne marche pas sur moi, c'est clair. Je devrais peut-être essayer la suractivité... Il y a toujours la sempiternelle liste de courses et de tâches sans cesse repoussées accrochée à la porte du frigo, mais comment me concentrer sur quoi que ce soit d'autre dans la maison avec la proximité dangereuse de mon ordinateur ? « Relève tes mails ! » me crie-t-il. « Relève tes mails ! »

Je n'ai jamais appartenu à la catégorie des gamins accros à la technologie – de ceux qui ne survivent pas plus de cinq minutes loin de leur ordinateur –, pourtant mon téléphone aimante ma main, comme si celle-ci était possédée. Garrett m'a déjà envoyé deux SMS (du moins je suppose qu'il s'agit de lui, ayant stoïquement ignoré les vibrations séductrices), et je ne parle pas des mails qui m'attendent sans doute, tapis dans ma boîte de réception...

Impossible de nier l'évidence : vu mon état de dépendance à Garrett, rester ici représente un trop grand péril. Dans cette maison, la tentation et le danger se terrent dans le moindre recoin. Je fais donc ce que ferait tout guerrier rusé : je prends mes cliques et mes claques, et je m'enfuis.

Le moment est venu de me changer les idées.

Je n'avais jamais considéré le Café In comme un havre de paix, il se trouve pourtant que dans la salle bruyante et bondée je suis mieux protégée de mon addiction que nulle part ailleurs. Au bout de trois jours de ma détox Garrett, je maîtrise l'art de la préparation du café avec une grâce chorégraphiée.

– La commande pour la table cinq est prête !

Pour accompagner son annonce, Josh fait tinter la sonnette et dépose deux assiettes sur le comptoir.

– Deux latte et un thé au lait de soja ! m'informe Dominique, à la caisse.

– Excusez-moi ? Quelqu'un pourrait venir nettoyer cette table ? m'apostrophe un client, posté devant une table encombrée de mugs et de déchets.

Je réponds aux trois requêtes à tour de rôle :

– J'arrive ! Tout de suite ! Bien sûr, monsieur !

Il me suffit d'actionner quelques commandes de la Bête pour lancer les latte, puis je récupère les assiettes sur le passe-plat, navigue entre les chaises pour les déposer sur la cinq avec un joyeux « bon appétit ! » et les condiments nécessaires. Ensuite, je pivote sur mes talons, débarrasse et nettoie la table voisine. Quand je rejoins le comptoir, les bras chargés de vaisselle sale, le café goutte dans les tasses, l'eau pour le thé fume, et Dominique me regarde avec une certaine admiration mal dissimulée sous son air renfrogné.

– Tu apprends vite, reconnaît-elle du bout des lèvres.

J'exulte. Mon téléphone est soigneusement rangé dans mon casier, mes mains sont occupées en permanence, et je réussis presque, *presque*, à oublier les textos que j'efface sans les lire (les garder constitue une tentation de trop) et les mails qui doivent s'accumuler à la maison. J'ai débranché mon ordinateur ce week-end et n'y ai pas touché depuis, consacrant mes soirées à des séries policières (je n'ai rien trouvé de moins romantique) et à la collection imposante de manuels de développement personnel de ma mère. Et lorsque je m'effondre dans mon lit, épuisée, j'ai l'impression d'avoir couru un marathon du contrôle de soi.

Mais ça fonctionne. J'ai mené pendant soixante-douze heures une existence sans Garrett et j'ai presque, *presque*, l'impression que le feu de la tentation s'estompe. Disons qu'elle s'apparente plus à une brûlure cuisante qu'à une attaque de fourmis rouges. Bientôt, ça ne sera plus qu'une simple irritation. Il ne me reste qu'à l'espérer...

Et pourtant, voilà qu'au moment où je m'imagine pouvoir peut-être, je dis bien peut-être, triompher d'une nouvelle journée, la porte carillonne et une bourrasque d'air glacé s'engouffre dans le café. D'accord, pas littéralement, mais l'arrivée sautillante de Beth Chambers réussit à me congeler sur place.

– Salut, je bredouille, enfin, bienvenue au Café In ! Que puis-je te servir ?

– Tu bosses ici ? demande-t-elle en promenant son regard autour d'elle.

Une paire de lunettes de soleil XXL retient ses cheveux à la perfection, et elle porte une de ces tenues stylées dont elle a le secret – un jean skinny et un tee-shirt à rayures –, ouvertement inspirée d'Audrey Hepburn.

Je prends une décision impromptue : je ne me laisserai pas atteindre. Rien ne viendra gâcher ma bonne humeur, pas même Miss Sarah Bernhardt et sa garde-robe de star.

– Oui, je travaille ici.

Je me prépare à une réplique cinglante, pourtant elle se contente de me sourire.

– Cool, c'est un endroit génial ! s'exclame-t-elle avant de commander une mixture compliquée au chocolat. Ça ne t'embête pas ? Je peux choisir un truc plus simple, si...

– Non, non, aucun problème.

Je l'observe avec incrédulité. Où est donc passée la fille méga-pénible, celle qui envoyait Garrett chercher une bouteille d'eau minérale pendant le déjeuner et le maudissait s'il revenait avec la mauvaise marque ?

– Tu veux de la crème fouettée ?

– Avec plaisir... Si ça ne t'embête pas, s'empresse-t-elle d'ajouter.

C'est la deuxième fois qu'elle emploie cette expression. Comme si elle craignait de me faire perdre mon temps et mon énergie. Ce serait inédit dans l'histoire de l'univers.

Je prépare sa boisson, curieuse de découvrir ce qui a bien pu transformer Beth en cette fille humble et soucieuse des autres. Sortir des limites du lycée de Sherman l'a-t-il aidée à réaliser que, dans la vie, il vaut mieux traiter les gens autrement que comme des moucherons dérangeants si l'on veut s'attirer leur sympathie ? Ou s'agit-il d'un subterfuge subtil pour me faire baisser la garde et mieux me mettre K.-O. ensuite ?

– Et voilà !

Au moment de poser la tasse fumante sur le comptoir, je la considère avec méfiance.

– Merci beaucoup ! s'écrie-t-elle.

Elle règle sa consommation, puis glisse deux dollars dans

le pot dédié aux pourboires, avant de croiser mon regard. Mal à l'aise, elle ajoute :

– Je... euh... voulais te dire, je suis désolée pour ce que je t'ai dit à la soirée.

Moi qui croyais qu'elle ne pouvait plus me surprendre !

– Ah, réussis-je à articuler. Aucun problème.

– Non, vraiment... j'ai été odieuse, ça n'était même pas drôle.

À son haussement d'épaules, je comprends que son embarras est bien réel.

– Je t'en voulais tellement, explique-t-elle. Vous étiez si proches, lui et toi. J'étais juste jalouse, je crois.

– Jalouse ? De moi ?

Elle me dévisage, surprise.

– Bien sûr. Tu es sans doute la personne qu'il préfère au monde. Je n'aurais jamais été de taille, soupire-t-elle. Même aujourd'hui... On a partagé plein de choses ensemble, et je ne peux plus lui parler. Tu as de la chance, tu sais. Vous êtes encore amis, alors qu'il est sorti de ma vie pour de bon.

Ses mots semblent se dresser tel un mur entre nous. Je devrais lui dire quelque chose de gentil, la rassurer, mais je suis réduite au silence par l'effroi.

Elle hausse à nouveau les épaules et récupère sa boisson.

– Merci. Et bonne chance pour... l'an prochain. Peut-être qu'on se croisera pendant les vacances scolaires, qui sait ?

Sur ce, elle s'éloigne d'une démarche chaloupée.

12

Mais qu'est-ce que je fais ?

Je regarde Beth s'éloigner, en proie à une panique aussi dévastatrice qu'un raz-de-marée. Elle a raison : j'ai de la chance. Garrett est l'ami dont rêve toute fille, comment ai-je pu être assez stupide pour vouloir l'exclure entièrement de ma vie ? J'ai été si obnubilée par le fait qu'il ne partageait pas mes sentiments que j'en ai oublié l'autre part, la plus importante, de notre relation : l'amitié.

En l'ignorant, je vais le laisser penser que je me fiche de lui, que je le rejette. Je veux cesser d'être amoureuse de lui, pas le perdre à tout jamais ! Quelle impression doit lui faire mon silence subit ? Quel genre d'amie suis-je ?

– Sadie !

Dominique me tire brutalement de ma rêverie paniquée. Elle dépose une immense pile de vaisselle sale sur le comptoir puis arrache son tablier.

– Je dois y aller, m'informe-t-elle.

– Tu as déjà terminé ? je m'étonne, toujours obsédée par mon dilemme. Je n'ai pas vu LuAnn arriver.

Dominique hausse les épaules avec sa légèreté habituelle.

– Elle n'est pas encore là, mais tu es capable de te débrouiller.

– Euh... oui, je suppose.

J'évalue la situation : le café n'est qu'à moitié plein et tout a l'air calme. J'ajoute néanmoins :

– Est-ce que tu pourrais juste...

Mes mots résonnent dans le vide ; elle est déjà partie. Je réalise alors qu'il n'y a personne pour me surveiller, pour me disputer en français si je sors mon portable ou si je passe un rapide coup de fil...

Je file chercher mon téléphone dans mon casier et compose le numéro d'une main tremblante. C'est l'instinct qui dirige mes gestes – je ne pense même pas aux heures de lutte réduites à néant. Je n'ai qu'un objectif : arranger les choses.

Mon appel est transféré vers la messagerie. Je m'efforce de parler le plus calmement possible :

– Salut, Garrett, comment vas-tu ? C'était juste pour te dire que j'espérais que tu allais bien. Appelle quand tu veux !

Après un silence, j'ajoute :

– Je... euh... j'ai été très occupée et je n'ai pas répondu à certains de tes messages, mais je suis là pour toi, promis. Appelle. Quand tu veux !

Je raccroche, et la culpabilité est toujours là. Ce n'est pas la faute de Garrett si je suis amoureuse de lui depuis le début, et ce n'est pas non plus sa faute si je dois prendre mes distances pour préserver ma santé mentale. La victime de cette histoire, c'est lui. Et moi qui l'abandonne comme si notre amitié ne signifiait rien... Je repense aux SMS effacés, aux messages instantanés auxquels je n'ai pas répondu, aux mails non lus dans ma boîte de réception. Il doit s'imaginer que je me fiche de lui. Je veux aller de l'avant pour sauver notre amitié, pas pour la détruire !

– Excusez-moi ? Je peux passer ma commande ?

– Bien sûr ! Juste une seconde !

Je me dépêche de taper un texto pour le cas où il serait coincé en cours et ne pourrait pas consulter sa messagerie.

– Je n'ai pas toute la journée, moi...

Certaines personnes n'ont vraiment aucune patience. *Appelle !* Après avoir conclu mon message, je fourre mon portable sous le comptoir et me remets au travail. L'irritation est redevenue une brûlure cuisante, seulement je ne peux rien faire d'autre qu'attendre, maintenant.

Attendre, alors que la peur panique d'avoir tout gâché me consume.

Une demi-heure plus tard, je dois me rendre à l'évidence : mon amitié avec Garrett n'est pas la seule chose que j'ai détruite. Mes nouveaux talents de super serveuse ont été, eux aussi, réduits à néant.

– J'ai commandé un latte il y a dix minutes au moins !

– J'attends toujours mon mocha !

– Les tables sont toutes sales !

BOUM ! Une pile d'assiettes sales se fracasse par terre, mais elle retient à peine mon attention. Je suis aux prises avec la Bête. Elle crachote sans délivrer l'élixir caféiné que j'espère. J'essaie encore. Rien. Comme si l'univers savait que je suis sortie de l'état zen que j'avais réussi à atteindre. Le café paisible et tranquille a dégénéré en chaos total :

la vaisselle s'amoncelle sur les tables, les commandes en retard s'accumulent, et je cours partout, cherchant désespérément à satisfaire la file grandissante de clients.

– Hé ! On attend, là !

– J'arrive ! Je m'occupe de vous !

Ma panique doit sauter aux yeux de tout le monde, à présent. N'y a-t-il pas des lois contre un tel crime, laisser une adolescente s'occuper de... tout ? Je n'ai pas encore le droit de vote, et je constitue soudain le seul rempart contre une émeute de buveurs de café !

– Deux cappuccinos !

J'essaie de tracer un cœur dans la mousse, la marque de fabrique du Café In, et ne réussis qu'à former un cercle aux contours irréguliers et brisés : métaphore parfaite de mon état actuel. Garrett n'a toujours pas répondu à mes messages – et je vérifie toutes les cinq minutes. Ou toutes les trois, plutôt.

La tête de Josh apparaît par le passe-plat.

– Sadie ? demande-t-il d'une petite voix inquiète, tandis qu'il prend la mesure de la colère croissante des clients, prêts à se révolter. On devrait peut-être fermer la cuisine jusqu'à nouvel ordre pour que je te donne un coup de main.

– Mais c'est l'heure du déjeuner ! Ils veulent manger ! je rétorque en écartant des mèches collées par la sueur sur mon front et en m'étalant de la poudre de cacao sur le visage au passage. Tu ne peux pas abandonner ton poste.

– D'accord, si tu es sûre...

À contrecœur, il retourne aux fourneaux.

– J'avais demandé du lait écrémé. Et il y a de la cannelle. J'ai horreur de ça.

Une blonde malcommode pousse brusquement sa tasse vers moi.

– Si vous pouvez juste patienter un instant…, je l'implore tout en jetant trois gâteaux sur une assiette pour le client suivant.

Pourquoi les gens se montrent-ils aussi difficiles ? Il s'agit d'un café à trois dollars, pas de la chose la plus importante de leur vie !

– Je vous avais pourtant bien précisé, au moment de la commande, que je ne voulais pas de cannelle.

Avec un soupir ostensible, je prends sa boisson, ôte la mousse incriminée et verse le breuvage dans une tasse propre, que je lui tends.

– Ça va mieux ? je ronchonne.

– Alors, ça ! s'exclame-t-elle, la bouche arrondie par la surprise. Je ferai un rapport à votre direction.

– Ne vous gênez surtout pas ! Les formulaires de réclamation sont juste à côté de la caisse !

Je m'attelle à la suite des commandes. Les vibrations qui secouent la Bête sont si violentes que les rangées de tasses à café entreposées sur le dessus se mettent à trembler. Au moment de récupérer le pot de mousse de lait sous la sortie vapeur, j'en renverse la moitié sur mon bras.

– Aïe !

Je bondis au contact du liquide bouillant.

– Sadie ? Tu as les cahiers d'exercices ?

Surprise par l'arrivée de Kayla, qui a surgi sans prévenir par la porte de derrière, je lâche le pot par terre. Et je la regarde sans comprendre.

– Je t'ai laissé au moins trois messages à ce propos,

explique-t-elle. Tu sais, ces trucs sur la poursuite de ses rêves ?

Elle tient deux gamins par la main et paraît lessivée. Des taches d'un brun douteux ornent son tee-shirt rouge, elle a de la peinture bleue dans les cheveux et sa queue-de-cheval, habituellement haute et fière, pendouille dans sa nuque.

– Désolée, dis-je en m'échinant toujours à endiguer le flux de café que crache la Bête. J'ai... euh... je n'ai pas eu tes messages.

En vérité, j'ai négligé tout ce qui ne venait pas directement de Garrett. Je suis bien obligée d'avoir des priorités, surtout avec la panique qui règne ici !

Kayla ne cache pas sa déception.

– Ah... Tous les lionceaux les attendent... Ils sont surexcités après le déjeuner. Et tu sais comment c'est, il n'y a jamais assez de sirop contre la toux pour les calmer.

Elle réussit à faire un sourire.

– Désolée ! C'est la folie !

Je me détourne pour placer de nouveaux récipients sous le goutte-à-goutte incessant de la machine.

– Mais, Sadie...

– Mademoiselle ? J'attends, là...

– C'est prêt !

– Alors, en fait, je suis allergique au sucre et...

Le brouhaha ambiant monte d'un cran : le chaos se transforme en catastrophe totale. Alerte ouragan de niveau 5. Soudain, au milieu de ce tumulte, j'identifie un son discret et pourtant reconnaissable entre tous.

La sonnerie de mon portable.

Et pas n'importe laquelle. Celle de Garrett, la fameuse

mélodie de Belle and Sebastian, son groupe préféré au monde.

– Sadie ? Que se passe-t-il ?

LuAnn joue des coudes pour me rejoindre, hors d'haleine.

– J'ai aperçu la foule du bas de la rue, ajoute-t-elle. Où est Dominique ?

Je l'entends à peine. Je n'entends presque plus personne. Le monde se réduit à ce petit bruit qui me nargue, qui m'implore, qui m'ordonne de décrocher. Il appelle !

Mon cœur s'envole. Telle une vraie possédée, j'abandonne la machine à café pour bondir sur mon sac à main. Mon portable s'en échappe et glisse sur le sol. Je le poursuis à quatre pattes, derrière le comptoir.

– Allô ? Garrett ?

Je me bouche l'autre oreille pour mieux entendre.

– Sadie.

Sa voix, lointaine, est brouillée par la friture sur la ligne.

– Je ne t'entends pas bien, tu es là ? dis-je en me rapprochant encore du sol.

Je perçois, vaguement, un fracas suivi d'un cri suraigu, mais peu importe : Garrett a décidé de m'appeler. Il ne m'en veut pas ! Je n'ai pas tout gâché !

– Quoi de neuf ? je demande.

– Rien de spécial, je voulais juste prendre de tes nouvelles. Tout va bien ? Ton message était un peu bizarre.

– Non, je vais bien. Très bien ! je hurle, toujours à plat ventre derrière le comptoir. Je ne voulais pas que tu t'inquiètes. Parce que je n'avais pas donné de nouvelles.

Il éclate de rire.

– Je ne m'en étais même pas rendu compte. Mes journées ont été bien remplies ici… Tu n'as pas… et avec… demain.

– Garrett ? Ça coupe !

Un grésillement suivi d'explosions sonores.

– Je dois y aller, Sadie.

– Garrett ?

Il a déjà raccroché.

– Sadie ?

Je ne bouge pas, le téléphone pressé contre ma poitrine. Il ne s'en est pas rendu compte ? Je dépéris à petit feu depuis trois jours, menant une bataille historique pour ne pas répondre, et alors que ce silence me met à la torture, il ne s'est rendu compte de rien ?

– Sadie !

Rien n'a changé, et cette prise de conscience me désarçonne. J'ai entrepris un grand programme de détox, j'ai cru que ça ferait une différence, et me voilà toujours en orbite autour de lui, comme s'il était mon centre de gravité, obsédée par lui, même quand je cherche à ne pas y penser.

– SADIE !

Je finis par relever la tête. LuAnn se tient à quelques pas de moi.

– Tu es là, dis-je, soudain envahie par le soulagement. Super.

– Super ?

Elle manque de s'étouffer et je réalise seulement maintenant qu'elle est écarlate. Non, carrément bordeaux, ce qui forme un contraste étrange avec ses cheveux rouges et sa blouse vintage rose fluo.

– Tu es sûre d'avoir les yeux en face des trous ? Tu trouves ça super ?

Je promène mon regard autour de moi. La machine est au bord de l'implosion, produisant un jet de liquide noir et bouillant. Trois gamins, qui ont échappé à la surveillance de Kayla, s'amusent à laisser des traces de pas boueux un peu partout dans le café, tandis que la foule de clients mécontents se bouscule et hausse le ton. Les piles d'assiettes ne cessent de monter, les commandes attendant d'être servies refroidissent à côté de la vaisselle sale.

J'expire d'un seul coup ; ma folie temporaire se dissipe aussitôt. La réalité reprend ses droits et je réalise soudain la situation : je suis allongée à plat ventre dans une mare de lait et des gosses m'observent avec surprise et dégoût.

– J'ai un problème, dis-je lentement en me relevant.

La vérité est moche, mais moins que ce restant de panini à l'aubergine qui se trouvait à quelques centimètres de ma joue. Je ne peux pas garder ce secret plus longtemps, alors je répète chacun des mots qui me brûlent les lèvres et enflamment mes joues.

– J'ai un sérieux problème, et il s'appelle Garrett Delaney.

LuAnn passe aussitôt à l'action et convoque l'ensemble de l'équipe pour sauver le café du naufrage. Denton et Jules, un autre barista, se chargent des clients, pendant que les filles se rassemblent à l'arrière pour une prétendue réunion du personnel. En réalité, il s'agit d'une intervention d'urgence, afin de me sauver. Même Kayla nous rejoint après avoir déposé les gamins au centre aéré. LuAnn, Dominique, Aiko et elle m'observent comme si j'étais menacée par une profonde dépression. Et c'est sans doute le cas si on se fie à l'état du Café In.

– Alors tout ça à cause d'un garçon ? demande LuAnn.

Je hoche la tête, piteuse.

– Bon..., reprend-elle avec un mélange de soulagement et de perplexité. J'ai cru à une histoire de drogue ou quelque chose dans le genre.

– Tu étais vraiment bizarre ces derniers jours, convient Aiko. Nerveuse, stressée...

– Elle nous ment peut-être, suggère Dominique avant de me prendre la tête et de l'incliner pour m'observer. Vous voyez ? Ses yeux sont injectés de sang.

– Je ne me drogue pas ! dis-je en me libérant. Je vous le jure. Je ne suis même pas capable de boire plus de deux tasses de café par jour !

– Hmmm, marmonne Dominique, qui se rassied, le visage de marbre.

Kayla prend alors la parole pour la première fois.

– Il y a quelque chose que je ne saisis pas. Garrett est à son stage, et tu m'as dit toi-même que vous n'aviez toujours été que des amis.

– C'était le cas. Enfin, c'est le cas...

Je joue avec les peaux mortes autour de l'ongle de mon pouce pour éviter leurs regards intrigués et critiques. Et j'ajoute :

– Ça ne m'empêche pas... d'être amoureuse de lui.

Les mots ont des sonorités étranges : c'est sans doute la première fois que j'admets une chose pareille tout haut.

– Et ? insiste LuAnn.

– Et j'essaie de ne plus l'être, dis-je en me mordillant la

lèvre avant de me jeter à l'eau. Pour l'oublier, j'ai établi un programme de détox, en plusieurs étapes, avec des petites étoiles dorées. Mais je ne veux pas qu'il sorte complètement de ma vie !

Emportée par la frustration accumulée au cours de ces derniers jours, j'ajoute :

– Il me manque tellement que c'en est douloureux. Je veux juste qu'on redevienne amis. Amis, c'est tout.

Je relève la tête, pleine de l'espoir qu'elles comprendront ma démarche. En matière de compassion, je ne rencontre pourtant que des regards vides.

– Un programme de détox ? Tu es vraiment... mignonne !

LuAnn tente de retenir un sourire, cependant le frémissement à la commissure de ses lèvres ne m'échappe pas.

– C'est qui ce type, d'abord ? s'enquiert Aiko. Une star de ciné ? Un vampire qui scintille au soleil ?

– Un mec du lycée, tout simplement.

Kayla a répondu avant moi. Après avoir haussé les épaules, elle complète :

– Certaines filles le trouvent mignon...

Si elle laisse la fin de sa phrase en suspens, le sous-entendu est limpide : Garrett n'a rien de spécial, et j'ai perdu la boule.

– En résumé, vous n'êtes jamais sortis ensemble, et aujourd'hui il est loin d'ici ? Pourquoi tu ne l'as pas déjà oublié ?

Dominique ne cache pas sa désapprobation, à croire que son cœur n'éprouve rien sans l'accord express de son cerveau.

– Vous n'avez jamais été dingue de quelqu'un, alors

même que c'était condamné d'avance et que vous le saviez ? je demande, au désespoir.

Il faut qu'elles comprennent ! Je ne suis pas cinglée : mes sentiments sont bien réels !

– Vous n'avez jamais essayé, à toute force, de passer à autre chose, de tourner la page, sans réussir à vous le sortir de la tête ? Vous rêveriez d'appuyer sur un bouton pour arrêter de l'aimer, sauf que ça ne marche pas comme ça ! Du coup, vous vous en voulez, parce que vous savez que ça ne mène nulle part, pourtant rien de ce que vous faites ne change quoi que ce soit.

Un silence.

LuAnn et Aiko échangent un regard amusé. Dominique se contente de me toiser avec dédain, comme si j'étais la pièce maîtresse du musée des Cas Désespérés et des Amoureuses Dépitées. Seule Kayla me considère avec sympathie, mais elle se réjouit sans doute de ne pas avoir à subir une psychopathe toute la journée.

L'humiliation me chauffe les joues.

– Oubliez ce que je viens de vous dire, je marmonne en reculant ma chaise. Je suis... euh, désolée pour la pagaille.

– Attends, Sadie...

Kayla tente de me retenir, mais j'ai déjà atteint la sortie et je débouche dans la ruelle étroite qui mène à la rue principale. Comme ça, je n'aurai pas à revoir le désastre que j'ai provoqué. Je ravale un sanglot, furieuse de m'être épanchée de la sorte. Je ne peux même pas leur reprocher de s'imaginer que j'ai de graves problèmes psychologiques. Enfin, franchement, ce n'est pas normal d'être aussi dépendante d'un mec. C'est même anormal ! Et je le sais ! Seulement, ce n'est pas n'importe quel mec. On parle de Garrett, et même si ça paraît dingue sur le papier, rien n'est plus réel à mes yeux.

J'ai affiché une citation d'Anaïs Nin dans ma chambre. « Chaque ami représente un monde en nous, un monde nouveau qui n'aurait peut-être jamais existé sans lui et que cette rencontre a rendu possible. » Voilà à quoi ressemblait notre amitié avec Garrett. Parce qu'il me comprenait, il comprenait celle que je voulais si désespérément être. Pensez à vos meilleurs amis, ceux pour qui vous n'avez aucun secret, ceux qui vous connaissent mieux que quiconque, qui savent vos plus grandes peurs et vos doutes. Ce sont eux que vous appelez quand il vous arrive quelque chose d'incroyable ou quand le monde s'écroule et que vous avez besoin de regarder un film, de vous entendre dire que tout ira bien. Contrairement aux membres de votre famille, obligés de vous aimer et qui malgré tout échouent parfois à remplir leur rôle. Un véritable ami vous a choisi, et réciproquement, ce qui implique un lien différent.

Voilà ce que Garrett est à mes yeux. J'ai pris l'habitude de lui parler constamment, de tout et de rien. Son éloignement me pèse, son absence me hante au quotidien. Son départ a laissé un vide, là où il y avait des rires, de l'amitié, du réconfort.

Peut-on vraiment me reprocher d'avoir du mal à y renoncer ?

Étape 2
Identifier ses défauts

Vous avez sans doute du mal à vous en rendre compte pour le moment, ***il*** *n'est pas un dieu perdu parmi des adolescents quelconques. C'est un garçon comme les autres. D'accord, un garçon aux yeux éclatants, à la mâchoire bien dessinée et capable de citer Sartre, dans le texte, mais un garçon quand même. Ce qui signifie qu'il a ses failles. Ses défauts. Qui sont autant de merveilleux petits cadeaux de la part des dieux du Type Banal, conçus pour vous aider à l'oublier.*

Relevez-les. Comptez-les. Collectionnez toutes les petites choses irritantes qu'il a faites ou dites. Méditez sur ses travers jour et nuit, jusqu'à ce qu'il tombe du piédestal sur lequel vous l'avez placé. Alors, peut-être, vous pourrez le voir pour ce qu'il est réellement, un garçon, et non le héros romantique que vous avez fabriqué dans votre tête.

13

Maintenant que j'ai réussi à m'humilier devant l'ensemble de l'équipe du Café In, je sombre à nouveau dans la morosité. Mon programme pour oublier Garrett est enfoui sous une pile de linge sale et froissé. Bon à jeter, comme ma dignité. Pour ce qui est de l'efficacité d'un plan d'action, il faudra repasser : je n'ai même pas réussi à franchir le premier obstacle ! Autant baisser les bras tout de suite, pour Garrett et pour mon boulot au café. De toute façon, je ne pourrai jamais repointer le bout de mon nez là-bas. Ils ont sans doute déjà placardé une affiche avec ma tête : *Attention ! Cette fille souffre d'instabilité émotionnelle. Ne la laissez pas approcher de vos boissons chaudes.*

Quand je sors chercher le journal, le dimanche matin, je trouve Kayla assise sur les marches du perron, agaçante de fraîcheur dans son short en jean et son débardeur rose.

– Tu ne peux pas arrêter, me dit-elle de but en blanc.

Éblouie par les rayons du soleil – vivre les rideaux fermés est une composante essentielle lorsqu'on se vautre dans sa déprime.

– De quoi tu parles ?

– Garrett. Tu ne peux pas arrêter ton programme de détox. Tu as juste rencontré un petit accroc. C'est tout.

Elle me sourit à pleines dents.

– Le fiasco d'avant-hier, tu appelles ça un petit accroc ?

Elle balaie mon objection d'un geste de la main.

– D'accord, peut-être pas si petit que ça. Mais c'est une bonne idée ! Tu as juste besoin de renforts. Pense aux groupes de soutien pour les gens dépendants au sexe ou à la drogue.

– Les Garrett Anonymes ? dis-je, dubitative.

– Exactement ! s'esclaffe-t-elle.

Je pousse un long soupir las. C'est adorable de la part de Kayla, seulement il me suffit de la voir si enthousiaste et optimiste pour avoir envie de tourner les talons et me réfugier sous ma couette... le restant de ma vie.

– Tu n'es pas obligée de me remonter le moral. Tu penses que j'ai perdu la tête, je le sais. J'ai bien compris le message vendredi.

Son sourire cède aussitôt la place à une grimace.

– Je suis désolée. On aurait dû se montrer plus compréhensives. Mais j'y ai sérieusement réfléchi, et c'est une bonne idée. Je t'assure. Tu as juste besoin d'aide pour tenir le cap.

– C'est trop tard, me morfonds-je en me laissant aller contre le cadre de la porte. J'ai été bête de croire que je pouvais couper les ponts d'un claquement de doigts. Je ne réussirai jamais à me libérer de cette emprise.

– Oh, là ! rétorque-t-elle avant de lever les yeux au ciel. C'est fini, le psychodrame ? Va chercher ton maillot de bain.

– Quoi ?

– Tes affaires de plage. Tout de suite. Allez !

Elle tape dans ses mains, comme elle doit le faire au centre aéré.

– J'ai rendez-vous au lac avec des potes, et tu m'accompagnes.

– Kayla..., je proteste faiblement.

– Non, Sadie, je ne te demande pas ton avis. On va bien s'amuser. Et ça te changera les idées. Tu pourras m'expliquer ton programme, et on réfléchira au moyen de le faire fonctionner.

– J'avais oublié que tu étais un vrai petit chef, je grommelle.

– Eh, oui ! Blake passe me prendre dans un quart d'heure. Si tu n'es pas là, je viendrai te chercher moi-même.

– D'accord ! D'accord !

Je brandis les mains en signe de capitulation.

– Et... merci, j'ajoute timidement. Ça me fera du bien de penser à autre chose.

– Aucun problème. Et sois prête dans quatorze minutes ! lance-t-elle tandis qu'elle traverse la rue.

Après la douche la plus rapide de l'histoire de l'humanité, je rassemble mes affaires et ressors au moment où le pick-up de Blake s'arrête devant chez Kayla, bondé de types de la fac, du rap à fond.

Soudain, cette virée en groupe ne me paraît plus la meilleure idée du monde.

– Prête ? me demande Kayla.

Mon expression d'effroi devant la panoplie de jouets gonflables et la quantité de gomina réunie ne lui a pas échappé.

– Ils sont inoffensifs, me rassure-t-elle, je te jure. Et l'avantage, c'est qu'ils vont porter nos affaires !

Je fais la route à l'arrière, coincée entre trois gars qui m'ont été présentés à toute allure. TJ, à moins que ce ne soit KJ, et Darren, ou Darnell (que je n'ai jamais vu de ma vie à Sherman) débattent, point par point, du match de la veille. Kayla avait raison, cependant. Dès que nous sommes garés sur le parking près de la berge, ils soulèvent les glacières, les transats et le reste comme si ça ne pesait pas plus qu'une plume.

– Tu vois ? lance Kayla en me prenant par le bras, alors que Blake fait la course avec ses potes. J'ai beau leur dire que je peux porter mes propres affaires, ils en font une question de fierté ou je ne sais quoi. Je suis presque surprise que Blake ne me balance pas par-dessus son épaule !

J'éclate de rire : je commence à me détendre.

– Je le vois très bien faire ça ! j'approuve.

Un sentier conduit, à travers un bosquet fourni, du parking au lac. Les chaudes journées d'été, comme celle-ci, c'est le meilleur endroit pour lézarder : l'eau bleue et claire du lac jouxte une herbe verte et épaisse, et quelques arbres. Une plage de galets longe une partie de la rive, bordée par deux pontons. À son extrémité, l'étendue d'eau se rétrécit et serpente pour devenir Sherman River, et s'écouler bien au-delà de la ville. Quand j'étais petite, on venait ici presque tous les jours, l'été. Pendant que Kayla et moi on pataugeait et courait après les libellules, nos mères sirotaient du thé glacé à l'ombre d'un grand parasol. Depuis que je suis au lycée, en revanche, je ne viens pas souvent. C'est le point de ralliement des élèves les plus branchés

– les filles, avec leurs deux-pièces riquiqui, bronzent sur les pontons, pendant que les garçons font des passes ou sautent dans le lac. Garrett et moi, nous préférons les endroits plus calmes, le long de la rivière, où l'on peut s'allonger à l'ombre des arbres des heures durant, une main dans l'eau fraîche.

– Super, elles ont réservé le meilleur endroit ! s'exclame Kayla, qui agite la main vers le groupe de filles ayant investi le second ponton.

Quand on est dans le coup, on sait évidemment choisir le meilleur emplacement.

– Viens, reprend-elle, je vais te présenter tout le monde.

Je m'arme de courage et lui emboîte le pas. C'est sur ce point que nous divergeons le plus, Kayla et moi : j'ai passé les deux dernières années en tête à tête avec Garrett, alors qu'elle a papillonné joyeusement de sortie en soirée, comme... eh bien, comme une adolescente normale.

– Hé, les copines, c'est Sadie ! Sadie, tu connais Trish, non ? Et voici Suzie, Yolanda, Lexie, Lauren M. et Lauren B.

Elles roulent sur le ventre pour me regarder par-dessus la monture de leurs immenses lunettes de soleil. J'agite la main – en priant pour ne pas être trop ridicule.

– Salut ! Qu'est-ce que vous faites ?

– Pas grand-chose.

Lauren M. (ou B.) me jauge d'un regard appuyé, avant de me sourire : j'ai dû réussir le test.

– On n'arrive pas à décider s'il est encore trop tôt ou pas pour grignoter quelque chose.

– Il n'est jamais trop tôt, décrète Kayla, qui récupère nos sacs dans la pile d'affaires abandonnées par les garçons.

Ils ont déjà plongé dans l'eau et chahutent à grand renfort de cris.

– Je vote pour les chips, ajoute-t-elle.

Les autres manifestent leur enthousiasme en chœur, puis se jettent sur les sachets de chips triangle et les pots de sauce, tandis que Kayla étale sa serviette à l'extrémité du ponton. Après une légère hésitation, je la suis et m'installe juste à côté. Je retire prudemment mon tee-shirt et mon short. Découvrant mon deux-pièces noir basique, Kayla observe :

– Joli maillot.

Elle porte, elle, un une-pièce bleu clair sophistiqué, décolleté à l'arrière.

– Tiens, propose-t-elle, retourne-toi, je vais t'en mettre dans le dos.

Je lui tends mon flacon XXL de crème solaire indice 50.

– Merci. Tu sais que je brûle facilement.

– Oh, oui ! ricane-t-elle en étalant une quantité généreuse de lotion sur mes épaules. Je me souviens de la fois où tu ressemblais à un homard ! On était en... quoi ? CM2 ?

– Je crois bien.

Je récupère le flacon et recouvre soigneusement le moindre centimètre carré de peau d'une couche blanche et visqueuse, ne me sentant toujours pas à ma place.

L'une des autres filles, Yolanda, interrompt son pillage d'un paquet de chips pour m'observer d'un air songeur.

– On était en littérature ensemble, non ?

Je hoche la tête.

– Et elle traîne avec ce mec de terminale, Garrett, ajoute

la seconde Lauren, qui s'adresse à Yolanda comme si j'étais absente.

Elle n'a pas bougé de sa position, à plat ventre, depuis mon arrivée, pourtant je détecte une pointe d'hostilité dans sa voix.

– Celui qui joue au foot ?

– Non, l'intello, rectifie Lexie. Plutôt mignon.

– Tu trouves ? demande Suzie, le nez plissé. Pas mon genre.

– Ouais, on sait, on sait, tu es difficile.

– Ça vaut mieux que le contraire ! s'exclame Suzie.

Avec un petit cri de protestation, Lexie lui jette une chips.

– Beurk ! Il y avait de la sauce dessus !

D'un air espiègle, Yolanda remarque :

– On devrait peut-être appeler TJ pour qu'il vienne lécher ça.

Sans se donner la peine de lui répondre, Suzie se lève, enjambe l'enchevêtrement de fourre-tout et de corps alanguis, avant de faire la bombe à l'extrémité du ponton. Une énorme gerbe d'eau accompagne son saut ; de nouveaux cris retentissent.

– Suzie ! pleurniche Yolanda. On m'a tressé les cheveux il y a, genre, deux jours !

– Désolée..., répond sa copine d'une voix faible, s'éloignant déjà à la nage vers les garçons.

Chauffée par les rayons du soleil, je les écoute se chamailler et rire aux éclats ; une journée d'été qui s'écoule à ce rythme si particulier, indéfini. C'est étrange, pourtant la gêne initiale finit par passer, et je ne me sens plus aussi déplacée. En fait, la différence a quelque chose d'agréable, de réconfortant. Ce monde est à l'opposé de celui que je connais avec Garrett, en effervescence permanente. Les filles feuillettent des magazines, échangent des ragots sur les célébrités et la mode. Un tableau dépaysant de maillots de bain aux couleurs vives, de sacs à main qui débordent de crème solaire, de maquillage et de sweat-shirts, alors que des nuages façon barbe à papa dérivent lentement dans le ciel bleu.

Des vacances pour mon âme.

Au moment de me redresser pour boire un peu d'eau, je constate que Kayla s'est éloignée des autres. Assise au bout du ponton, les jambes dans l'eau et le regard perdu au loin, elle défait, un à un, les fils de sa torsade rouge à la réglisse. Je la rejoins et m'installe à côté d'elle, sur le bois humide.

– Merci de m'avoir invitée, dis-je. J'avais vraiment besoin de sortir.

Elle relève la tête, surprise, comme si je venais de la tirer de ses pensées.

– Oh, aucun problème.

Je plonge mes pieds dans l'eau et pousse un cri.

– Elle est gelée !

– Petite joueuse, sourit-elle. On s'habitue vite, tu verras. À moins que ce ne soit la peau qui finisse par être anesthésiée.

J'éclate de rire.

– En tout cas, merci d'avoir pensé à moi. On s'amuse bien.

– C'est normal.

Après un léger temps d'arrêt, elle ajoute :

– Plusieurs fois, j'ai voulu te proposer des sorties, mais

je n'étais pas sûre... Enfin, vous aviez toujours un truc à faire avec Garrett.

Affichant un drôle de sourire, elle ajoute :

– Je ne savais pas si tu accepterais de passer du temps avec moi.

– Ah...

Désarçonnée par cet aveu, je remue les orteils dans l'eau, avant de reprendre :

– Je ne me doutais pas... Faut dire que tu es toujours fourrée avec Blake.

– Pas toujours, rétorque-t-elle en levant les yeux au ciel. Moins que Garrett et toi. Je te jure, on a l'impression que vous êtes scotchés ensemble.

– Étions scotchés, je rectifie tout bas.

– Exact.

Après quelques instants de silence, elle demande :

– Qu'est-ce qui a changé, alors ? Il y a eu un événement particulier qui t'a donné envie de tourner la page ?

Du bout du doigt, je suis les nervures d'une planche du ponton.

– Je crois que j'ai juste pris subitement conscience de quelque chose qui était là depuis le début. Il ne partage pas les sentiments que j'ai pour lui, et j'ai beau espérer... ça n'arrivera pas.

Le dire tout haut, à quelqu'un d'autre, donne à cette vérité plus de réalité. Et m'aide à l'accepter.

– Ça a dû être dur.

La voix de Kayla est douce, son expression de compassion sincère.

– Pas autant qu'essayer de trouver une solution, dis-je

avec amertume. Comme tu as pu t'en rendre compte au vu de ma performance de vendredi.

– Ce sera plus facile avec le temps, me rassure-t-elle.

Je me surprends soudain à souhaiter de toutes mes forces qu'elle ait raison. Sous le soleil éclatant, le monde m'apparaît nouveau : dans ce cadre éblouissant, oublier Garrett ne me semble plus aussi insurmontable que je me l'étais imaginé. Je lui retourne son sourire.

– Je l'espère.

Nous n'échangeons pas d'autre mot pendant un moment, écoutant les cris distants des enfants qui jouent et le murmure des Lauren qui discutent de la nouvelle coupe de cheveux d'une star. Je respire lentement et sens le soleil s'infiltrer jusqu'à mon âme. La tension se relâche. Voilà ce dont j'ai besoin, être dehors, loin de tout.

Kayla soulève à nouveau une gerbe d'eau avec son pied.

– Alors, ton programme... Tu commences par l'éviter ?

– Oui, c'est la phase de détox. Puis je dois me concentrer sur ses défauts, le voir comme un garçon ordinaire, et pas Garrett.

– Ça devrait être facile, ricane-t-elle avant de s'empresser d'ajouter : Ne le prends pas mal ! Je suis désolée que tu souffres autant, mais bon... pour être honnête, je l'ai toujours trouvé un peu naze.

Devant mon air ébahi, elle s'explique aussitôt :

– Il donne toujours l'impression de se sentir supérieur à tout le monde.

– Pas du tout ! je proteste.

– Tu es sérieuse ? s'écrie-t-elle en détachant un nouveau filament de réglisse. Franchement, Sadie. Je sais qu'il me regarde de haut parce que je ne lis pas de bouquins intellos et que je ne vais pas voir des films étrangers rasoir.

– Ce n'est pas vrai.

Kayla me jette un regard amusé.

– Bon...

Je ne vais pas au bout de ma phrase. En vérité, Garrett n'apprécie pas particulièrement Kayla, sa queue-de-cheval, son sourire inamovible et sa manie de porter les couleurs du lycée les jours de match. Il l'appelle la « banlieusarde », comme si c'était la pire des insultes – condamnée à se marier à vingt ans, à pondre trois enfants et à s'installer à moins de dix pâtés de maisons de chez ses parents. Et je l'avoue, j'ai ri de bon cœur avec lui.

– Ne t'en fais pas, me dit Kayla.

Elle a dû remarquer mon expression, car elle m'adresse un grand sourire, visiblement insensible à son, non, à notre opinion.

– En plus, ajoute-t-elle, ça fait une entrée supplémentaire sur ta liste, non ? Rasoir et prétentieux ?

– Sans doute...

Ça a beau être une étape du programme, j'ai le sentiment de me montrer déloyale en parlant de la sorte.

– Allez, m'encourage-t-elle. À ton tour.

– Euh...

Je me tortille, mal à l'aise – et pas seulement à cause des irrégularités du bois qui me piquent les cuisses.

– Je crois qu'il a la mauvaise habitude d'interrompre les gens. Mais c'est seulement parce qu'il est toujours très enthousiaste, je m'empresse d'ajouter.

– Coupe la parole ! s'écrie Kayla avant de me tendre un filament de réglisse en guise de récompense. Ensuite ?

Je réfléchis.

– Ce vieux manteau militaire qu'il ne quitte jamais ? je suggère, toujours un peu hésitante.

– Oui ! approuve Kayla. Et pourquoi d'ailleurs ? Il se prend pour un général russe ?

Je ne peux retenir un gloussement.

– Et il arrive en retard. Systématiquement. Enfin, ça ne compte pas vraiment, mais...

– Bien sûr que ça compte ! contre Kayla. Tu ne dois pas accepter ça. Blake faisait pareil au début de notre histoire, et j'ai arrêté d'attendre. S'il ne me prévenait pas, par un message ou un autre moyen, je partais au bout de quinze minutes.

Soufflée, je m'exclame :

– Waouh ! C'est... courageux. Tu n'avais pas peur qu'il ne te propose plus de rendez-vous ?

Elle hausse les épaules.

– C'est lui qui aurait été perdant. Mais ça a marché. Il est ponctuel maintenant, il sait que je ne poireauterai pas.

Un cri attire notre attention vers le centre du lac : Blake et TJ se battent pour prendre le contrôle d'un bateau pneumatique.

– La dernière à la bouée paie une glace à l'autre ! lance soudain Kayla avant de se jeter à l'eau.

– Tu triches !

Je saute à sa suite et pousse un nouveau hurlement, transpercée par le froid.

Après avoir fait la course, nous nous battons avec les garçons pour récupérer le bateau pneumatique. Nous restons si longtemps dans l'eau que nous avons les bouts des doigts tout fripés.

– On vous laisse gagner, on est sympas, annonce Blake en aidant Kayla à monter sur l'embarcation vert vif.

– Comme c'est mignon !

Elle se penche pour l'embrasser et ajoute :

– Il y a de la place pour deux !

Il se hisse à bord, pendant que j'essaie de m'installer sur une bouée sans dévoiler une partie intime de mon anatomie aux garçons. Mais ils se précipitent déjà vers la berge, menaçant, ou promettant, aux filles sur le ponton de les jeter dans le lac.

– Ça ne t'embête pas si on reste encore un peu ? me demande Kayla, blottie contre Blake.

– Bien sûr que non. On part quand vous voulez.

– O.K.

Je les regarde s'éloigner lentement vers la berge, doigts entrelacés. Je ne me suis pas encore tout à fait remise de ma honte de tout à l'heure. Elle a traité Garrett de naze, mais j'ai autant mérité que lui cette insulte. Peut-être plus, même, parce que c'est moi qui étais amie avec elle, autrefois. Je nous revois, Garrett et moi, en marge de toutes les soirées, montrant du doigt les gens ordinaires qui, nous en étions convaincus, étaient condamnés à mener des vies ordinaires. À l'époque, ça me semblait évident. Moi, je ne choisirais pas la voie facile, je deviendrais quelqu'un d'exceptionnel, peu importent les sacrifices. Aujourd'hui, pourtant, avec le recul, je me demande si nous n'étions pas aussi méchants que les bandes de pestes dont nous nous moquions, nous targuant de notre différence et, surtout, de notre supériorité...

Je dérive sur la bouée pendant un moment et observe les libellules qui circulent dans les roseaux. Le temps s'est rafraîchi, et les enfants qui pataugeaient près de la rive avec leurs brassards ont laissé la place aux nageurs adultes. Des promeneurs de chiens font le tour du lac. Lorsque je rejoins le ponton, les filles sont en train de remballer leurs affaires ou d'enfiler un jean et un sweat-shirt sur leur maillot de bain.

– Tu tombes à pic ! me dit Kayla, qui me tend une serviette. On pensait aller manger quelque part.

– Ma mère a acheté une tonne de viande ce matin, propose Suzie. On pourrait la faire griller.

– Barbecue ! Barbecue ! Barbecue ! scandent les garçons en se frappant le torse.

– Vous pourriez être encore plus néandertaliens ? soupire Yolanda, qui refait avec soin une de ses tresses.

– Je t'emmène dans ma grotte si tu veux, propose TJ avec un clin d'œil.

– Dans ta porcherie, plutôt.

Elle tourne vers moi un regard exaspéré, en quête de solidarité, puis ajoute :

– Je serais plutôt d'avis d'aller au Burger Shack. Comme ça, on n'aura pas à ranger après.

– Ça me va, confirme Suzie.

L'approbation est générale.

– Et toi, Sadie ? me demande Kayla, qui rassemble les

dernières affaires. On peut te déposer quelque part si tu as des projets.

Je réfléchis quelques secondes : ce n'est pas ma bande de copains et ma présence à leurs côtés n'est peut-être que circonstancielle, mais dans l'immédiat je n'ai besoin de rien d'autre. Surtout pas de rester seule chez moi avec pour unique objectif de me forcer à ignorer les messages de mon unique autre ami sur terre.

– Je suis partante, je décide avec un sourire enthousiaste. Je vous accompagne !

Étape 3
Ne faites pas cavalier seul

Cette épreuve est beaucoup trop difficile pour la surmonter seule. Vous trouvez peut-être humiliant d'avouer a) être amoureuse d'un garçon qui b) ne partage pas vos sentiments et c) vous a brisé le cœur en si petits morceaux que d) vous devez suivre un programme en douze étapes pour l'oublier. Ayez le courage de dépasser cette appréhension !

Pourquoi souffrir dans votre coin quand vous pouvez partager ce fardeau ? Les amis sont là pour vous apporter réconfort, soutien et de quoi grignoter en cas de besoin. Les peines de cœur sont tellement plus faciles à vivre avec des cookies !

14

Le lundi matin, je me présente au travail, piteuse – sans trop savoir si j'en ai encore un, de travail. Je n'ai pas, durant le week-end, trouvé de message m'annonçant que j'étais « virée » ; mes prières ont donc peut-être été exaucées, et les dieux de l'Amnésie à Court Terme réussi à effacer le souvenir de mon dernier service.

– Elle arrive, rangez la vaisselle ! s'exclame LuAnn, au moment où je franchis le seuil du café.

J'ai parlé un peu vite...

– Euh... bonjour, dis-je en jetant un regard nerveux autour de moi.

Les premiers clients ne sont pas encore arrivés, la salle est donc vide à l'exception d'Aiko, qui bûche sur son carnet de dessin, dans un coin – seules les pointes bleues de ses couettes dépassent de sa capuche.

– Je n'étais pas certaine d'être encore la bienvenue... j'ajoute.

– Qu'est-ce que tu racontes ? Attrape !

LuAnn me lance mon tablier.

– Tu es sûre ? Après ce qui est arrivé vendredi...

– Affaire classée, affirme-t-elle. Maintenant, donne-moi ton téléphone.

– Quoi ?

– Ton téléphone, répète-t-elle, la main tendue (ses ongles, d'un abricot vif, sont bordés de vert). File.

– Ta copine Kayla a appelé, ajoute Aiko en relevant la tête. Elle nous a expliqué que ce type ne partageait pas tes sentiments et que tu avais besoin de soutien.

– On va t'aider, conclut LuAnn avec un sourire. Je suis chargée du téléphone aujourd'hui, et Aiko s'occupera de... de quoi déjà ?

– Motivation artistique.

Elle brandit son carnet d'esquisses et montre le panneau qu'elle a préparé : ZONE ANTI-GARRETT. Une énorme croix rouge barre le dernier mot. Une vague d'émotion me submerge. Après tout ce que j'ai fait ?

– Les filles, vous...

Je sens les larmes monter : elles me connaissent depuis quelques semaines à peine, et elles sont prêtes à m'aider ? Le doute m'étreint soudain. Kayla leur aurait-elle forcé la main en cherchant à les culpabiliser ? À moins qu'elles ne se sentent contraintes de m'aider, par pitié.

– Il n'y a aucune obligation, vous savez ? je m'empresse d'ajouter.

– Bien sûr que si ! s'exclame LuAnn, dont l'enthousiasme me décontenance. J'adore avoir un objectif.

– Elle a raison, confirme Aiko. Tu lui rends service. Et à nous par la même occasion. Ne serait-ce que parce qu'elle va me ficher la paix.

– Hé ! lance LuAnn avant de la viser avec un sachet de

sucre. Je me suis juste permise de suggérer, à une ou deux reprises, que tu devrais vendre tes œuvres en ligne, sur Etsy. C'est tout.

– Tu parles ! ricane Aiko. À ce niveau-là, ça s'appelle une obsession.

LuAnn se retourne vers moi.

– Bref, on est désolées de ne pas t'avoir prise au sérieux l'autre jour. Ce n'était pas cool de te chambrer comme ça.

Sa sincérité me désarçonne.

– Ah... merci.

Elle me serre brièvement dans ses bras, puis s'écarte et me montre qu'elle a récupéré mon téléphone dans la poche arrière de mon jean.

– À partir d'aujourd'hui, explique-t-elle, on remet les compteurs à zéro. On va t'aider à franchir ce cap, dans l'intérêt de notre travail autant que dans celui de ta santé mentale. Le chiffre de vendredi était... disons, inférieur à la moyenne.

– Je suis vraiment désolée, j'insiste tandis qu'elle me pousse derrière le comptoir. Je me rattraperai. Promis.

– On compte bien là-dessus, la môme.

Je n'ai pas encore fini d'attacher mon tablier que mon portable se met à vibrer dans la main de LuAnn.

– C'est lui ! dit-elle après avoir regardé l'écran.

Je me pétrifie, Aiko nous rejoint d'un bond et demande :

– Et maintenant ?

Penchées sur mon téléphone, elles sont aussi excitées que... eh bien que moi. Et, l'espace d'un instant, j'oublie qu'elles sont censées être les adultes calmes et matures.

– Je peux ignorer l'appel, suggère LuAnn.

– Non ! objecte Aiko. Souviens-toi, elle veut simplement être amie avec lui. Avoir une relation normale.

– Exact, confirme LuAnn avant de me passer le téléphone. Réponds, mais ne t'étends pas !

– Sois légère, ajoute Aiko.

– Et fais-lui comprendre que tu n'as pas le temps de lui parler dans l'immédiat.

– C'est le cas ! dis-je en levant les yeux au ciel, même si j'ai l'impression d'avoir une multitude de papillons dans le ventre. Allô ?

Mon ton est détaché.

– Salut, Sadie, qu'est-ce que tu racontes ?

Garrett a l'air serein – il n'a sans doute pas hésité pendant plusieurs minutes à décrocher son téléphone, lui.

– Rien de particulier, réponds-je d'une voix égale. Le travail, tu sais...

LuAnn et Aiko ont toutes les deux levé le pouce pour me féliciter. Je me détourne afin d'être un peu tranquille... et elles contournent le comptoir.

– Mets le haut-parleur ! me murmure LuAnn.

À contrecœur, je m'exécute.

– Super, dit-il. Écoute, j'aurais besoin d'un conseil, tu peux m'aider ?

Je m'efforce de paraître le plus naturel possible, ce qui est tout sauf évident quand deux des filles les plus lookées de la ville sont suspendues à mes lèvres.

– Ça dépend, je rétorque.

Il éclate de rire.

– C'est pour Rhiannon, en fait. Notre anniversaire

approche. Samedi, ça fera deux semaines qu'on s'est rencontrés.

LuAnn s'en décroche la mâchoire.

– Il est sérieux ? souffle-t-elle. Vraiment ?

Je dois couvrir mon téléphone pour qu'il ne l'entende pas.

– Chut ! je lui ordonne.

– Je voudrais marquer le coup, poursuit-il sans se rendre compte de ce qui se passe. Organiser un pique-nique, ou lui offrir un cadeau, mais je ne veux pas un truc excessif. Tu aurais des idées ?

Je m'accorde le temps de la réflexion. En général, c'est le moment où je lui dis ce dont moi, je rêverais. Je lui décris le rendez-vous idéal. Cette option-là n'a pas l'air d'actualité pour Aiko : elle secoue la tête si vivement que ses couettes lui fouettent les joues. Après avoir pris une profonde inspiration, je réponds, un peu tremblante :

– Je... euh... il me semble que tu es le seul à avoir la réponse. Tu vois, je ne la connais pas, et... c'est un truc personnel. Entre vous deux.

LuAnn me tend la main pour que je tope. Garrett est désarçonné.

– Ah, d'accord... Mais tu n'as vraiment pas d'avis ? Enfin, en général, tu es vraiment douée pour ça, et...

– Désolée, l'interromps-je. Écoute, Garrett, je dois y aller, il y a des clients qui attendent. On se parle plus tard. Bonne chance !

Sur ce, je raccroche.

– Bravo ! s'exclame LuAnn, sous les cris d'acclamation d'Aiko.

Alors que je les observe tour à tour, je sens l'euphorie me gagner.

– J'ai réussi !

– Et pas qu'un peu, approuve LuAnn.

– Non, vous ne comprenez pas, j'insiste. Je ne sais jamais lui dire non ! Même si j'en ai envie ! Il suffit qu'il me supplie et qu'il me fasse son regard irrésistible pour que je craque. Je finis toujours par l'écouter me parler de ses histoires et de ses projets, quand il ne m'explique pas combien il est amoureux.

Ma voix s'étrangle à ces derniers mots. Je reprends :

– Mais cette fois, j'ai réussi. J'ai dit non.

Un progrès. Enfin !

– Tu as assuré, confirme LuAnn. Ça peut même devenir une de tes règles, ou étapes, ou je ne sais quoi : interdiction d'écouter ses histoires. Il n'a qu'à trouver quelqu'un d'autre pour en parler.

Elle me sourit et ajoute :

– Regarde-toi, la môme. Tu as fait un grand pas aujourd'hui. Bientôt, tu seras une vraie adulte. Je suis fière de toi.

– Tu es bien la seule, observe Dominique, qui vient d'émerger du bureau et qui nous décoche un regard glacial. Je croyais qu'elle avait fait assez de dégâts comme ça.

– Tais-toi ! la réprimande LuAnn. Une de nos camarades a besoin de notre aide. C'est notre devoir de l'assister !

Dominique lève les yeux au ciel.

– Pourquoi pas une de nos sœurs, tant que tu y es ?

LuAnn feint d'étouffer un cri et de se pâmer.

– Tu veux dire... Alléluia ! Tu connais la signification de ce mot !

– Pfouh...

Après nous avoir toutes les trois gratifiées d'un regard méprisant, elle prend son poste à la caisse.

– Qu'elle évite de m'approcher, conclut-elle. Je n'ai aucune envie qu'elle tache mon tee-shirt.

Un bus entier de touristes allemands déchaînés nous occupe toute la matinée ; ils nous laissent un évier plein de vaisselle sale, mais aucun pourboire et presque plus de salami.

– Je déteste quand les stéréotypes nationaux se vérifient, marmonne LuAnn, alors que nous débarrassons les tables. Tu as vu ça ? Cinquante cents ? Ils se paient notre tête ?

– Ils ne savent peut-être pas qu'ils sont censés laisser un pourboire.

Mon argument ne l'ébranle pas.

– On lit un guide avant de partir à l'étranger ! Vingt pour cent, chérie, pas moins.

Le carillon de la porte attire mon attention sur Carlos, qui entre dans le café d'un pas nonchalant, en jean miteux, tee-shirt des Pixies et lunettes de soleil. Sans oublier la barbe de trois jours. Il n'a pas l'air content.

– Oh, oh..., souffle LuAnn, lorsqu'il s'approche du comptoir, retire ses lunettes et plisse les paupières, ébloui. Ne te laisse pas faire, me dit-elle en soulevant son plateau.

– Comment ça ? je demande en proie à une panique soudaine.

Elle s'éloigne déjà de sa démarche dansante et je me retrouve seule face à un Carlos post-gueule de bois. Il pointe le doigt sur moi, puis disparaît dans son bureau. Je retiens mon souffle.

Je savais que je me berçais d'illusions en croyant LuAnn quand elle parlait de remettre les compteurs à zéro. Peu importent l'argent et mon rêve inatteignable de voiture : sans travail, sans LuAnn et Aiko surtout, je ne réussirai jamais à me distraire pendant les longues journées d'été, à oublier Garrett.

Je m'empresse de rejoindre Carlos et le trouve avachi sur son fauteuil, en train de se frictionner les tempes.

– J'ai reçu des plaintes au sujet de vendredi...

– Je suis désolée ! je m'écrie. Sincèrement. Ça ne se reproduira pas.

– J'ai horreur que les clients soient mécontents, poursuit-il comme s'il ne m'avait pas entendue.

Il sort un flacon d'aspirine de son tiroir et gobe quatre comprimés tout rond. Enfin, je crois qu'il s'agit d'aspirine.

– Ils m'appellent pour pleurnicher... Ils s'imaginent vraiment que j'en ai quelque chose à carrer que tu aies confondu les latte avec les cappuccinos, grommelle-t-il, ou mis du beurre de cacahuètes dans leur sandwich alors qu'ils y sont allergiques et risquent d'y laisser leur peau ?

– Je suis vraiment confuse. S'il vous plaît, donnez-moi une seconde chance. Je vous promets d'être irréprochable et...

– Désolé, ma petite, c'est fini, m'interrompt-il, la tête toujours entre les mains. Je n'en peux plus de ce genre de psychodrame. C'est pour ça que je n'embauche jamais d'ados. Vous êtes toujours en crise.

Un ricanement moqueur s'élève dans mon dos, et nous découvrons tous deux Dominique, sur le seuil de la pièce, les bras croisés.

– Il n'y aurait peut-être pas de crise si tu embauchais davantage de monde.

– C'est un entretien privé, Dom, riposte Carlos.

– Moi, je dis ça...

Elle le gratifie d'un regard hautain puis ajoute :

– Et peut-être que si tu n'avais pas oublié la commande du grossiste, encore une fois, je n'aurais pas dû la laisser seule pour aller faire le plein.

Je reste ébahie. Si Dominique a quitté son poste plus tôt, ce jour-là, ce n'était pas pour remplir la réserve, mais je ne vais pas la contredire, surtout quand je vois l'air féroce de Carlos.

– Tu es en train de m'apprendre comment faire tourner mon affaire ?

– Pourquoi pas ? Tu as visiblement besoin de conseils.

Fou de rage, Carlos racle bruyamment les pieds de son fauteuil.

– J'en ai assez de t'entendre me donner des ordres ! N'oublie pas que tu n'es qu'une serveuse !

– Qu'une serveuse ?

Sous l'effet de l'indignation, la voix de Dominique monte de plusieurs décibels.

– Qui s'occupe de ta déclaration d'impôts ? s'écrie-t-elle. Qui vérifie les comptes ? Et qui sauve tes fesses quand ton pote Fitz décide de prendre cinq mille dollars dans la caisse ?

– Ça n'était qu'un emprunt ! lui hurle Carlos.

Je les regarde s'écharper quelques instants avant de décider qu'une retraite est la meilleure tactique.

– Je... euh... retourne travailler, je murmure.

Je dépasse Dominique au moment où elle se lance dans l'énumération de toutes les bourdes de Carlos.

– Et ne t'imagine pas que j'ai oublié l'incident du yaourt glacé, abruti !

Voilà comment, au lieu de s'ajouter au nombre des expériences les plus humiliantes de ma vie, mon pétage de plombs en public (et quel public !) se révèle un petit signe des dieux des Nouveaux Départs. Soudain, je ne suis plus seule dans cette galère. Au lieu de me mépriser, ils sont tous déterminés à m'aider. Même Dominique (après s'être, bien sûr, moquée tout son saoul de ma détresse). Sans doute pour embêter Carlos, ou pour le plaisir d'endosser son costume de dictateur militaire.

Dominique. Secourable.

Je sais.

– Répète après moi : je n'ai pas besoin d'un type pour porter un regard positif sur moi.

LuAnn me donne des coups avec une pince de service. Il y a à peine une semaine que j'ai vidé mon sac, et déjà elle prend son rôle de mentor à tendance esclavagiste très au sérieux, résolue à me débarrasser de cet amour pour de bon.

– LuAnn ! Je ne suis pas obsédée par tous les gars que je rencontre. Le problème vient de Garrett uniquement.

Mes protestations ne l'arrêtent pas.

– Répète ! m'ordonne-t-elle en me tapant plus fort. Je suis sérieuse, la môme. Tu dois t'entraîner à le dire tant que tu n'en seras pas convaincue. À force, ça finira par être vrai.

Je soupire ; discuter ne servira qu'à prolonger la dispute. Je joue donc les perroquets dociles.

– Je n'ai pas besoin d'un type pour porter un regard positif sur moi. Là, tu es contente ? Je peux récupérer mon téléphone, maintenant ?

– Demande à Dom. C'est elle qui est chargée de la partie communication.

Cette stratégie – prendre en otage mon téléphone, et ne m'autoriser que de brefs droits de visite durant mes pauses – vise à m'empêcher de me retrouver, une nouvelle fois, à plat ventre derrière le comptoir.

Je rejoins Dominique qui, assise au fond du café, rafraîchit sa manucure avant le début de son service.

– Mon téléphone ? S'il te plaît ?

Elle ne relève même pas la tête.

– Il te reste une demi-heure de travail.

– Mais j'ai promis d'appeler mon père. Je prends mon après-midi pour le retrouver à Boston, tu te souviens ?

Pas impressionnée une seule seconde, elle souffle sur l'ongle qu'elle vient de vernir.

– Tu connais les règles. Et c'est toi-même qui m'as demandé de t'en priver.

Elle a raison : nous avons choisi Dominique pour cette mission, parce que nous savions qu'elle ne m'autoriserait aucune entorse. LuAnn est la voix de la raison, Kayla a pour mission de me remonter le moral, et Dominique ? Elle est la dure à cuire, et donc celle qui s'impose comme la gardienne de mon téléphone, ne me laissant répondre qu'aux appels permis et envoyer qu'un nombre limité de textos à Garrett. Dans l'immédiat, pourtant, son intransigeance ne m'arrange pas. J'ai besoin de mon portable pour une raison très légitime.

– Allez, Dom.

Elle me fusille du regard et je rectifie aussitôt :

– Dominique. Il a besoin de savoir par quel bus j'arriverai.

Mon téléphone choisit précisément ce moment pour sonner. Elle s'attaque à son autre main.

– Je te demande juste de jeter un œil à l'identité du correspondant ! Ce n'est pas Garrett, je te le jure !

Avec une lenteur infinie, Dominique sort mon portable de son sac et consulte l'écran.

– Bien, dit-elle d'un air excédé. Tu peux décrocher. Mais pas de triche !

Je me jette dessus.

– Salut, papa.

– Salut, mon chou, ça va ?

– Oui, je suis encore au travail.

Je me réfugie dans le bureau pour échapper au brouhaha du café.

– Je pars bientôt, j'ajoute. Je prendrai le bus de onze heures. On arrive à Boston vers quatorze...

– Écoute, Sadie, m'interrompt-il. Ils ont annulé notre concert ici et on part pour Montréal. Décision de dernière minute.

La surprise me pétrifie.

– Au Canada ?

– Je sais, c'est dingue ! Je voulais vraiment te voir, mais on doit partir dès maintenant et rouler toute la nuit pour y être demain. Je suis désolé... On se rattrapera à mon retour, promis.

Je reprends mes esprits.

– Ah... Bon, très bien.

– Je dois filer, ils sont en train de charger la camionnette. Je te rappelle plus tard, d'ac ? Je t'aime !

– Je t'aime, je répète d'une voix morne avant de raccrocher.

Je reste là un moment, m'efforçant de repousser la vague familière de déception. Il lui arrive si souvent de bouleverser nos projets sur un coup de tête... J'avais beau me croire trop grande pour éprouver encore ce sentiment d'abandon, je ne peux empêcher ma gorge de se serrer et les souvenirs de mes douze, treize et quatorze ans de remonter : j'attends, sur le canapé, qu'il vienne me chercher, et lui arrive invariablement avec une heure de retard.

– Ça va ?

Josh s'est interrompu dans les préparatifs de sa salade et m'observe par la porte ouverte de la cuisine. Ses boucles folles rebiquent sous sa casquette.

– Oui, ce n'est rien, dis-je avec un sourire forcé. Je devais juste retrouver mon père à Boston et il ne pourra pas être là.

Je hausse les épaules, feignant l'indifférence.

– Je vais pouvoir travailler plus longtemps, du coup ! j'ajoute.

– Qu'est-ce que c'est que cette histoire de Boston ? s'enquiert LuAnn, qui vient de surgir, débauche de couleurs avec sa robe à fleurs et son gilet rayé. Tu as prévu de rejoindre Garrett ? Sadie, tu sais bien que c'est interdit. *Verboten ! Prohibido !*

– *Interdetto !* appuie Dominique.

– Aucun rapport avec Garrett ! je m'écrie, acculée. Et je n'y mettrai pas les pieds de toute façon. Je devais aller voir Jonny Pardue avec mon père, mais il n'est pas libre.

– Jonny joue ? s'exclame Josh avec un intérêt évident. Je l'ai vu l'an dernier, il est plutôt dément en concert.

– Je sais bien..., je soupire. Je patienterai jusqu'à sa prochaine tournée.

– Pourquoi attendre ? riposte LuAnn. Allons-y !

– Quoi ?

– Allons le voir. Ça ne me fera pas de mal de sortir de cette ville. On prend la route ! chantonne-t-elle avant de retenir Dominique, qui bat aussitôt en retraite. Pas si vite, mademoiselle. Tu nous accompagnes aussi.

– Je ne crois pas, non, rétorque Dominique, que cette perspective semble rebuter. Et puis, il faut bien que quelqu'un tienne la boutique si vous êtes tous de cette virée débile.

– Très juste, observe LuAnn en lui lâchant le bras. Merci de nous couvrir, tu es la meilleure !

Elle veut serrer Dominique dans ses bras, mais celle-ci, qui a tiré les leçons de ses erreurs précédentes, s'éloigne déjà dans un bruissement de coton. Je tente de calmer LuAnn avant qu'elle ne s'emballe, à son habitude.

– Rien ne te force à faire ça. Ce n'est pas grave, j'irai une autre fois... Et si ça ne me permet pas de voir mon père... ça n'a pas trop d'intérêt.

– Bien sûr que si ! Tu oublies les boutiques ! Ma garde-robe réclame à cor et à cri de nouvelles fringues. C'est parfait... Josh ? Ça te tente de te joindre à nous ?

Elle se tourne vers lui en battant des cils.

– Sérieux ? grogne-t-il. Pour faire du shopping ?

LuAnn soupire.

– Et écouter de la musique, aller au restau, et autres activités plus viriles. Tu n'es pas obligé de rester avec nous toute la journée. Tu n'auras qu'à faire un tour au port pendant qu'on sera occupées par nos trucs de filles. S'il te plaît !

Il prend le temps de réfléchir.

– Je pourrais en profiter pour visiter la ville, c'est vrai, ou aller voir le club des Red Sox...

– Parfait ! s'exclame LuAnn, avant de lui planter un baiser bruyant sur la joue. Sadie, tu veux appeler – comment elle s'appelle déjà ? Kaylie ?

– Kayla, dis-je, encore soufflée par le tour que prennent les événements. Pourquoi pas, mais...

– Il n'y a pas de mais qui tienne ! Enfin, sauf pour Josh, et c'est seulement parce qu'il est trop mignon.

Elle lui envoie un baiser, et il fait semblant de l'attraper.

– Allez, poursuit-elle en m'entraînant, je m'occupe de la musique, toi des encas pour la route. On va passer un super moment !

Étape 4
Redéfinir les limites

Bien entendu, vous voulez rester amie avec **lui***, mais l'amitié ne vous force pas à supporter le récit circonstancié de son nouvel Amour avec un grand A – surtout si vous êtes ensuite à ramasser à la petite cuillère. Posez de nouvelles limites à votre amitié : des murailles hautes et épaisses qui vous mettront à l'abri de toute histoire de cœur et de tout désespoir postrupture. Ajoutez des douves remplies de requins. Et des chiens de garde. Mortels.*

Vous éprouverez peut-être de la culpabilité, vous aurez l'impression d'être une mauvaise amie. C'est votre cœur que vous protégez. Et il vaut mieux un peu d'indifférence que finir comme une serpillière.

15

Kayla ne réussit pas à se libérer pour nous accompagner, mais Aiko saute sur l'occasion de quitter Sherman et, deux heures plus tard, nous nous entassons tous les quatre dans sa voiture. À l'entrée de la ville, où d'immenses immeubles de bureaux miroitants dominent des églises du début du XXe siècle et de vieilles bâtisses en brique, nous sommes ralentis par la circulation dense. Je regarde, enthousiaste, le paysage qui défile derrière la vitre, électrisée par l'activité vibrionnante sur les trottoirs. J'ai toujours aimé l'arrivée sur Boston, être frappée par l'énergie et la confusion : un million de citadins pressés, comme autant d'univers parallèles concentrés sur quelques kilomètres carrés. Un jour, j'appartiendrai à cette foule, ici ou ailleurs, et j'avancerai dans la vie avec la même assurance, menant une existence aussi extraordinaire que la leur...

– Julian Casablancas, dit Aiko.

Elle porte des lunettes de soleil en plastique cerise et deux tresses.

– Plusieurs fois, ajoute-t-elle. Puis je me marie avec Jack White. Et je tue Sufjan Stevens.

– Quoi ?

LuAnn est aussi outrée que si Aiko lui faisait réellement part de décisions fondamentales concernant son avenir, au lieu de se prêter au fameux jeu des trois questions : de trois personnalités, laquelle on met dans son lit, laquelle on épouse et laquelle on assassine.

– Moi, reprend-elle, je ne supporte pas le côté artiste new-yorkais branché. Je tue Julian, je connais une nuit torride avec Jack, puis je passe la fin de mes jours à confectionner des gâteaux et tricoter avec Sufjan.

Elle prend un morceau de scone et le mastique joyeusement tout en imaginant son futur de travaux manuels.

– Et toi, Josh ? ajoute-t-elle.

– Sans commentaire.

– Allez ! insiste LuAnn. Si tu n'avais pas le choix, si quelqu'un alignait tous les membres de ta famille et leur pointait un pistolet sur la tête pour te forcer à choisir ?

Il souffle bruyamment.

– Très bien. Je tue Sufjan. Je suis sorti avec une fille qui écoutait ses albums en boucle, ça me rendait dingue. Puis je tirerais à pile ou face pour les deux autres. Satisfaite ?

– Comblée. Oh ! Tourne à gauche, juste là, dit-elle en se penchant en avant, vers Aiko. Il y a des boutiques vintage canon sur Newbury Street.

Celle-ci suit ses instructions et se gare dans la rue en question.

– Tu es sûr de ne pas vouloir nous accompagner ? je demande à Josh, tandis que nous sortons de la voiture.

Il éclate de rire.

– Vous pister de cabine d'essayage en cabine d'essayage

toute la journée ? Non, merci. Je vous retrouverai plus tard, pour le concert.

– O.K. ! s'écrie LuAnn en claquant sa portière. Appelle-nous quand tu en auras marre de ta visite historique, l'intello.

– Et fier de l'être !

– Ça ne m'étonne pas ! ricane LuAnn. Tu dois même avoir des tee-shirts et tout le tralala !

Aiko et elle le regardent s'éloigner en agitant la main et en lui envoyant des baisers comme s'il partait à la guerre et pas visiter d'anciens champs de bataille. LuAnn se retourne ensuite vers nous, le visage illuminé par l'excitation.

– C'est parti, que commence le chahut sauvage !

– Je ne suis pas certaine que c'était ce que Maurice Sendak avait en tête dans *Max et les Maximonstres*, je fais observer, plus tard dans l'après-midi, alors que LuAnn sélectionne des articles avec un mélange détonnant de joie et d'efficacité.

Aiko nous a quittées depuis un moment pour aller au magasin de disques, et nous en sommes à notre énième boutique vintage, en l'occurrence une minuscule grotte qui regorge de colifichets, de rideaux en velours et de portants pleins de vêtements excentriques.

– Chacun son truc, rétorque-t-elle avec un sourire coquin. Et moi, pas de doute, c'est ça.

Je ris de bon cœur.

– Pourquoi tu n'essaies pas de reprendre des études de stylisme ? Tu as vraiment l'air d'être dans ton élément.

– Qu'est-ce que tu racontes ? demande-t-elle avec une pointe de sarcasme. J'ai toujours su, depuis toute petite, que je voulais servir du café jusqu'à ma mort.

Je me souviens de ce qu'elle m'a raconté, sur le type qu'elle a suivi à Sherman. Ça me fait bizarre de penser qu'une fille aussi sûre d'elle a pu se laisser influencer à ce point par un garçon. Elle brandit une robe rouge.

– Tu en penses quoi ?

– Mignonne.

Je jette aussi un œil aux portants, mais il n'y a rien pour moi. Tous ces articles vintage excentriques, à imprimés et couleurs vifs, sont faits pour les filles cool et branchées qui fouillent dans les bacs de panamas et enfilent des jupes évasées années cinquante. Je les observe avec autant de curiosité qu'une tribu étrangère avec leur eye-liner et leur assurance gonflée à l'hélium.

– C'est quoi, ta taille ? me demande LuAnn en me détaillant avant de regarder l'étiquette de la robe. Elle devrait t'aller, essaie-la. Oh, et ça !

Elle sort un boléro et une jupe crayon d'un tas de vêtements. Je secoue vigoureusement la tête.

– Non merci, c'est bon.

– Je suis sûre que ça t'ira super bien !

– Non, je persiste en mettant les mains dans les poches pour qu'elle ne puisse rien me tendre. Merci, ça n'est pas mon genre.

– Et c'est quoi, ton genre ?

LuAnn marque un temps d'arrêt puis ajoute :

– Les fringues basiques que tu portes ? Ne le prends pas mal, la môme, mais elles ne disent rien de ta personnalité.

– C’est peut-être le but recherché, je réplique, sur la défensive. Tout le monde n’a pas forcément envie de se démarquer du commun des mortels.

Je sais que j’ai toujours favorisé un style, disons, simple, et ça me va très bien.

– Oh, là, d’accord ! s’écrie LuAnn. Si tu veux rester ennuyeuse, libre à toi.

Elle sourit, comme pour signifier qu’elle plaisante.

– Tu ne m’empêcheras pas de penser, ajoute-t-elle, que tu serais magnifique dans un look années quarante, avec du rouge aux lèvres et des cheveux crantés.

– Peut-être, réponds-je d’un ton sec, mais tu devras le faire pour deux.

Les bras chargés de sacs – tous remplis d’achats pour LuAnn –, nous partons retrouver Aiko dans le magasin de disques. Il est bondé de vieux barbus et de types plus jeunes, avec des tee-shirts Sonic Youth et des lunettes en corne. Nous la débusquons au fond, en train de passer en revue de vieux vinyles tout en chantonnant sur les Smiths.

Quand elle avise notre butin, elle éclate de rire.

– Waouh, vous avez rentabilisé votre virée en ville !

– Tout est à moi, rétorque LuAnn avant de lâcher son fardeau.

Je l’imite. Étonnamment, l’énorme tas par terre lui a coûté moins de cent dollars.

– J’ai fait de mon mieux, mais Sadie n’a rien voulu essayer.

– Petite maligne, applaudit Aiko. J’ai cédé une fois, et elle m’a déguisée en pin-up des années soixante.

– Elle était sublime, conclut LuAnn, qui a déjà reporté son attention sur les vieux CD en promo.

– Alors, tu aimes les Smiths ? je demande à Aiko.

Je parcours le contenu des bacs avec méthode, faisant claquer les boîtiers les uns contre les autres avec une régularité de métronome.

– Je les déteste, répond-elle d'un ton joyeux. De la musique pour ados prétentieux. Sous prétexte que c'est un vieux groupe anglais, on devrait supporter cette soupe torturée.

– Mais cet album est un classique ! je proteste.

– Et ?

Elle hausse les épaules, se fichant ostensiblement du sacrilège musical qu'elle vient de commettre. Devant mon expression consternée, elle ajoute :

– Ce n'est pas parce que les gens disent de quelque chose qu'il est bien qu'il faut approuver, par principe.

– D'accord, je ne peux pas dire que j'apprécie particulièrement leurs chansons, je confesse (elles sont loin d'être les plus gaies de la terre), mais elles n'en restent pas moins intéressantes. Elles font partie de la culture musicale. Comme les romans ou les films classiques. On ne peut pas faire l'impasse.

– Pourquoi ? intervient LuAnn.

– Parce que ! je bredouille.

Je ne me suis jamais posé cette question et je me débats avec la réponse.

– Qu'on les aime ou pas, ils restent importants.

– Selon qui ?

– Tout le monde !

LuAnn éclate de rire.

– Du calme, la môme. Je ne dis pas qu'on n'a pas le droit d'apprécier ces trucs. Je fais juste remarquer que ton argument nous condamne un peu à passer tout notre temps à lire des livres, regarder des films et écouter de la musique qu'on n'aime pas vraiment.

– Elle a raison, ajoute Aiko, des vinyles plein les bras. Quel était ce bouquin dont tu me parlais l'autre jour ? Le roman russe que tu t'es traîné pendant des siècles.

J'arrondis les yeux de surprise.

– *Crime et Châtiment* ? Vous n'allez quand même pas me dire que ce n'est pas un grand livre ?

– Grand comme tous les classiques ? insiste Aiko, qui m'observe la tête inclinée. Ou grand parce qu'il t'a émue, inspirée et a contribué à rendre ta vie meilleure ?

Je ne réponds pas sur-le-champ. Bien sûr, la lecture de Dostoïevski n'est pas facile, et elle n'est pas censée l'être ! Et oui, j'ai consacré l'essentiel d'une année à essayer de venir à bout de ce pavé si dense et déprimant que j'ai échoué à plusieurs reprises, mais là n'est pas la question.

Sans me laisser le temps de répondre, LuAnn poursuit d'un air entendu :

– Ce ne serait pas Garrett qui t'en a parlé ? Tu trouves ça peut-être génial à cause de lui ?

Je me raidis aussitôt.

– Tu es en train de dire que je suis un mouton qui fait tout comme lui ? Merci beaucoup.

Aiko tente de m'apaiser.

– Sadie, on cherche juste à t'aider.

– Et en quoi ça m'aide de me traiter de fille pathétique incapable de penser par elle-même ?

– Tu sais très bien que ce n'est pas ce qu'on a voulu dire, rétorque LuAnn avant de poser les CD qu'elle a choisis. On a juste l'impression que ce type a été ton centre de gravité pendant beaucoup trop longtemps. Et je suis passée par là, souviens-toi ! Je cherche simplement à t'aider en te poussant à réfléchir.

Elle plante ses yeux dans les miens et ajoute :

– Quelle est la proportion de choix que tu fais en fonction de ce qu'il aime, lui ?

La pitié que j'aperçois sur ses traits achève de me faire perdre patience.

– Je ne suis pas du genre à renoncer à tout pour un type, leur dis-je en haussant le ton. Ça, non ! Et ce n'est pas parce que toi, tu as sacrifié ta vie pour un mec et que ça n'a pas marché, que je commets la même erreur !

Un silence assourdissant s'abat sur nous. Le visage de LuAnn se crispe et j'éprouve aussitôt la morsure de la culpabilité – pas assez pour retirer ce que je viens de dire ou m'excuser, cependant. Pas après ce qu'elle m'a balancé.

Pendant quelques secondes, personne ne bouge. Un garçon en jean skinny et chemise à carreaux nous bouscule gentiment pour approcher des vinyles. À l'entrée du magasin, trois préados en gilets de couleur vive demandent le dernier album de Justin, Jason ou Jared.

Aiko finit par rompre le silence.

– Bon, lance-t-elle en nous regardant à tour de rôle, c'est l'heure de la mi-temps. On va aller se calmer autour d'une glace.

Aucune de nous ne lui répond.

– Un sorbet ? Un yaourt glacé ? insiste-t-elle.

– Non, merci, dis-je en passant la bandoulière de mon sac sur mon épaule. Je vais aller prendre un peu l'air, je vous retrouve plus tard.

– Sadie...

J'entends Aiko m'appeler, mais je m'éloigne déjà. Je me fraie un chemin à travers le groupe de préados qui gloussent et sors du magasin sans un seul regard en arrière.

Étape 5
Une personnalité flambant neuve

Avouez-le : tout ce temps, vous faisiez les magasins pour ***lui****, lorgnant les promotions dans l'espoir secret que, oui, ce haut décolleté l'amènerait enfin à vous voir sous un nouvel éclairage, non platonique, que ce jean skinny provoquerait une révélation aveuglante et que ce gloss framboise le ferait tomber désespérément amoureux de vous.*

Oubliez le gloss, vous préférez le baume à lèvres. Et oubliez aussi les tee-shirts décolletés et les jeans skinny. Oubliez tout ce qui ne retiendrait pas votre attention si vous n'étiez pas obsédée par son opinion. Quand vous vous regardez dans un miroir, qu'avez-vous envie de voir ? L'image douloureuse de votre tentative désespérée de devenir la fille de ses rêves, ou vous ?

La réponse devrait toujours être la seconde.

16

Comment osent-elles ?

Mes baskets martèlent le trottoir, tandis que je fends d'un pas aussi décidé que furieux la foule de flâneurs et de touristes avec sac à dos et appareil photo autour du cou. Comment LuAnn a-t-elle pu me dire une chose pareille, comment peut-elle me considérer comme une pauvre fille qui boit et répète toutes les paroles d'un garçon ? C'est elle qui a tout plaqué pour suivre un mec à l'autre bout du pays ! Mon amitié avec Garrett n'a rien de comparable ! Il se soucie de moi, nous sommes sur la même longueur d'ondes. On est même devenus amis pour ça !

Je marche, encore et encore, laissant l'activité du centre-ville dans mon dos, poussée par le feu de l'indignation qui brûle dans ma poitrine. J'ai toujours méprisé ces filles-là, au lycée. Celles qui, parce qu'elles sortent avec un skater, se mettent à écouter des groupes de musique dont elles ignoraient tout avant et à griffonner leurs paroles partout. Puis qui, une fois qu'elles ont rompu, deviennent quelqu'un d'entièrement différent, capable d'attendre sur la touche pendant un entraînement de foot ou de suivre un rockeur romantique à tous les concerts pourris organisés dans les sous-sols de copains. Je ne comprendrai jamais : elles n'ont donc aucun amour-propre pour faire dépendre leur identité de types qui n'ont sans doute pas envisagé une seule seconde de changer quoi que ce soit pour elles ?

Et LuAnn qui nous met dans le même sac, comme si je n'avais aucune liberté de pensée ou d'opinion. Elle se trompe ! Alors oui, mes goûts ressemblent beaucoup à ceux de Garrett, mais ce n'est pas pareil : nous aimons simplement la même chose. J'aime notre musique, nos films et nos livres, parce que... eh bien, parce que je les aime et pas parce qu'il me les a fait découvrir.

Abandonnant les boutiques et les trottoirs noirs de monde derrière moi, j'arrive hors d'haleine sur une immense place, entourée de gratte-ciel qui surplombent une pelouse bien entretenue jonchée d'arbres. Je m'arrête près d'une fontaine et m'affale sur la large margelle en marbre. Des gamins, le pantalon retroussé, jouent dans l'eau peu profonde. Ils ont l'air si insouciants et heureux que je retire mes chaussures, enjambe le rebord et plonge mes orteils dans l'eau claire et fraîche.

Voilà.

À présent que ma colère se dissipe peu à peu, je me souviens de l'expression blessée de LuAnn et la honte me rougit les joues. Elle s'est ouverte, m'a confié son passé, et moi, qu'est-ce que je fais ? Je lui renvoie ses confidences en pleine face, tandis qu'elle cherchait juste à m'éviter les mêmes erreurs. Je remue les pieds et observe le miroitement du soleil sur l'eau. Je me suis vraiment conduite comme une sale gosse, avec Aiko et elle. Alors qu'elles ont été adorables !

Me prenant sous leur aile, me traitant en amie, m'apportant leur soutien et me prodiguant leurs conseils, au lieu de me laisser me débattre seule face à Garrett.

Garrett...

Je pousse un long soupir las. À la vérité, c'est lui qui a introduit beaucoup de ces références dans ma vie. D'accord, la plupart d'entre elles. Les livres que je lis, les films que je regarde, et même l'essentiel de la musique dans mon iPod vient des compils et playlists de Garrett. Et j'adore ça, qu'il m'ait ouvert les portes d'un tout nouveau monde, qu'il m'ait fait découvrir ces auteurs, ces artistes et ces chansons que je n'aurais jamais croisés toute seule. Je me sens toujours importante quand il se laisse tomber sur le canapé à côté de moi pour me raconter l'incroyable roman qu'il est en train de terminer et qu'il me prêtera après. Je lis les exemplaires cornés qu'il me passe de la première à la dernière page, me délectant de chaque note griffonnée dans la marge, heureuse qu'elles me soient destinées.

Les choses que j'aime indépendamment de lui ?

La question a beau me tarauder, je la repousse et glisse mes pieds humides dans mes baskets, avant de reprendre la direction du centre-ville et de son affluence. Je ne suis pas comme ces filles, je me répète avec fermeté. Je ne suis pas aussi faible.

À une intersection, j'observe les vendeurs de rue qui proposent des bijoux et des mobiles fabriqués à la main dans de minuscules kiosques. Soudain, je croise mon reflet dans l'un de leurs miroirs, accroché de traviole au présentoir consacré aux souvenirs de l'équipe des Red Sox.

Des cheveux teints en noir et lissés au fer pour avoir un

beau carré plongeant. Une frange courte. Un jean basique, un tee-shirt délavé. Une sacoche en cuir vieilli et des joncs sur la moitié de mon avant-bras.

Je me considère avec circonspection, comme face à une étrangère. Et c'est peut-être bien le cas. J'ai adopté cette coupe de cheveux pour Garrett, pour ressembler aux actrices françaises qu'il encense constamment. J'ai acheté cette sacoche parce qu'il en a une identique. Quant aux vêtements simples et passe-partout... il critique toujours les filles au look rétro ou excentrique. D'après lui, elles tentent de compenser un manque de personnalité et prétendent être elles-mêmes alors qu'elles sont déguisées. Les véritables artistes se moquent de leurs vêtements. Ils se concentrent sur des choses plus essentielles. Voilà pourquoi je ne m'éloigne jamais de la combinaison classique jean, tee-shirt, pull, de peur d'être assimilée à elles.

Ça fait enfin tilt dans ma tête. J'appartiens à cette catégorie de filles. Mon Dieu, je suis presque leur ambassadrice. Regardez-moi !

Le feu finit par devenir rouge, et les gens autour de moi se jettent sur le passage piéton. Je suis le mouvement avec un léger retard, toujours sous le choc de cette révélation. « Rappelle-toi la musique que tu lui avais prêtée et dont il t'a dit que ce n'était pas sa came », me souffle une petite voix intérieure. J'ai arrêté d'écouter ces groupes quand il est entré dans ma vie, je les ai retirés de mes playlists. « Et pourquoi tu ne lis plus les romans historiques de ta mère, comme avant ? Serait-ce parce que Garrett en a aperçu une pile dans le salon, un jour, et s'est esclaffé sur les nullités qu'on confond avec la littérature désormais ? »

Je voulais tellement qu'il nous croie semblables : des esprits siamois et cultivés, qui savaient apprécier les grandes œuvres et les classiques. J'avais appris à boire des espressos, à lire Franzen et Flaubert, à débattre jusqu'au bout de la nuit avec lui de l'obsession et de la sexualité dans *Lolita*. Aujourd'hui, pourtant, si je repense à tous ces moments en sa compagnie, j'entends seulement Aiko me demander si ces découvertes m'ont vraiment apporté quelque chose ou si je cherchais uniquement à être le genre de fille qui partageait ces références-là.

Ce programme de désintoxication répondait à une stratégie de survie : je devais apprendre à me débrouiller sans lui, à continuer à vivre malgré l'énorme vide qu'il avait laissé en partant. Mais à présent je me demande si c'est suffisant. Et si je n'avais pas de vie en dehors de celle que j'ai construite autour de lui ? Et si la matière qui me constitue, moi, Sadie Elisabeth Allen, avait été tellement façonnée par *lui* que j'étais devenue comme ces plantes que ma mère fait pousser dans des bacs sur la terrasse : il suffit de les placer près d'une structure imposante et solide pour qu'elles s'enroulent autour de ce cadre, n'ayant plus de forme propre, ne devenant plus que le contour d'autre chose ?

Ma gorge se serre. Je veux avoir ma propre forme ! Mes propres contours ! Et voilà comment je prends conscience de la gravité de la situation : les étapes censées me permettre d'oublier Garrett ne suffiront pas. Survivre à son absence est une bonne chose, mais je dois aller plus loin. Beaucoup plus loin.

Je dois découvrir celle que je suis sans lui.

J'arpente les rues de la ville dans cet état second pendant un moment, tandis que ces grandes questions roulent dans mon esprit. Aiko finit par m'envoyer un texto pour m'informer qu'elles se trouvent à côté. Je les rejoins dans un vieux troquet sombre. Installées dans un box tout au fond, LuAnn sirote un soda et Aiko s'attaque à une monstrueuse part de tarte.

Je ne leur laisse pas le temps de parler :

– Je suis désolée. Je me suis conduite comme une sale gosse, méchante et cruelle, et je ne pensais pas un seul des mots que j'ai prononcés.

– Voilà des excuses plutôt complètes, observe Aiko.

– À la mesure de ma bêtise complète, dis-je avec un sourire contrit, qui ne parvient pas à dérider LuAnn. Je suis vraiment confuse. Tu avais raison, bien sûr, c'est juste que je ne voulais pas l'entendre. C'est un peu difficile d'admettre que toute son existence repose sur un garçon.

Plantée devant leur table, j'attends avec anxiété que le couperet tombe. Je ne m'en étais pas rendu compte avant : leur amitié compte énormément pour moi. Il a fallu que je gâche tout pour réaliser qu'elles ont été plus que géniales. Que j'ai vraiment passé des super moments avec elles. La voix étranglée à la perspective de les perdre, je demande :

– Tu me pardonnes ?

LuAnn souffle bruyamment puis opine du chef.

– D'accord, dit-elle tout bas en se décalant sur la banquette pour me ménager une place.

– Aide-moi, ajoute Aiko, la bouche pleine, je ne viendrai jamais à bout de cette tarte toute seule.

– Bien sûr que si, se moque LuAnn. Rappelle-toi Thanksgiving !

– Oh non, grogne Aiko, j'ai rêvé de citrouilles pendant des semaines après ça. Et de petites patates douces diaboliques, qui dansaient partout dans ma chambre.

Je prends une fourchette et demande :

– Vous avez fait d'autres achats ?

– Quelques-uns, oui, répond LuAnn avec l'esquisse d'un sourire. Mais j'ai atteint mon plafond de dépenses il y a une heure, la ville peut dormir sur ses deux oreilles.

– Peut-être pas, dis-je en haussant un sourcil.

J'inspire avant de me jeter à l'eau.

– Tu serais prête à servir de conseillère pour la bonne cause ?

Méfiante, elle rétorque :

– Ça dépend laquelle.

– Moi, je déclare d'un ton ferme. Je veux essayer une nouvelle coupe de cheveux. Et des nouveaux vêtements. Entre autres. Il est temps que je découvre qui est la vraie Sadie.

J'essaie tout, des robes au look vintage ou plus contemporain, des pulls preppy et des jupes crayon années soixante. Des compensées et des bottines, des foulards et des bracelets, du rouge à lèvres dans une dizaine de teintes différentes, et un nombre incroyable de jeans – je n'aurais jamais cru qu'il y avait autant de coupes. Je n'exclus rien ; aucun style ne me paraît trop extrême. Si je veux découvrir celle que je suis en dehors de la bulle Garrett, je ne dois refuser aucune possibilité. Et quand je dis aucune, je n'exagère pas. J'ai l'impression d'être Christophe Colomb en partance pour le Nouveau Monde, affrontant des territoires inconnus sans rien d'autre qu'une boussole et un télescope rétractable. Sauf qu'au lieu d'arpenter des pays étrangers je navigue à présent dans l'océan traître de miroirs et de produits capillaires d'un minuscule salon de coiffure – selon LuAnn, le meilleur de la ville.

– Et peut-être quelques ondulations, par ici, pour adoucir. Qu'en pensez-vous ?

Je n'ai pas le temps de donner mon avis à Derek, mon coiffeur, que déjà LuAnn répond :

– Oui, parfait. Et question couleur ?

– Des mèches roses ! s'écrie Aiko, assise sur le fauteuil pivotant à ma droite.

– Pas de rose, je réplique aussitôt, paniquée.

Mon reflet me fixe dans le miroir : mes cheveux mouillés sont enveloppés dans une serviette bleue. Prise de doutes subits, je demande :

– On est sûres de cette idée ? La coupe de cheveux, c'est peut-être un peu trop pour le moment, non ? Je ne sais pas si...

– Fais-moi confiance, la môme, m'interrompt LuAnn.

Son sourire a beau être rassurant, l'espace d'un instant je me demande si elle ne cherche pas, subtilement, à se venger de notre dispute. M'amadouer avec des vêtements avant de me défigurer pour la vie – enfin, quelques mois en tout cas –, avec une coupe de cheveux ratée.

Une boule se forme dans ma gorge.

– Réfléchis bien, Sadie, reprend Aiko.

Elle fait éclater son chewing-gum, puis conclut :

– Un nouveau départ. Tous les matins, quand tu te regarderas dans le miroir, tu sauras que tu as pris cette décision pour toi et pas pour lui.

Je tente un dernier argument :

– Sauf que ce n'est pas vraiment le cas... D'une certaine façon, je suis ici à cause de Garrett, même si c'est en réaction à lui. Du coup...

– Stop ! s'écrie LuAnn en faisant pivoter mon fauteuil vers elle. Finies, les mauvaises excuses. Et tu veux la vérité, la môme ? Cette coupe à la Amélie Poulain est tellement 2005...

– Elle a raison.

Je croise le regard de Derek dans le miroir et il m'adresse un clin d'œil rassurant. Enfin, qui serait rassurant s'il ne portait pas lui-même une énorme crête violette.

– Tout ira bien, ajoute-t-il. Je te promets.

Deux heures (et l'application d'un masque visqueux qui piquait tellement que j'ai écrasé quelques larmes) plus tard, j'émerge du salon avec une nouvelle tête. Et, je l'espère, réussie.

– J'adore ! approuve LuAnn en applaudissant.

– Vraiment ?

Je passe une main prudente sur la masse ondulée à laquelle je ne me suis pas encore faite. Habituée à dompter ma chevelure pendant une demi-heure avec un sèche-cheveux et un fer à lisser, je n'en reviens pas que le sérum magique sorti du placard à merveilles de Derek ait réussi à venir à bout de mes frisottis. Ajoutez les mèches châtain clair qui m'ont coûté tant de douleur, et je me sens... différente.

– Différente en mal ou en bien ? me demande Aiko alors que nous prenons la direction de la salle de concert, où nous rejoindrons Josh.

– Je ne sais pas...

Je me mordille la lèvre. Elles ont insisté pour que j'enfile cette robe rouge aussi, et chaque fois que je découvre mon reflet dans une vitrine, je dois retenir un cri de surprise.

– C'est juste que... ça ne me ressemble pas ! Enfin, ça ne ressemble pas à celle que j'ai l'habitude d'être.

– Tu t'y feras, affirme LuAnn.

Facile d'être aussi sûre de soi quand on porte régulièrement une salopette en jean pour venir travailler, et qu'on réussit à lui donner un côté décalé charmant, et non pas grotesque.

– Un monde de possibles s'ouvre à toi, poursuit-elle, tu pénètres tout juste dans le vaste univers de la mode.

– Hmmm..., je murmure.

Maintenant que j'ai mis le doigt dans l'engrenage en acceptant de changer de style, je commence à avoir des remords. L'ancienne Sadie était peut-être prévisible, passe-partout et, bien sûr, un peu conservatrice, mais je la connaissais ! Je savais qu'il me suffisait, lorsque je sortais du lit le matin, d'enfiler un jean et un tee-shirt pour être prête. Refuser cette sécurité pour me lancer dans la jungle dangereuse du look original où l'erreur de goût se terre derrière chaque tronc d'arbre... ?

– Calme-toi, Sadie, on dirait que tu fais une crise de panique, glousse Aiko. Ce n'est pas comme si tu cherchais à être quelqu'un d'autre. Tu dois trouver ce qui te va. À toi !

Moi.

Je prends une inspiration. Elles ont raison... Mon confort passé m'apparaît moins enviable quand je songe qu'il était calqué sur Garrett. Ça suffit, les métaphores d'explorateur : l'heure est venue de me détendre et de voir comment je me sens dans cette nouvelle peau. Si ce style ne me plaît pas, j'en essaierai un autre !

– Le voici, notre intello préféré ! s'écrie LuAnn en apercevant Josh à quelques mètres de nous, occupé à glisser des pièces dans le parcmètre.

Elle se précipite pour l'embrasser sur la joue.

– Vous avez trouvé votre bonheur ? demande-t-il avant d'aviser nos innombrables sacs de courses et d'éclater de rire. D'accord, je vois !

– Attends, ce n'est rien, là, riposte LuAnn, qui entasse ses achats sur la banquette. On a été raisonnables aujourd'hui.

– Tu as tenu le rythme ? m'interroge Josh. Je suis impressionné.

Je hausse les épaules, soudain mal à l'aise.

– Comment était le port ? C'est bien là que tu étais ?

Sentant son regard sur moi, je me suis empressée de changer de sujet de conversation. Étonnamment, pourtant, alors que la potiche à frange de ce matin a laissé la place à une tout autre fille, il n'a pas l'air surpris mais... intrigué.

– Très sympa, dit-il avec un sourire. J'ai marché dans toute la ville.

Une fois nos emplettes rangées, il referme la voiture et nous remontons la rue vers la salle, devant laquelle une queue s'est déjà formée.

– Super ! Enfin, tant mieux si ça t'a plu. Je crois que je préfère le shopping.

– Chacun son truc, approuve-t-il avec un sourire.

– Josh ! l'apostrophe soudain Aiko en lui donnant un coup de coude. Tu n'as rien dit sur le nouveau look de Sadie !

LuAnn en rajoute une couche :

– Ah, oui ! Qu'est-ce que tu en penses ? Sublime, non ?

– Les filles ! Arrêtez ! je proteste, rouge comme une pivoine avant de me tourner vers lui. Tu n'es vraiment pas obligé de répondre.

– Bien sûr que si ! s'écrie LuAnn, qui vient se placer à sa hauteur.

Aiko et elle l'assaillent de bourrades jusqu'à ce qu'il cède, plié en deux de rire.

– D'accord, d'accord ! dit-il en s'écartant. C'est... euh... sympa.

Sympa ? Je dois prendre ça comment ?

– Sympa ? couine LuAnn. Sympa ! Mon gars, tu as besoin de te faire soigner. Sadie est une œuvre d'art. Une apparition. Un rêve !

Peinée par la réaction de Josh, je rougis de plus belle.

– LuAnn, s'il te plaît...

Percevant sans doute ma gêne, elle arrête aussitôt son cirque.

– D'accord, soupire-t-elle. C'est un garçon : pour lui, « sympa », ça revient à une longue déclaration. On a de la chance qu'il ne se soit pas contenté d'un grognement.

Les portes s'ouvrent enfin et la queue avance centimètre par centimètre.

– Prête ? me demande Aiko, qui relève déjà sa manche

en prévision du bracelet qu'on remet aux moins de vingt et un ans.

Je marque un temps d'arrêt. Si mon père m'avait accompagnée, nous serions déjà à l'intérieur : je serais perchée sur un tabouret de bar devant une limonade, et je l'écouterais échanger des souvenirs de tournée avec des machinos et des videurs. Pourtant, même si je vais sans doute passer tout le concert serrée comme une sardine dans la fosse, à me faire écraser les pieds par des étudiants surexcités, je suis plus impatiente que jamais. Je suis venue à Boston pour assister à un concert avec mes nouveaux amis, et si ça n'a rien d'exceptionnel à vos yeux, vous avez sans aucun doute une vie beaucoup plus trépidante que la mienne.

Je souris, agite légèrement la tête pour sentir les boucles effleurer mon visage. Soudain, je ne me sens plus si mal à l'aise dans la robe. Les bracelets en plastique que j'ai aussi achetés me plaisent décidément beaucoup. Ils changent de ceux que je porte d'habitude, et je commence à m'en rendre compte : la différence peut être une bonne chose.

– Prête !

Étape 6
Le grand ménage

L'heure est venue de vous montrer impitoyable. Vivre dans le sanctuaire de votre non-relation ne vous aidera pas à aller de l'avant, vous devez changer quelque chose. Autrement dit, vous débarrasser de toutes ses photos, tous ses cadeaux et toutes ses compils minables pleines de groupes de rock indépendant anglais dépressif des années quatre-vingt.

Mettez-les de côté !

Gardez quelques souvenirs bien sûr, pour quand vous serez beaucoup plus vieille et sage – à l'université, en somme – et en état de rire du temps perdu à cause de lui. Dans l'immédiat, tous ces objets parasites doivent être remisés dans une boîte à chaussures, que vous rangerez tout en haut et tout au fond de votre penderie – hors de votre vue et, surtout, de votre esprit.

17

– La copie de l'album des Smiths *Meat is Murder* ?

– À donner.

– Le programme de la comédie musicale *Brigadoon* par la troupe de théâtre amateur de Sherman ?

– Poubelle.

– La sélection de poèmes de Rainer Maria Rilke ?

– À garder !

Kayla arrête de fureter dans les monceaux d'affaires qui jonchent le sol de ma chambre. Comme moi, elle a les cheveux attachés et porte son plus vieux jean. Contrairement à moi, elle est armée d'un sac-poubelle et d'une détermination d'acier.

– Sadie..., me met-elle en garde d'un ton exaspéré.

– J'adore Rilke ! je proteste. « Vivez maintenant les questions. » Tu vois ? Je suis capable de le citer. Ça n'a rien à voir avec Garrett.

Kayla ouvre le recueil à la page de garde et lit les mots qui s'y trouvent :

– « Pour Sadie, joyeuse Hanoukka. Je t'embrasse, Garrett. »

Je lui arrache l'ouvrage des mains.

– Il aime Rilke, lui aussi, et alors ? J'ai le droit de garder certaines affaires, quand même !

– Tu as réclamé mon aide, s'écrie-t-elle. Pour une détox complète ! On a passé en revue la moitié de ta bibliothèque, et tu ne veux rien lâcher.

– Regarde tout ce que je donne déjà !

La pile de livres, films et CD que j'ai décidé d'exclure de ma vie est loin d'être négligeable. C'est vrai, ma mère a rangé ma chambre de fond en comble il y a tout juste six semaines, mais il ne s'agissait que d'un travail de surface. Avec Kayla, nous nous sommes lancées dans des fouilles archéologiques ; nous dégageons les différentes strates accumulées par le temps, ou par ma manie de conserver tout ce qui a un rapport avec Garrett, afin d'assainir mon quotidien. Chacune des choses qui me vient uniquement de lui doit disparaître, c'est la règle. Aucune exception. Aucune excuse. Il est temps que je découvre de moi-même ce qui me plaît.

Du moins, c'était l'objectif théorique. Seulement, voir Kayla écarter des objets associés à mes souvenirs les plus précieux avec une indifférence désinvolte est plus que mon petit cœur ne peut en supporter.

– Pas celui-là ! je m'exclame alors qu'elle s'apprête à jeter une poignée de vieux prospectus décolorés.

– Ça ? s'étonne-t-elle en brandissant une feuille bleue, froissée. « Vente de livres, mercredi, 14 heures. » La vache ! s'esclaffe-t-elle. Je comprends pourquoi tu tiens à ce bout de papier... vieux de deux ans !

– C'était notre première sortie, à Garrett et moi.

Je lui prends la feuille et la lisse, me rappelant combien

j'étais nerveuse et excitée. Si le jour de notre rencontre fortuite était important, celui de notre premier rendez-vous était à marquer d'une pierre blanche.

– À garder, conclus-je.

– Très bien, soupire Kayla, montre-moi.

Je lui rends le prospectus et, sans la moindre seconde d'hésitation, elle le déchire en deux.

– Non ! dit-elle.

Je pousse un cri et elle le déchire en quatre.

– Sadie ! s'esclaffe-t-elle devant mes gémissements. Ressaisis-toi ! Ce ne sont que des objets.

– Des souvenirs, je rectifie, le cœur serré. Et c'est tout ce qui me reste quand il n'est pas là. Tu ne gardes aucun souvenir des moments que tu as passés avec Blake ?

Elle secoue la tête.

– Pas de ce genre-là. Des photos. Des cadeaux, oui. Mais tu accumules tellement de trucs qu'on dirait la chambre d'une psychopathe.

– Je ne suis pas une psychopathe.

Pour toute réponse, elle se contente de brandir un vieux tee-shirt de Garrett que je lui ai « emprunté » il y a six mois et, comme par hasard, oublié de lui rendre.

– Tu l'as lavé quand pour la dernière fois ?

– Euh... jamais ? je confesse d'une toute petite voix. Je ne voulais pas qu'il perde son odeur !

– Mais tu t'entends ? L'hygiène est un sujet sur lequel on ne transige pas !

J'ouvre soudain les yeux.

– Tu as raison... qu'est-ce que je fabrique ?

Il n'en faut pas plus pour que je considère le fatras pour

ce qu'il est vraiment : une triste collection qui témoigne de ma capacité au déni et à l'aveuglement. C'est terminé.

– On jette ! je hurle, galvanisée par un regain d'énergie. On jette tout !

– À vos ordres, madame !

Un immense sourire barre le visage de Kayla tandis que je m'attaque au fouillis. Tous ces groupes de rock indé déprimants que Garrett apprécie tant ? Poubelle ! La liste de livres, longue comme le bras, portant sur des types d'une vingtaine d'années en pleine crise identitaire à Brooklyn ? Poubelle ! L'étagère entière de films étrangers prétentieux sur l'existentialisme et la trahison constante de la mort ? *¡ Adios, amigos !*

Rapidement, les sacs-poubelle sont pleins à craquer et ce qui peut être recyclé rangé dans des cartons destinés à l'Armée du Salut.

– Voilà qui va faire le bonheur d'un ado prise de tête ! je plaisante en posant le dernier carton dans le couloir.

– Waouh ! souffle Kayla au moment de se laisser tomber sur le lit. C'est comme une toile blanche. Tu peux devenir n'importe qui, maintenant.

Je m'assieds à côté d'elle et prends la mesure du vide dans mes étagères et sur mes murs, à l'endroit où se trouvaient mes posters de vieux films. Elle a raison, c'est assez... libérateur, d'être débarrassée de tout ça. De ne plus avoir sous les yeux les réminiscences de ce passé d'angoisse et d'attente : plus aucun signe de Garrett, plus aucune raison d'hésiter ou de me raviser. Je n'ai gardé que quelques boîtes à chaussures, remplies de photos et de cadeaux, rangées tout en haut dans ma penderie, hors de vue.

Découvrir ma chambre ainsi désolée me brise le cœur d'une façon inédite.

– J'étais vraiment pathétique ? je demande tout bas.

Kayla se tourne vers moi, surprise.

– Comment ça ?

– Beth m'a dit un jour que ça sautait aux yeux que j'étais amoureuse de lui, que je le suivais partout comme un petit chien.

La gorge nouée, j'ajoute :

– Tout le monde pensait ça, alors ?

– Non ! s'exclame Kayla en me serrant dans ses bras. Enfin, vous étiez très proches, ça se voyait. On avait juste l'impression que... vous étiez dans votre monde, tous les deux. C'est tout.

– Tu es sincère ? Parce que je préfère savoir si j'étais la risée du lycée.

– Promis juré, me rassure Kayla en me pressant l'épaule. Pour tout te dire, certaines filles étaient même jalouses de toi. Garrett est en bonne place dans le top des mecs les plus canon du lycée.

– Ah bon ?

– Ne me demande pas pourquoi !

Je réussis à sourire.

– Oui, oui, rasoir et prétentieux, je sais... Il n'était pas comme ça avec moi. Il ne l'est toujours pas. Ce qui ne m'empêche pas de me demander comment j'ai pu en arriver là.

– Je ne comprends pas...

– J'ai construit toute ma vie autour de lui, et je ne m'en

suis même pas rendu compte... c'est le plus dingue ! Tout ce temps, je me suis prise pour une fille forte, indépendante, qui ne perdrait jamais la tête pour un mec. Alors que je ne suis rien d'autre qu'un clone de Garrett.

– Mais pas du tout ! proteste Kayla. Tes cheveux sont beaucoup plus beaux que les siens !

Malgré moi, je ris.

– Ce n'est rien, reprend-elle. On a toutes été dingues d'un type à un moment ou un autre. Puis on est sorties avec lui, on s'est rendu compte qu'il n'avait rien d'un dieu et on l'a oublié. Ton problème vient peut-être de là. Comme il ne s'est rien passé entre vous, tu n'as pas pu le faire descendre de son piédestal de Mec Parfait.

– Peut-être... Bon, on devrait aller entreposer ça dans le garage.

Elle m'aide à me relever.

– Tu sais quel est le point le plus positif de ce grand ménage ? demande-t-elle en traînant deux sacs-poubelle dans le couloir, tandis que je vacille sous le poids des cartons.

– Je ne serai plus obligée de m'endormir sous le regard flippant de Vladimir Nabokov ?

– Déjà, mais en plus tu pourras amener des garçons ici.

– Des garçons ? je m'écrie en la suivant au rez-de-chaussée. Quels garçons ? À l'exception de Garrett, le seul à avoir jamais mis les pieds dans ma chambre était là pour réparer le chauffage.

– Exactement ! rétorque-t-elle avec un large sourire. Et tout ça va changer. Et quand tu monteras au premier avec un mec sous prétexte, disons, de mater un film, il ne prendra pas ses jambes à son cou à peine entré dans la pièce.

– Là, tu exagères.

– Crois-moi, Sadie. L'obsession n'a rien de séduisant, surtout si quelqu'un d'autre en est l'objet.

Kayla se débarrasse de ses sacs dans le garage avant d'ajouter :

– Comme ces filles qui collectionnent les poupées ou qui ont un mur entier recouvert de posters de chatons. On peut comprendre que ça leur fasse plaisir de poser les yeux tous les soirs sur ces adorables petites boules de poils, mais tu as déjà pensé à l'effet que ça peut avoir sur quelqu'un d'autre ? Tu connais Lizzie Jordan, non ?

Je secoue la tête.

– Une première, blonde, membre du conseil des élèves ?

Je fais encore non de la tête.

– Sadie ! soupire Kayla, alors que nous regagnons la cuisine. Tu ne regardes jamais les gens autour de toi, ou quoi ? Bref, elle sortait avec Chris Leeds l'an dernier. Ils avaient passé un peu de temps ensemble, rien de très sérieux. Un jour, il va chez elle pour « réviser », entre dans sa chambre et trouve des photos de son ex partout. Et quand je dis partout, je n'exagère pas ! Il l'a larguée aussi sec, déclare-t-elle en claquant des doigts. Tout le monde la prend pour une psychopathe, maintenant, le genre qui fait bouillir des lapins.

Elle sort un pichet de limonade du frigo.

– Charmant...

– Mais vrai ! rétorque-t-elle. Enfin, rassure-toi, nous t'avons sauvée de ce triste sort.

– Et je vous en vouerai une reconnaissance éternelle, je pouffe. Sérieusement, merci pour le coup de main. Je sais que ce n'est pas l'occupation rêvée pour un samedi.

– Aucun problème, dit-elle avec un haussement d'épaules. En ce moment, tant qu'il n'y a pas des braillards démoniaques, je suis ouverte à toutes les propositions.

– Tu n'avais rien de prévu avec Blake ?

Elle me suit dans le jardin avec nos verres.

– Non, il est à Philadelphie avec sa famille, pour le week-end.

– Oh, c'est nul !

Je me dirige vers notre endroit habituel, sous l'arbre du fond – où il y a assez de soleil pour faire bronzer nos jambes et assez d'ombre pour, autrefois, enchaîner des parties endiablées de Puissance Quatre, et aujourd'hui nous reposer après tous ces efforts.

– J'imagine que chaque minute doit compter avant son départ, j'ajoute au moment de m'installer sur la pelouse.

Son sourire s'efface.

– J'évite d'y penser, avoue-t-elle. Autrement, je vais être triste tout l'été.

– Le déni : la meilleure technique de survie, j'approuve en faisant tinter nos verres.

Nous nous allongeons sous le dais moucheté de soleil. C'est l'une de ces journées d'été parfaites : une brise fraîche fait bruisser les feuilles au-dessus de nos têtes, le ronronnement rassurant d'une tondeuse à gazon résonne au loin, dans le quartier. Je me détends peu à peu, gagnée par l'étrange sensation d'être à ma place aux côtés de Kayla, toutes ces années après.

Je me redresse sur un coude pour la regarder.

– Je peux te poser une question ?

– Bien sûr.

– Ne le prends pas mal, surtout, je suis juste curieuse...

Je me mordille la lèvre, le temps de trouver la bonne formulation.

– Qu'est-ce que Blake a de si particulier ? Je le connais vraiment mal, c'est pour ça, je m'interroge. La plupart des gens de notre âge ne se projettent pas aussi loin dans l'avenir.

Avant, je cataloguais Kayla comme une fille naïve, persuadée que son amour de lycée survivrait au vrai monde, à l'instar de ces rois et reines de promo qui s'installent ensemble juste après leur diplôme de fin de secondaire et font aussitôt des gosses. Depuis que je passe du temps avec elle, pourtant, je n'arrive plus à lui appliquer ces clichés-là. Kayla est intelligente et raisonnable – autrement dit pas du genre à croire à la perfection d'un amour éternel.

Les yeux rivés sur le feuillage, elle semble réfléchir à sa réponse.

– Je ne sais pas comment l'expliquer, c'est juste que ça colle entre nous. Il est mon meilleur ami, et je... je n'arrive pas à nous imaginer l'un sans l'autre.

– Mais des tonnes de gens sortent ensemble au lycée puis se séparent. Je ne dis pas que ça vous guette. Simplement, je suis surprise que tu sembles l'exclure avec autant de certitude.

Elle hausse les épaules.

– Il me connaît mieux que personne. Ça n'a pas été un coup de foudre, tu sais. Au début, on est un peu sortis ensemble comme ça, pour s'amuser, tu vois ? On allait au ciné, à des soirées, et on s'embrassait dans son pick-up.

Alors qu'elle éclate de rire, une expression plus grave traverse son visage et elle ajoute :

– Lorsque mon père est tombé malade, Blake a été génial avec moi...

Je me redresse aussitôt, surprise.

– Attends, Kayla ! Quoi ? Quand ça ?

– L'an dernier. On n'en a parlé à personne, explique-t-elle. Il est en rémission, aujourd'hui, ça va... Blake a été un vrai roc. Je pensais qu'il prendrait ses distances en me voyant aussi bouleversée, et il s'est montré au contraire un réel soutien.

– Vraiment ?

Moi qui l'ai toujours considéré comme un monsieur muscles sans aucune profondeur, j'ai honte.

– Je sais qu'il ne donne pas cette impression, ajoute-t-elle alors, à croire qu'elle lit dans mes pensées. Quand il est sans ses potes, il est toujours adorable. Il laissait le foot de côté, il répondait présent dès que j'avais besoin de parler. Ou de pleurer. C'est pendant cette période que c'est devenu du sérieux.

Elle sourit, de ce sourire confiant d'une fille en couple depuis longtemps.

– J'ai compris que je pouvais compter sur lui, déclare-t-elle.

– C'est super.

– Il a même chanté *Can't Take My Eyes off of You* le jour de mon anniversaire pour me remonter le moral.

Elle s'illumine à ce souvenir.

– Comme dans *Dix bonnes raisons de te larguer* ? Je n'ai pas revu ce film, depuis... des siècles, je crois !

– Quoi ? Quand je pense que tu m'as forcée à le regarder tous les mois en sixième !

– Tu exagères, je rétorque avant de me dérider. Un mois sur deux seulement ! Tu sais, je parie que j'ai encore ce DVD quelque part !

Je me relève d'un bond et lui dis :

– Viens !

Nous filons vers le débarras sous l'escalier, surnommé le Placard de la Damnation. Kayla cligne des yeux, éblouie par l'ampoule nue, puis prend la mesure du fouillis accumulé depuis près de dix ans et entassé dans des cartons qui occupent la moindre étagère.

– Waouh ! Comment ça se fait que ta mère ne l'ait pas encore vidé ?

– C'est son petit secret honteux, j'explique en grimpant sur une chaise cassée pour atteindre, à mes risques et périls, le carton le plus haut. Chaque fois qu'elle ouvre la porte, elle se dégonfle.

Je me dresse sur la pointe des pieds et atteins du bout des doigts une boîte à chaussures.

– Je l'ai ! je m'écrie.

Je redescends prudemment en brandissant mon trophée.

– Qu'est-ce qu'il y a là-dedans ? me demande Kayla.

– Tous les films pour ados qu'on adorait regarder.

Je soulève le couvercle poussiéreux sur les boîtiers des DVD, souvenirs d'enfance remisés sous l'impulsion de Garrett, qui les a étiquetés « nullités pour adolescentes débiles » : *La Revanche d'une blonde, Clueless, American Girls...*

– Que font-ils enfermés dans un placard poussiéreux ? s'emporte Kayla. On parle de classiques ! Ils occupent la meilleure étagère de ma chambre, chez moi.

J'éclate de rire.

– Désolée... J'ai eu tort de me renier toutes ces années.

– Un peu, oui !

Après quelques secondes de réflexion, elle me demande :

– Tu es libre ce soir, hein ?

– Je crois...

– Parfait ! Que dis-tu d'un marathon DVD chez moi, en pyj ?

– Un marathon DVD en pyj ?

Je répète les mots en les détachant bien, comme s'il s'agissait d'une langue étrangère, mais Kayla est inébranlable.

– Fais-moi confiance, on va bien s'amuser !

Étape 7
L'anti-lui

Que déteste-t-il ? Quelles choses le font râler, enrager ou simplement grimacer de dédain ? Livres, musique, émissions télé, nourriture ? Les œuvres complètes de Paris Hilton ? Les M&M's ? Les frites à la mayonnaise ?

Essayez tout. Tout et n'importe quoi. Remplissez votre vie des choses que vous avez évitées pour ne pas le décevoir. Elles vous déplairont peut-être, comme il l'avait dit, mais elles pourraient aussi vous emballer.

Jetez-vous à corps perdu dans le visionnage de films pour adolescentes. Sortez les confiseries aux cacahuètes ! Sa clairvoyance en matière amoureuse laisse à désirer de toute façon, alors pourquoi vous fier à son jugement ?

18

Six heures, deux sachets de chips et quatre cents mètres de bitume plus loin, je me flagellerais pour avoir renoncé à ces plaisirs enfantins si longtemps. C'est vrai, les films que j'ai regardés avec Garrett offraient des réflexions perspicaces sur la nature de la condition humaine, mais ils manquaient sérieusement de pom-pom girls. Quant à ces œuvres suédoises en noir et blanc barbantes, si elles ont décroché toutes sortes de prix prestigieux, elles ne vous laissent jamais avec ce sentiment énergisant que tout est possible comme *Bliss*, l'histoire dynamitée de cette fille qui rêve de participer à des compétitions de roller.

À côté de quoi d'autre suis-je passée ? Inspirée par cette soirée, toute la semaine suivante je pioche avec voracité dans la collection de DVD de Kayla. Ma soif est inextinguible.

– Et ensuite ? je demande à LuAnn en agitant mon stylo.

Ma liste de films s'allonge à vue d'œil. Je profite d'une accalmie au café pour me concocter un programme de rattrapage : l'éducation de Sadie en version accélérée.

– Hum... Laisse-moi réfléchir... Tu as regardé du côté des séries télé ? *Gilmore Girls*, *Veronica Mars*, *The Vampire Diaries*...

– Est-ce qu'il y a des scènes de relooking et des numéros musicaux ?

– Non… mais ces séries sont géniales, crois-moi, s'empresse-t-elle d'ajouter devant mon air déçu.

– Oh ! Et *Empire Records*, tu l'as noté ? s'écrie Aiko, qui débarrasse la table voisine. C'est vieux, mais dément.

– Oui ! approuve LuAnn. Et, côté lecture, inscris Joyce Carol Oates et Patti Smith, aussi.

Je recopie scrupuleusement toutes leurs suggestions tandis qu'elles se renvoient la balle. Non pas que j'aie aimé tout ce que j'ai vu – l'attrait des films d'horreur me passe au-dessus de la tête, tout comme les intrigues sportives gonflées à la testostérone et les comédies qui reposent sur un rebondissement aussi débile que : « elle retira ses lunettes et, aussitôt, devint la fille la plus populaire du lycée » –, mais ce qui compte, c'est d'essayer. Si j'ai retenu quelque chose de cette formation intensive en culture grand public (sinon que les marshmallows se marient à la perfection avec la crème à la vanille), c'est que les apparences peuvent être trompeuses. On n'exclut pas a priori un livre (ou une personne, ou un film) parce qu'il a une couverture rose à paillettes.

Bientôt, j'ai réuni des pages et des pages de suggestions – et tout le monde me jalouse d'avoir encore à découvrir ces merveilles.

– L'intégrale de *Battlestar Galactica* nouvelle version ? La chance…, souffle Jules avec envie.

Il écarte une mèche de cheveux foncés de ses yeux. Une barbe de trois jours lui brunit le bas du visage.

– Certains des meilleurs souvenirs de ma vie sont associés à cette série télé.

LuAnn et Aiko me rejoignent à la table pour notre pause traditionnelle.

– J'ai les pieds en compote, grommelle LuAnn, en se laissant tomber sur la chaise à côté de la mienne.

La cohue du déjeuner est derrière nous, et il n'y a qu'une poignée d'étudiants, ainsi que notre habituelle cliente pot de colle, appâtée par le wi-fi. À cette heure de la journée, le soleil filtre par les interstices des stores à lamelles.

– C'est parce que tu portes des talons, rétorque Aiko avant de lui mettre ses propres baskets sous le nez.

LuAnn les écarte.

– Elles sont tellement jolies, soupire-t-elle.

Nous admirons toutes les trois ses sandales à lanières décorées de petits nœuds rouges.

– C'est vrai qu'elles sont mignonnes, reconnais-je.

– Il faut souffrir pour être belle... Enfin ! dit LuAnn en poussant devant moi une assiette contenant des gâteaux écrasés. Mange !

– Tu te prends pour ma mère ? je la taquine.

J'ai l'impression d'avoir une nutritionniste personnelle, tant elle a peur que je disparaisse si je saute un repas.

– Ils ont vraiment été abîmés pendant le service, ces gâteaux ? je demande, rendue suspicieuse par leur fraîcheur.

– Ils le sont maintenant ! s'écrie Aiko, gobant un morceau de cookie aux deux chocolats.

– Les filles... je ne peux pas me permettre d'avoir de

nouveaux ennuis avec Carlos. Je suis sur la sellette depuis mon pétage de plombs.

– Détends-toi ! m'assure LuAnn. Tu crois qu'il s'intéresse à quelques biscuits émiettés ? Tant que personne ne le force à venir travailler... il est content !

Aiko approuve d'un hochement de tête.

– De toute façon, il est étrangement de bonne humeur ces derniers temps. L'autre jour, il a débarqué et offert un café à tous les clients présents parce que sa chanson avait encore été choisie pour une pub de bagnole.

– C'est quoi, cette chanson, d'ailleurs ? je demande.

– Tu sais, *I'm feelin' free*[1]..., fredonne Aiko.

– Non ! Il a composé ce truc ?

– Eh oui.

– Waouh !

Une fois remise de ma surprise, j'ajoute :

– Que fait-il ici alors ? Au lieu d'être à Hollywood ou ailleurs ?

Elle hausse les épaules et sort son carnet de croquis.

– À l'entendre, il déteste l'industrie du disque, pleine de vipères et de menteurs.

– Il rêve juste de trouver une femme, ajoute LuAnn, la voix poisseuse d'ironie, pour faire quelques rejetons et s'installer dans une cabane au milieu des bois. Rock and roll attitude !

Elle pousse le reste de sa salade vers moi.

– Tiens, Sadie. Des légumes. Des vitamines. Tu devrais essayer !

1. Littéralement : « Je me sens libre... » (NdT.)

– Il y a des fruits ! je réplique en brandissant, pour preuve, une myrtille.

– Tu vas finir par avoir le scorbut.

– Tu te prends vraiment pour ma mère !

LuAnn agite un bâtonnet de carotte dans ma direction.

– Je te préférais quand tu étais la petite nouvelle timide, la môme.

– Eh oui, mais ces jours-là sont derrière nous, lui dis-je avec un sourire avant de me lever pour aller accueillir de nouveaux clients. Faut t'y faire !

Ce ne sont pas de vaines paroles. Tandis que je me faufile derrière le comptoir, pour préparer du thé et dompter la Bête, je ne peux m'empêcher de ressentir la douce chaleur du contentement. Ces échanges légers avec LuAnn et les autres ne sont pas encore devenus monnaie courante, cependant je suis plus détendue en leur compagnie. Je n'aurais jamais cru que c'était possible, à l'époque où, en parfaite empotée, je faisais tout de travers (et laissais tout en plan au moindre message de Garrett), pourtant aujourd'hui j'appartiens à l'équipe, je ne suis plus la petite nouvelle timide.

Imaginez un peu ! J'ai des amis cool, stylés et géniaux ! Moi qui étais persuadée que rater ce stage d'écriture me condamnait à un été de dépression et de solitude. C'est la meilleure chose qui pouvait m'arriver, en réalité. Pensez à ce que j'aurais fait si j'avais été acceptée : absolument rien. Rien de neuf, s'entend. Me languir d'amour pour Garrett et me réfugier dans la lecture d'énormes classiques. Seule différence : je l'aurais fait dans une forêt du New Hampshire.

Pas de café, pas de bons moments en compagnie de Kayla et encore moins d'*American Girls* (1, 2, 3, 4 ET 5).

– Hé, Sadie ? m'apostrophe Josh.

Je me retourne et le découvre en train de poser quatre assiettes en équilibre sur le minuscule comptoir du passe-plat, sa casquette de traviole.

– Oui ?

– Tu pourrais me rendre un grand service ?

– Ça dépend...

– Sortir les poubelles pour moi ? S'il te plaît ! Je frôle la catastrophe, ici.

Je jette un coup d'œil aux bacs qui débordent en effet.

– Je n'ai pas entendu le mot magique.

– Roulés à la cannelle, rétorque-t-il avec un sourire.

Ses roulés méritent d'entrer dans la légende. Il ne les prépare que le lundi matin, et à neuf heures il n'en reste déjà plus.

– D'accord, d'accord, dis-je en plissant le nez au moment d'approcher des poubelles. Mais j'en veux deux. Tout juste sortis du four !

– Entendu, mademoiselle ! s'écrie-t-il.

Je traîne les sacs dans l'impasse à l'arrière du bâtiment : un charmant cul-de-sac rempli de bennes et de boîtes en carton vides. Des effluves d'aliments pourris montent par vagues. Dans un coin, un monceau de mégots de cigarettes, abandonnés par Denton et Jules, qui s'échappent à la moindre occasion pour en griller une. Avec une grimace, je pousse un peu plus loin, à la recherche d'une benne vide.

– J'avais pensé qu'on pourrait partir ce week-end, suggère une voix masculine.

– Je te l'ai dit, j'ai un exam. Je dois réviser.

Je reconnaîtrais entre mille l'accent français de Dominique. Je m'arrête aussi sec. Je ne savais pas qu'elle travaillait aujourd'hui...

– On révisera ensemble, insiste le type d'une voix grave et sensuelle.

– Pour avoir un F ? se moque-t-elle.

Dominique avec un type ? Qui la fait rire, en plus !

J'avance à pas de loup. À ma connaissance, elle ne sort avec personne, mais si quelqu'un incarne la discrétion, c'est bien elle. Alors elle a vécu une histoire secrète tout ce temps ? Retrouvé cet homme en douce ?

Je pose les yeux sur le vieux marc de café et les restes de sandwichs. D'accord, s'embrasser en plein jour dans une impasse sordide, on a vu plus romantique... Reste la question à un million de dollars : qui est son amoureux ?

Stimulée à la perspective de décrocher un des ragots les plus croustillants de l'année, je continue ma progression jusqu'à les apercevoir tous les deux, blottis entre deux piles de cartons. Je n'arrive pas à discerner le visage du type, mais il doit être spécial pour qu'elle prenne le risque de salir son pantalon immaculé.

– Allez, persiste-t-il en l'embrassant dans le cou. Je te promets de t'aider à préparer ton exam.

– Je ne peux pas. Tu sais bien que j'en ai envie, seulement...

Elle l'attire vers lui et lui donne un baiser tendre.

– Une autre fois, ajoute-t-elle. Promis.

– Tu auras intérêt à tenir parole, dit-il avant de l'embrasser une nouvelle fois et de se tourner légèrement vers moi.

Carlos !

Étouffant un cri, je lâche les sacs-poubelle. Dominique, surprise par le bruit, redresse la tête et m'aperçoit. L'espace d'une seconde, nous nous dévisageons de part et d'autre des déchets en décomposition – restes du déjeuner mais aussi de leurs efforts pour demeurer discrets. Puis Carlos pivote à son tour et me découvre.

– Euh... désolée ! je m'écrie. Je... je sortais juste les poubelles. Ne vous arrêtez pas pour moi, continuez de... enfin bref !

Je bats en retraite et m'engouffre dans le café, faisant claquer la porte derrière moi.

Carlos ! Mon esprit bute sur l'impossibilité de la scène à laquelle je viens d'assister. Il est... vieux ! Trente-cinq ans, ou un truc dans le genre. D'accord, Dominique en a vingt-deux, mais ça fait malgré tout une sacrée différence d'âge. Et puis surtout, elle le déteste ! Elle le hait, elle le méprise... Ça saute aux yeux de tout le monde. Quand elle ne crache pas sur lui, il menace de la virer. Rien que la semaine dernière, leur dispute a pris de telles proportions que LuAnn a dû les enfermer dans le bureau pour qu'ils n'effraient pas les clients. Enfin, je parle de dispute, parce que c'est ce qu'on croyait qu'ils faisaient...

Je rejoins Aiko et LuAnn, toujours attablées dans un coin.

– Qu'est-ce qui t'arrive ? me demande cette seconde. Tu es toute rouge.

J'ouvre la bouche pour partager la nouvelle, pourtant les mots ne franchissent pas mes lèvres. Dominique avait l'air si paniquée quand elle m'a découverte, elle doit vraiment tenir à garder le secret sur leur relation.

– Rien, dis-je en m'asseyant. J'ai dû prendre un coup de chaud dehors.

Je ne sais pas pourquoi je la protège, c'est ce que mon instinct me dicte. LuAnn reporte son attention sur son activité en cours, à savoir vider son sac à main de tous les flacons et boîtes de médicaments qu'il contient.

– J'ai de l'Advil, de l'aspirine, du paracétamol..., informe-t-elle Aiko.

– Et un sérieux problème ? je m'esclaffe. Tu as une révélation à nous faire ?

– Pas moi, glousse LuAnn. Elle.

– J'ai mal au crâne, soupire Aiko.

– Et tu viens de braquer une pharmacie ? je demande à LuAnn.

– Non, je suis prévoyante. J'ai toujours des règles douloureuses.

Jules nous rejoint juste à ce moment-là.

– Vous parlez de règles ? Beurk !

Il retourne une chaise avant de s'asseoir et d'ajouter :

– Vous pourriez pas garder ces conversations pour un autre moment ? Vous allez faire fuir les clients.

Nous levons toutes trois les yeux au ciel.

– C'est la merveille du corps féminin, rétorque LuAnn. Tu vas devoir apprendre à faire avec.

– On a aussi des poils, insiste Aiko. On rote, on pète, et...

– La, la, la ! s'écrie-t-il en se bouchant les oreilles. Je n'entends rien ! Aide-moi, mec !

Je me retourne. Josh, qui a quitté la cuisine, s'étire et bâille.

– Compte pas sur moi, répond-il. J'ai trois sœurs, je suis habitué aux stocks de tampons.

– Traître !

– Tu vois ? On est inoffensives ! conclut LuAnn, qui fait signe à Josh de nous rejoindre. Viens.

Du bout du doigt, je récupère les dernières miettes de cookies dans l'assiette vide, et je remarque :

– C'est une tendance chez toi. De nous donner des ordres, comme si on était des chiens.

– Ouaf ! répond-elle.

Josh s'affale sur la chaise à côté de LuAnn. Il a l'air si exténué qu'il se roulerait sans doute en boule par terre s'il n'y avait pas de siège. Il se malaxe l'épaule et, sans un mot, LuAnn se place derrière lui pour le masser.

– À moi, après ! s'écrie Jules.

Aiko lui donne un coup de coude.

– Non, moi ! Moi !

Pendant qu'ils se battent pour avoir leur tour, j'observe la scène, curieuse. Les yeux fermés, Josh s'abandonne avec délectation aux mains de LuAnn et, tout à coup, je me demande s'il y a quelque chose entre eux. S'ils sont plus que des amis. LuAnn se montre affectueuse avec tout le monde – elle parvient même à prendre Dominique dans ses bras –, pourtant elle paraît si détendue avec Josh... Cela dit, nous le sommes tous. Il réussit à me mettre à l'aise. Il a un côté crétin, je ne reviens pas là-dessus, mais aussi une nonchalance plaisante. La folie peut régner au café, les commandes s'accumuler, il les exécute sans se laisser une seule seconde gagner par la panique. C'est rassurant.

– Alors, qui est partant pour samedi ? demande-t-il en promenant son regard tout autour de la table.

– Oh, oui, par pitié, quelqu'un doit venir ! ajoute Aiko. S'il vous plaît !

– Pour quoi ? je demande.

– Le plus grand déballage d'agressivité masculine que tu aies jamais vu ! me dit Josh avec un sourire.

– Un match de foot ? je hasarde. Une course de voitures ?

– Des lutteurs gréco-romains nus ? ajoute LuAnn.

– Nan ! s'écrie Josh. Du hockey sur glace !

– Ah...

– Je n'aurais pas dit mieux, complète LuAnn sur le même ton que moi.

– Ce n'est pas un sport d'hiver ? je m'étonne en regardant la belle journée d'été, dehors.

– C'est une rencontre amicale, ou un truc dans le genre. Venez ! insiste Aiko. Je vous en supplie ! Je suis la seule fille à y aller, je vais me noyer dans toute cette testostérone.

– Désolée, chérie, répond LuAnn d'une voix qui suggère exactement l'inverse, je n'aime rien tant que les hommes en sueur qui agitent leurs énormes crosses, mais j'ai une limite, et c'est le sang. Tente le coup avec Sadie !

Aiko se tourne aussitôt vers moi.

– Je ne sais pas trop..., je me dérobe aussitôt. Je n'ai jamais beaucoup aimé le sport...

– Mais tu es censée tenter de nouvelles expériences ! C'est bien ce que tu nous as dit, non ? Voilà quelque chose d'inédit. Allez, lance-toi... ça te plaira peut-être !

– Elle a raison, approuve Josh, hilare. Tu as dit que tu étais ouverte à l'inconnu !

– J'ai dit ça, hein ?

Je me tasse sur ma chaise en réfléchissant à une issue, mais ça ne serait pas dans l'esprit de la nouvelle Sadie. Je finis par céder.

– D'accord, je viens. Ça pourrait être marrant.

– J'en connais plus d'un qui ont déclaré ça avant d'y rester ! s'écrie LuAnn.

Étape 8
Livrez-vous à l'inattendu

Vous aviez pour habitude de tout planifier, de votre robe pour le bal de promo (bleue, **sa** *couleur préférée) à l'itinéraire de votre virée à la fin du lycée (dans le Sud, dont l'attrait culinaire n'est plus à démontrer), sans oublier la chanson sur laquelle vous échangerez, enfin, votre premier baiser (*Lover, You Should've Come Over*, de Jeff Buckley.) Vous avez passé tant de temps à projeter votre futur, et bonheur, commun que vous êtes dans l'incapacité ne serait-ce que d'imaginer à quoi votre existence ressemblerait sans lui.*

Stop.

Pour une fois dans votre vie, laissez les événements se dérouler sans vous faire de films romantiques, désespérés. Moins vous perdrez de temps à rêver d'une félicité inatteignable, plus vous en aurez pour vivre l'instant présent – et pas un hypothétique futur.

19

En dépit de la description inquiétante que m'en a fait LuAnn, je suis plutôt contente d'aller assister au match le lendemain. Emmitouflés dans plusieurs épaisseurs de pulls en prévision de la fraîcheur du stade, nous sommes armés d'énormes glacières.

– C'est comme si on partait pique-niquer en plein hiver, dis-je à Aiko, tandis que nous remontons les allées à la recherche de nos places. On s'amuse bien.

– Attends que l'action commence, m'interrompt Jules, une lueur inquiétante dans l'œil.

Denton, qui nous accompagne, a un bras passé autour des épaules d'Aiko. Josh a apporté au moins six paquets de chips, et même Carlos s'est joint à nous – « Parce qu'il fallait un adulte responsable pour vous surveiller », dit-il en ouvrant une bière et en rangeant les autres hors de portée de Jules.

Moqueuse, Aiko me souffle :

– Il adore ça, se prendre pour un jeune de vingt ans...

Je l'observe à la dérobée, m'interrogeant sur la nature de sa relation avec Dominique. Est-ce lui ou elle qui tient à garder le secret ? Et leur histoire est-elle sérieuse ou s'agit-il d'une... passion physique (beurk !) ?

– Oh, c'est parti ! crie Aiko en se levant d'un bond pour avoir une meilleure vue sur les joueurs.

Des gars massifs lestés d'une vingtaine de kilos de protection arpentent la patinoire, s'échauffant avant le coup d'envoi. Enfin, je suppose qu'un match de hockey débute de la sorte... Les gradins sont pleins et de gigantesques doigts en mousse s'agitent partout. Le volume de la musique monte soudain pour enflammer le public. Aux anges, je m'exclame :

– C'est dément !

Devant l'hilarité d'Aiko, j'explique :

– Je ne connais rien au sport ! J'ai toujours été plus branchée par les activités paisibles. Rester assise. Lire. Faire la sieste.

Une corne de brume retentit et, soudain, les joueurs filent sur la glace, si rapides que j'ai du mal à suivre le minuscule palet noir. Il glisse à toute allure, passant d'une crosse à une autre à la vitesse de l'éclair.

– J'adore ! je m'écrie avec joie. C'est comme du patinage artistique, sauf que...

BOUM ! CRAC !

Je n'ai pas eu le temps de finir ma remarque naïve qu'un joueur s'aplatit, tête la première, contre la barrière de Plexiglas. Le sang gicle. La foule rugit.

– Réagis ! hurle Aiko, ralliant la meute.

Le joueur fait volte-face et se jette sur celui qui l'a plaqué. Ils tombent sur la glace et les coups pleuvent jusqu'à ce que leurs coéquipiers les séparent.

Une puissante vague de nausée m'envahit, je tente de la repousser.

– D'accord, me dis-je tout bas, c'est fini.

Les coéquipiers en viennent alors aux mains, à leur tour.

– Oh, la vache !

Accroupie dans le parking, j'ai le front appuyé sur les genoux. Je peux encore entendre les cris de la foule ; ils tonnent dans le stade derrière moi. Et ça n'est rien à côté de la tempête qui fait rage dans mon ventre.

– Ça va ? s'inquiète Josh, penché au-dessus de moi.

Il a dû perdre à la courte paille et se retrouver obligé de jouer les baby-sitters.

– Hmm-hmm, réussis-je à articuler avec le plus d'entrain possible. Bien. Je ne m'attendais pas à ce que son bras se disloque... quand le gardien l'a percuté.

– Ne t'inquiète pas, ce genre de luxation se soigne facilement.

– Ah... super, je murmure alors qu'une nouvelle vague de nausée monte.

– Tiens.

Je relève la tête de quelques centimètres, juste assez pour voir qu'il me tend un verre de Coca.

– Ça devrait t'aider à calmer ton estomac, m'assure Josh. En tout cas, c'est ce qu'on raconte.

– Merci.

J'avale quelques petites gorgées. Un rugissement s'élève du stade. Je n'ose pas imaginer la teneur de cette nouvelle rixe.

– Désolée de te faire rater le match, dis-je à Josh. Je ne m'attendais pas à ce que ce soit aussi... sanglant.

– Aucun souci ! Rien ne ressemble plus à un nez cassé qu'un autre nez cassé...

Je hoche la tête sans conviction.

– Ça n'est pas trop... pas du tout rassurant.

Les remèdes de grand-mère sont plutôt efficaces : peu à peu, l'envie de vomir reflue, jusqu'à ce que je me sente assez solide sur mes jambes pour me relever. Josh m'aide.

– Ça va mieux ?

– Je crois. Mais je... euh... vais faire l'impasse sur la fin du match. Retournes-y, je m'empresse d'ajouter. Je vous attendrai ici.

– Non, ne t'inquiète pas pour moi. Ce ne sont pas mes équipes préférées, de toute façon.

Il marque un temps. Il a les mains fourrées dans les poches de son jean.

– Je peux te ramener chez toi, si tu veux.

Cette perspective me réjouit aussitôt : je me voyais traîner dans le parking pendant encore quarante minutes, le temps que ce match sanglant se termine.

– Tu es sûr ?

J'insiste, culpabilisant toujours à l'idée de le priver du plaisir de cette rencontre.

– Rien ne t'y oblige, Josh. Enfin, ça m'embête de t'imposer ça...

– Imposer quoi ? demande-t-il avec un sourire avant de se visser la casquette sur le crâne, ce qui forme des touffes de cheveux juste au-dessus de ses oreilles. Je dois simplement faire un micro-détour, d'abord.

Je le suis jusqu'à son vieux pick-up rouge mangé par la rouille. Il m'ouvre la portière de l'intérieur et je grimpe à mon tour, avec beaucoup moins d'aisance que lui.

– Désolé pour le bazar...

Après avoir écarté quelques gobelets en carton, il démarre et enclenche la boîte de vitesse.

– Aucun problème. J'adore le bazar !

Je regarde autour de moi, déboussolée – je n'ai pas l'habitude de surplomber à ce point le bitume.

– C'est cool, j'observe au moment de sortir du parking. On dirait que tu vas tout écraser sur ton passage.

Il éclate de rire.

– Presque ! Enfin, l'an dernier, j'ai eu un différend avec un 4 x 4 et on a bien failli en garder des traces. N'est-ce pas, Dolly ? ajoute-t-il en tapotant le volant affectueusement.

– Dolly ? Ça vient d'où, ce nom ?

– Il est super, tu ne trouves pas ?

Face à mes gloussements intarissables, il explique :

– Quand je l'ai achetée, la radio était bloquée sur une station qui ne diffuse que des classiques de la country. J'ai fini par la réparer, mais le nom est resté.

– Dolly, je répète, amusée. Comme Dolly Parton !

Un nom si féminin pour un tas de métal aussi massif... à l'exact opposé du scooter de Garrett, Vera.

– Pourquoi les garçons font-ils ça ? je m'étonne. Baptiser leurs véhicules ?

– Par goût de la propriété, répond-il avec un sourire.

Je lui pince légèrement le bras.

– Quoi ? proteste-t-il. C'est vrai ! Et ça nous donne

quelqu'un à insulter quand on tombe en panne au milieu de nulle part.

Il récupère un câble accroché au vieux radiocassette et le connecte à son iPod.

– Prête à danser ? ajoute-t-il.

– Je ne te promets rien.

Pour être plus à l'aise, je retire mes baskets et pose mes pieds nus sur le tableau de bord. Et j'ajoute :

– Mais je suis peut-être en état de hocher la tête en rythme.

– Fais-toi plaisir, rétorque-t-il en me tendant son iPod.

Je choisis un bon vieux Springsteen, et nous nous engageons sur l'autoroute qui serpente à travers les vastes bois de Pioneer Valley. J'adore ce coin. Évidemment, l'ouest du Massachusetts peut se révéler frustrant lorsqu'on est en quête de distractions – surtout quand on a le malheur de ne pas être motorisé –, en revanche question lumière crépusculaire filtrant à travers le feuillage ou paysage de collines verdoyantes, cet État est imbattable. À l'extérieur de Sherman, les petits hameaux de maisonnettes blanches sont éparpillés dans la région boisée. La flèche de leur église ou leur lac artificiel en constituent le point d'orgue, ainsi que la vente, sur des routes secondaires, de miel local, d'œufs frais et de maïs.

– Bon, on ne peut pas dire que ton premier match de hockey ait été une grande réussite.

Josh me tire de mon rêve éveillé, alors que je regarde le monde défiler à toute allure dans la lumière déclinante.

– Au moins j'aurai essayé ! C'était bien l'objectif, non ?

Je tente de prendre les choses – trois nez abîmés et une pommette éclatée – du bon côté.

– Il me semble, répond-il en me jetant un coup d'œil. Alors ça marche comment, cette nouvelle philosophie de vie ?

– Plutôt bien, dis-je non sans une certaine hésitation.

Si Josh n'appartient pas à l'équipe de soutien anti-Garrett, il est normal qu'il soit au courant. À l'heure qu'il est, les clients les plus fidèles, comme M. Hartley, doivent aussi être informés.

– Tu crois que je suis cinglée ? je lui demande subitement. Je dois avoir l'air folle avec mon projet...

Josh prend quelques secondes de réflexion – ce qui n'a rien de rassurant –, mais finit par secouer la tête.

– Pas plus cinglée que le reste de l'équipe. Au moins toi, tu sais ce que tu veux, et tu te donnes les moyens d'atteindre ton objectif. La plupart des gens se plaignent sans rien mettre en œuvre pour que leur vie change.

– Ouais, j'ai une longue expérience dans ce domaine... Deux années, environ.

Je soupire à cette idée.

– Ne t'inquiète pas de ce que pensent les gens, reprend-il d'un ton ferme. L'essentiel, c'est que toi, tu y trouves ton compte.

Je lui rends son sourire, soulagée.

– Tu as raison. Et je m'y retrouve, en effet. Enfin, sauf aujourd'hui. Note pour l'avenir : plus de sport. Plus jamais.

– Oh, Sadie ! Des sports, il y en a pour tous les goûts, je te parie que pour toi aussi ! La pétanque, peut-être. Ou le ping-pong.

– Dis tout de suite que ma place est dans une maison de retraite !

Je me love dans le vieux siège profond et pose les yeux sur les ongles de mes orteils, où l'on aperçoit des restes du vernis rose à paillettes que Kayla m'a appliqué quand j'ai passé la nuit chez elle. Je suis soudain frappée de voir à quel point ma vie a changé cet été. Changé ou plutôt muté. Je suis dans la voiture d'un type que je ne connaissais pas il y a encore quelques semaines, j'ai de nouveaux amis qui me font faire des expériences que je n'aurais jamais crues possibles.

Alors oui, il y a un quart d'heure, j'étais peut-être pliée en deux sur le parking d'un stade, sur le point de vomir, mais j'ai tenté l'expérience. J'ai osé ! L'ancienne Sadie n'aurait pas daigné assister à un match de hockey ; la bulle dans laquelle elle vivait était bien trop confortable pour en sortir.

Peut-être que le chemin menant à l'existence exceptionnelle dont je rêve est simplement un peu plus sinueux que je ne le pensais...

– À propos de ce micro-détour..., je hasarde, trente minutes plus tard. Je ne me plains pas, hein, je me dis juste qu'il nous faudrait un plan si tu as l'intention de faire franchir la frontière à une mineure.

Amusé par ma sortie, il rétorque :

– On n'est plus très loin. Je dois juste voir un mec pour un truc.

– Mystère, mystère...

Il se contente de hausser les épaules.

– C'est tout moi, ça, l'homme énigmatique.

– Tu veux dire que ton boulot de cuistot n'est qu'une couverture et qu'en secret tu combats des espions et des scientifiques diaboliques entre deux services ?

– Mince, tu m'as démasqué !

Il quitte la route pour s'engager sur un parking de terre battue. Derrière les arbres, j'aperçois plusieurs bâtiments.

– Nous y voilà ! déclare-t-il en coupant le moteur.

– Et on est où exactement ?

– Je ne préfère rien dire pour le moment, mais si ça fonctionne, je te raconterai tout, d'ac ?

– Marché conclu.

Nous convenons de nous retrouver vingt minutes plus tard, puis Josh part pour sa mystérieuse mission. Il pourrait s'absenter plusieurs heures que je n'y verrais que du feu : il m'a déposée dans une adorable librairie nichée sous les poutres d'un ancien moulin, au-dessus d'une cascade. Je n'ai pas acheté de livres d'occasion depuis que Garrett m'a abandonnée, pourtant l'habitude revient au galop et je me sens aussitôt chez moi, peu importe que je sois seule. Le bruit des chutes d'eau, le jour qui tombe doucement derrière les vieilles fenêtres à meneaux... Le bonheur à l'état pur. Il y a même un chat qui passe régulièrement près de moi et me laisse lui chatouiller le menton.

Je fouille dans les bacs jusqu'à avoir les bras remplis de livres, puis m'installe dans le petit café juste à côté pour m'attaquer à mon butin, entourée d'étudiants barbus et de motards baraqués. Je suis si absorbée par la lecture d'un vieux recueil de nouvelles pour enfants sur le thème de la danse que je n'ai pas entendu Josh approcher.

– C'est un roulé à la cannelle ? Traîtresse !

Il s'assied en face de moi, une expression sévère au visage. Je m'empresse d'avaler le morceau de gâteau incriminé que je suis en train de mâcher pour me justifier :

– Étude de concurrence, rien de plus ! Et tu n'as aucun souci à te faire.

– Je plaisante ! Mais ça me ferait mal d'apprendre le contraire !

– Modeste avec ça, je le taquine avant d'écarter mon assiette. J'ai assez attendu maintenant, le suspense est insoutenable. Quel est ton grand secret ? Tout a marché comme tu voulais ?

Josh paraît timide, tout à coup. À vrai dire, si la lumière dans le café n'était pas déjà rosée, je jurerais qu'il rougit. Il prend un sachet de sucre et l'ouvre, puis répond :

– Je... euh... venais parler au mec d'à côté. Tu as fait un tour ? Ah, non, j'oubliais, les livres ! Bref, il a un super restaurant, rien de très chic, mais des plats simples et frais. Ils ont même leur propre potager, dans une ferme du coin... Cette nouvelle mode de la production locale, tu sais ?

– Super, j'observe, même si je ne vois pas du tout où il veut en venir.

Josh verse le contenu du sachet de sucre sur la table et, du bout du doigt, y dessine de petits cercles.

– Alors, euh... je suis passé pour lui parler travail. Un apprentissage. Une vraie formation, pas les trucs que je fais déjà au café.

Il se tait et un immense sourire s'épanouit sur son visage – comme s'il n'en pouvait plus de le retenir.

– Et... il a accepté ! J'ai décroché le poste !

– Josh ! C'est génial !

Je me penche vers lui pour le serrer dans mes bras.

– Tu vas devenir chef, alors ? j'ajoute.

– Peut-être. On verra. Ça ne paie pas beaucoup et je vais avoir des horaires de dingue, mais... je ne sais pas, je crois que je pourrais être doué.

Il pose un regard plein d'espoir sur moi, comme dans l'attente de mon approbation.

– Bien sûr que tu es doué ! Tu nous manqueras, en revanche. Quand commences-tu ?

– Pas avant quinze jours. Son stagiaire d'été reprend sa formation à la rentrée.

– Tu devras aussi suivre une formation, ensuite ?

– Aucune idée. Je ne me projette pas aussi loin.

Son sourire ne le quitte pas, il est aux anges.

– Dans l'immédiat, poursuit-il, j'attends de voir comment ça marche.

– Ça va être top. Je t'imagine parfaitement avec une grande toque blanche en train de préparer des assiettes magnifiques et de crier sur tes sous-fifres.

– Je crois surtout que c'est moi qui me ferai crier dessus. Et je n'approcherai pas des assiettes, je serai cantonné à l'épluchage des légumes et à la vaisselle.

– Au début ! Tu décrocheras des étoiles au guide Michelin en un rien de temps. C'est bien ça, les récompenses en cuisine ?

– Oui, mais je vise plutôt le prix James Beard. Les plus grands chefs américains se le disputent. Ceux qui repoussent vraiment les frontières et dépoussièrent la cuisine traditionnelle.

Son enthousiasme me fascine.

– Je ne savais pas que tu étais aussi passionné. Tu te plains toujours d'être enfermé dans la cuisine, au café.

– Oui, j'en ai marre de mettre des paninis au gril. Là, ce sera autre chose. Will, le patron du restaurant, prépare des plats incroyables à base d'herbes et...

Il s'interrompt soudain, avant de s'excuser d'un air penaud :

– Désolé, je me laisse un peu emporter quand je parle de cuisine.

– Pourquoi tu t'excuses, c'est super !

Pour la première fois, je découvre l'énergie qui se cache derrière son apparente désinvolture.

– Je ne t'ai jamais vu comme ça, j'ajoute.

Il se racle la gorge et reprend son air habituel de crétin.

– Et voilà, je suis en train de saboter ma réputation.

– Ta réputation de rebelle sans but dans la vie ? Allez, on va commander quelque chose pour trinquer à cette bonne nouvelle, d'accord ?

Étape 9
Préparez-vous

Il y a une raison pour laquelle vous n'avez pas coupé tous les ponts avec lui. Et cette raison, c'est l'amitié – ou plutôt le fantasme d'une amitié joyeuse et saine, dépourvue du poids handicapant d'un amour à sens unique. Cette utopie, cet idéal platonique (hum !) d'une maturité émotionnelle. Elle se rapproche de jour en jour, et posez-vous la question : êtes-vous prête ?

Par là, je n'entends pas presque ou quasiment prête. Non, je veux dire : êtes-vous immunisée contre ses charmes, zen, disposée à raccrocher s'il appelle ? Parce que vous n'avez pas accompli tous ces efforts pour vous jeter une nouvelle fois à ses pieds et l'implorer de vous aimer !

Le bitume, ça fait mal. Mais pas autant que la perte de toute dignité.

20

– Je m'ennuie.

À l'issue de sa journée au centre aéré, Kayla vient s'affaler à côté de moi sur un banc devant le Café In. Je profite de ma pause pour peler une orange et regarder les gens flâner dans la rue principale. Ce spectacle a des vertus apaisantes : leur errance, qui m'emplissait de mépris et de frustration, m'apparaît comme agréable après une matinée de folie à servir des cafés.

– C'est nouveau, je souligne en lui tendant un quartier d'orange. D'habitude, tu es épuisée ou tu as des envies de meurtre. Ce qui peut se révéler problématique quand on travaille avec des enfants.

– Mais ils sont tellement idiots ! Ils passent leur journée à répéter : « Kayla, regarde mes crayons de couleur ! », « Kayla, je t'ai fait un bracelet ! » Par pitié ! Ils m'intéresseront le jour où ils sauront faire pipi tout seuls.

– Et pourtant, toutes les mères de la ville s'imaginent que tu es un cadeau venu du ciel et que tu t'occupes de leurs marmots comme personne.

Kayla bat des cils.

– Tant qu'elles me gâtent à la fin de l'été !

Nous partageons la fin de l'orange au soleil.

– L'automne approche, remarque-t-elle soudain. On le sent dans l'air.

– Menteuse ! L'automne ne peut pas arriver, parce que dans ce cas-là l'hiver ne tardera pas, et je suis contre.

– Tu es contre ?

– Ouais. Il n'y aura pas d'hiver cette année, je décrète, les bras croisés. Pas de moufles mouillées, pas de nez qui coulent, pas d'horribles bottes fourrées et pas de bus à attendre dans le froid. Ça n'arrivera pas. Je l'interdis ! L'été va se prolonger éternellement.

Kayla glousse.

– Bonne chance, Sadie !

– Hé ! On nous répète sans arrêt qu'on peut accomplir des miracles si on est vraiment décidé. Voilà celui auquel je m'attelle.

– J'aime bien l'hiver, moi. Les chocolats chauds au coin du feu, blottie dans les bras de... enfin, blottie tout court.

Je lui jette un regard compatissant, mais son sourire est inamovible.

– De toute façon, tu n'auras pas à poireauter à l'arrêt de bus dans le froid, le matin, puisque tu seras dans ma voiture.

– Dans ce cas, j'autorise l'hiver cette année. Seulement parce que c'est toi !

La Civic de LuAnn, à la peinture rouge écaillée, s'arrête dans un crissement de pneus juste en face de nous. Elle en sort, vêtue d'une robe à pois délirante ; les rubans de ses ballerines s'enroulent autour de ses mollets.

– Salut, les filles !

Elle agite la main en nous voyant et fond sur nous, ce qui contraint une camionnette à piler. Indifférente aux coups de klaxon, LuAnn nous rejoint d'un pas sautillant.

– J'ai pensé à une nouvelle étape pour ton programme !

– Ah, oui ?

Je ne m'emballe pas : ses propositions précédentes étaient plus saugrenues les unes que les autres. S'inscrire dans une école internationale européenne, bien évidemment très chic, sortir avec vingt-quatre garçons en vingt-quatre heures, organiser une cérémonie vaudou pour purger mon âme de l'essence de Garrett.

– C'est adorable, j'ajoute, mais je me porte à merveille.

– Elle ne lui a presque pas parlé cette semaine, confirme Kayla.

– Tu me surveilles ?

– Cette question ! rétorque-t-elle en levant les yeux au ciel d'un air faussement outré. Dois-je te rappeler un certain incident à base de granité à la framboise ? Par souci vestimentaire, je préfère être prévenue à l'avance d'un risque de panique.

– Aucun danger, je les rassure toutes deux. Je vais bien, promis.

– Tu pourrais aller encore mieux ! insiste LuAnn. Il te suffirait d'avoir des... roulements de tambour s'il vous plaît !

Elle sort une poignée d'élastiques.

– Tu vois ? poursuit-elle. Tu les mets à ton bras, et chaque fois que tu penses à Garrett, tu les fais claquer.

J'ai aussitôt droit à une démonstration, qui m'arrache un cri de douleur.

– Aïïïe !

– C'est du renforcement négatif, m'explique LuAnn, une lueur sournoise dans l'œil. Tu finiras par associer Garrett à la souffrance et tu cesseras de penser à lui.

– Non, merci, je déclare d'un ton ferme en retirant les élastiques. Ça ne te paraît pas un peu extrême ?

Elle secoue la tête.

– Tu l'as dit toi-même : on ne doit pas sous-estimer un cœur brisé.

– Je vais bien, LuAnn, je t'assure ! je lance avec gaieté. Inutile de recourir aux châtiments corporels.

Elle n'a pas l'air convaincue.

– Ça risque de te reprendre à tout instant, insiste-t-elle. Par surprise, comme ça... bam ! Tu te retrouves à broyer du noir, roulée en boule sur le canapé, dans un jogging que tu n'as pas quitté depuis trois jours, avec rien d'autre qu'un paquet de gâteaux pour remplir le vide et le désir qui te rongent.

– Merci pour la mise en garde, LuAnn, j'articule, circonspecte. Je te dirai si je change d'avis.

– Entendu !

Elle s'engouffre à l'intérieur du café dans un bruissement de tissu, et je me tourne vers Kayla.

– Euh... tu promets de me prévenir si tu la vois débarquer avec un fouet ?

Le reste de l'après-midi s'écoule paisiblement, sans nouvelle idée incongrue de LuAnn – sinon ses tentatives de passer du Lady Gaga, aussitôt mises à mal par au moins cinq clients et une décision arbitraire de Dominique.

– Certains d'entre nous essaient de se concentrer, déclare-t-elle en retirant le CD incriminé du lecteur.

– Tu ne travailles même pas aujourd'hui, tu n'as pas ton mot à dire ! objecte LuAnn, qui s'est précipitée pour sauver sa compil de la poubelle.

Je m'écarte de son passage.

– J'ai six chapitres à apprendre avant mon exam de demain, rétorque Dominique qui regagne déjà sa forteresse de bouquins et de cahiers à feuilles lignées dans un coin. J'ai besoin de silence !

– Mais, Dom...

– Mets autre chose, crie Carlos depuis le bureau, où il s'est enfermé avec les registres des comptes.

Il fait rouler sa chaise jusqu'à la porte et ajoute :

– Les clients ont toujours raison, LuAnn, tu l'as oublié ?

– Très bien, dit-elle en sortant un autre CD. Vous l'avez cherché.

Quelques secondes plus tard, le tube de Carlos retentit. LuAnn chante à tue-tête :

– *I'm feelin' free... Like a bird in the sky*[1]...

– LuAnn ! s'écrie Carlos d'un ton menaçant.

Elle se tourne vers le client suivant.

– Que pensez-vous de cette chanson ? Elle vous plaît, non ?

– Euh... oui, répond l'homme d'âge moyen avant d'agiter la tête en rythme. Je l'ai entendue à la télé, dans cette pub pour une voiture.

LuAnn lance un regard triomphal à Carlos et se remet à chanter :

– *I'm flyin' so high... Freeeee*[2]...

---

1. « Je me sens libre... Comme un oiseau dans le ciel... » (NdT.)
2. « Je vole si haut... Liiiiiibre... » (NdT.)

Carlos bat en retraite et claque la porte derrière lui. J'observe Dominique à la dérobée, toujours intriguée par leur étrange rendez-vous dans l'impasse. Elle ne m'a pas encore entreprise au sujet de ma présence involontaire sur les lieux ; elle enchaîne les services avec son habituelle indifférence glaciale. Se soucie-t-elle que j'aie, ou non, trahi son secret ? À moins qu'elle ne soit immunisée contre la mesquinerie des commérages et se fiche que je l'aie répété ? Penchée sur ses manuels de droit, elle porte une paire d'élégantes lunettes à monture métallique. Elle a un air concentré et sérieux. La dernière que l'on soupçonnerait de vivre une histoire scandaleuse avec son patron. Et c'est peut-être tout l'attrait, justement...

Elle redresse brusquement la tête et surprend mon regard. Je me détourne aussitôt, gênée d'avoir été attrapée.

– Je ne comprends pas pourquoi il est aussi susceptible, s'étonne LuAnn. À croire qu'il a honte d'avoir cédé les droits de sa chanson pour une pub. À sa place, je n'aurais pas hésité une seule seconde, si ça me garantissait un chèque tous les mois.

J'éclate de rire.

– Et l'intégrité artistique ?

– Elle peut aller se rhabiller, riposte-t-elle. Il faut bien payer le loyer.

La porte du café carillonne dans notre dos.

– Il faut faire quoi pour être servi, ici ?

Je me retourne. Il est là avec sa chemise froissée à demi rentrée dans un pantalon en velours marron. Sa besace de cuir en bandoulière. Il s'approche, ce sourire que je reconnaîtrais entre tous aux lèvres. Garrett.

– Alors, quel est le café du jour ? demande-t-il en s'accoudant au comptoir.

Son sourire s'élargit encore. Je le fixe, pétrifiée sur place, me raccrochant à une pince à muffin et un mug.

Garrett. Est. Ici.

La surprise me décroche la mâchoire. Comment est-ce possible ? J'avais tout prévu pourtant : un cercle rouge marque la date de son retour sur mon calendrier, à la maison... Calendrier, je le réalise alors, que je n'ai pas regardé depuis des semaines, enfoui sous une montagne de romans à l'eau de rose et de comédies romantiques.

– Je... je ne..., je bredouille, impuissante.

LuAnn me dévisage bizarrement avant de voler à mon secours :

– Un moka d'Éthiopie. Il se marie à la perfection avec notre tarte à l'amande.

Garrett se tourne vers moi.

– Tu en dis quoi, Sadie ?

LuAnn s'illumine aussitôt.

– Vous vous connaissez ? Pourquoi tu n'as rien dit, Sadie ?

Mon cerveau me répond enfin.

– Garrett, réussis-je à articuler. Il est revenu. Je veux dire, tu es revenu...

– Surprise ! s'écrie-t-il.

Je n'ai pas le temps de réagir, déjà il contourne le comptoir et me serre contre lui, de toutes ses forces.

– Je n'en reviens pas, ajoute-t-il. Ces six semaines m'ont semblé durer une éternité.

Je suis immobile dans ses bras. Bien sûr, je savais que ce jour viendrait... mais pas aussi vite ! J'étais censée avoir le temps de mettre au point une stratégie, de monter un plan d'évacuation d'urgence avant de me retrouver face à lui.

Je reprends suffisamment mes esprits pour m'écrier, tout en me dégageant de son étreinte :

– Salut, Garrett !

C'est douloureux de le voir d'aussi près, de retrouver le mouvement familier de ses cheveux qui lui tombent dans les yeux, les pommettes bien dessinées, la tache de naissance juste au-dessus de son oreille droite. Il y a aussi du nouveau, cependant : une barbe de trois jours, blonde, et des marques de bronzage sur son poignet.

– Qu'est-ce que tu fais ici ? j'ajoute. Tu n'as pas prévenu que tu étais rentré !

– Je viens juste d'arriver ! J'ai passé six heures comprimé contre un Hell's Angel du nom de Bubba, alors tu imagines à quel point je rêve d'une douche ! Mais il fallait que je te voie d'abord. Tu m'as tellement manqué !

Je le regarde sans en croire mes yeux... Puis, soudain, je me souviens de la présence de LuAnn, à deux pas de nous. Aiko nous a rejoints aussi et nous examine, intriguée, tout en nouant son tablier. Je recule d'un bond.

– Je vais te chercher une part de cette tarte ! Assieds-toi en attendant, tu as besoin de te détendre.

– C'est bon, Sadie, je ne te retiens pas, je voulais juste passer dire bonjour.

Il ne s'est toujours pas départi de son sourire, ne remarquant apparemment pas mon cafouillage.

– Retrouvons-nous plus tard, complète-t-il. On pourrait se faire un ciné, non ? Il y a *Annie Hall* à Northampton.

Incapable de réfléchir, je bredouille :

– Je ne sais pas... Je devais...

– Il n'y a pas de mais qui tienne ! m'interrompt-il. C'est ma première soirée ici... Et tu adores Woody Allen, en plus !

Il me fait son regard de chien battu, et tout me revient aussitôt en mémoire : les longues discussions, les virées... Ce don pour me donner l'impression d'être la personne la plus importante au monde... Je cède :

– D'accord. On se voit ce soir.

– Super ! Je passe te chercher à dix-neuf heures !

Alors qu'il s'éloigne à grandes enjambées, je cherche encore à me remettre de ce passage brusque d'une sonnerie de portable, d'un visage en photo, d'un souvenir à son retour, en chair et en os.

– Réunion d'équipe ! Tout de suite ! annonce LuAnn. Dominique ! Aiko !

Elle m'agrippe le bras et me traîne dans le bureau. Carlos relève la tête, surpris par notre entrée fracassante.

– Désolée, on a besoin de la pièce, déclare LuAnn. Du balai !

Il la considère avec un mélange d'étonnement et d'incrédulité.

– Du balai ? répète-t-il. C'est mon bureau !

– Et on doit te l'emprunter pour une urgence ! S'il te plaît ? Tu peux t'occuper de la caisse pendant ce temps-là. Une affaire de filles, ajoute-t-elle. Où donc ai-je bien pu ranger mes tampons pour flux abondants...

Il se lève d'un bond.

– D'accord, d'accord ! Prenez votre temps.

Il détale si vite qu'il manque de se prendre les pieds dans les lacets défaits de ses baskets. LuAnn rit sous cape.

– Ça marche à chaque fois...

L'aversion, prévisible, des hommes pour les affaires féminines et le comique qui en résulte me laissent totalement de marbre dans l'immédiat. Je m'affale sur le fauteuil de Carlos, encore sonnée. Bientôt LuAnn, Aiko et Dominique se dressent toutes les trois devant moi. La première brandit son téléphone.

– Kayla est sur haut-parleur, explique-t-elle.

La voix de celle-ci, minuscule et lointaine, s'élève justement :

– Alors, qu'est-ce qui s'est passé ?

– Il est rentré, répond LuAnn. Il a débarqué dans le café comme si de rien n'était.

– Quel culot ! s'énerve Aiko.

– J'ai trouvé qu'il avait l'air d'un idiot, ajoute Dominique sans quitter ses ongles des yeux.

Les voir ainsi alignées devant moi, unies contre lui, m'emplit d'un sentiment réconfortant. J'ai des amies, je ne suis pas seule pour affronter Garrett.

– Merci, les filles, dis-je après avoir pris une profonde inspiration. C'est gentil de me soutenir comme ça, mais... Garrett n'est pas l'ennemi à abattre. Il n'a rien à se reprocher. Tout est ma faute.

– Il t'a quand même fait du mal ! proteste LuAnn, les yeux écarquillés par l'indignation.

– Ça reste mon ami... C'était le but de ce programme, je lui rappelle. Le garder dans ma vie malgré tout. Ce qui signifie que vous devrez être sympas avec lui.

Un silence.

– Je suis sérieuse, j'insiste.

LuAnn serait capable de corser son café ou de cracher dans sa nourriture. Ses résistances ne tiennent pas longtemps, pourtant.

– Très bien, soupire-t-elle, on sera sympas.

Aiko opine du chef, et Dominique hausse les épaules.

– Si c'est ce que tu veux...

– Super, je souffle.

Au bout de quelques secondes, la voix désincarnée de Kayla s'élève à nouveau.

– Mais comment tu te sens ?

Tous les regards sont rivés sur moi, dans l'expectative.

– Je... je ne sais pas trop. Je crois que je suis toujours sous le choc. Enfin, j'ai fait tellement d'efforts pour ne pas penser à lui que j'ai laissé de côté cette partie-là du programme. Et maintenant ?

Perdue, je cherche une réponse sur leurs visages.

– Il faut établir de nouvelles règles, propose immédiatement LuAnn. Par exemple, ne plus passer de temps seul à seul. Et interdiction de le laisser te prendre dans ses bras !

– Refuser de le voir dans des circonstances qui peuvent prêter à confusion, enchaîne Aiko. Pas de dîner aux chandelles, de coucher de soleil ou d'endroit où on peut entendre *Maps* des Yeah Yeah Yeahs.

– Tu devrais lui poser un lapin, une ou deux fois, suggère Dominique. Pour qu'il se rende compte que tu n'es plus à sa botte.

– De nouvelles règles...

Je hoche lentement la tête.

– Tu vas t'en sortir, m'encourage Aiko en me donnant une petite tape rassurante sur l'épaule. Tu en es capable !

– Bien sûr que oui, approuve LuAnn. Tu as déjà fait une grande partie du chemin. C'est en quelque sorte le dernier obstacle. Tu n'auras aucun mal à le franchir.

Je prends une nouvelle inspiration et, petit à petit, regagne confiance. Elles ont raison : je vais m'en sortir. Je suis à des millions de kilomètres de la pauvre Sadie, amoureuse éplorée, et il est hors de question que je fasse marche arrière maintenant, après la sueur, les larmes et le café que j'ai versés pour passer à autre chose. Mon programme m'a permis de tenir jusqu'ici, il me faut juste l'adapter à la nouvelle situation.

– Je suis prête ! j'annonce. Je vais y arriver.

– On est derrière toi ! affirme LuAnn.

– Mais, Sadie..., intervient Kayla. Sois prudente, d'accord ? Ne retombe pas amoureuse de lui, hein ?

– Aucun risque. Il m'a prise au dépourvu aujourd'hui, c'est tout. On va être amis, rien de plus.

– C'est ça..., soupire Dominique.

– Faites-moi un peu confiance ! Je peux être forte !

Étape 10
Une nouvelle ère (platonique)

Quelqu'un a un jour défini la folie ainsi : c'est répéter les mêmes actions en espérant un résultat différent. Souvenez-vous des prières silencieuses que vous adressiez aux dieux de l'Amour à Sens Unique dans l'espoir qu'ils interviendraient, chaque fois que vous passiez du temps avec lui. Ladite intervention a-t-elle déjà eu lieu ?

Non. De toute évidence, l'ancienne approche ne fonctionnait pas si bien que ça. Il est donc grand temps d'en trouver une nouvelle.

Commencez par éviter tout contact physique. Plus de rendez-vous dans des endroits romantiques, de longues balades au clair de lune et encore moins d'innocentes batailles de guili-guili sur son lit. L'innocence n'existe plus depuis que votre cœur a été brisé en un million de morceaux, ne l'oubliez pas.

21

Et je suis forte. Lorsque Garrett passe me prendre ce soir-là, dans ce tee-shirt gris ardoise qui, autrefois, me mettait en extase, j'accorde à peine un coup d'œil à ses avant-bras bronzés. Je veille à conserver une distance raisonnable entre nous, au point que je manque de tomber du scooter en route. Et, une fois arrivée au cinéma, je propose de voir un film d'action récent, effroyablement bruyant et pas romantique pour deux sous, au lieu d'*Annie Hall*.

– Ha ! ha ! ha ! s'esclaffe-t-il. Elle est bien bonne, Sadie !

Le hall, qui embaume le pop-corn, grouille d'adolescents et de couples. Alors que nous nous mettons dans la queue pour acheter les billets, il ajoute :

– Ces films grand public sont tellement nazes.

– Allez, on va bien se marrer !

Toujours plus qu'en regardant Woody Allen et Diane Keaton débattre pendant deux heures des méandres dangereux de l'amitié entre homme et femme, en tout cas.

– Laisse-toi tenter par la nouveauté pour une fois ! j'insiste.

Garrett me considère d'un air surpris.

– Qu'est-ce qu'on t'a fait cet été ? me taquine-t-il. La Sadie que je connaissais n'aurait jamais envisagé de regarder une attaque extraterrestre.

La Sadie qu'il connaissait aurait aussi préféré marcher sur des charbons ardents plutôt qu'être jugée idiote et inculte. Je me contente donc de hausser les épaules avec un sourire.

– Peut-être qu'elle a un peu élargi son horizon... Dis oui, Garrett, c'est moi qui offre le pop-corn !

– D'accord, d'accord, je me rends. Mais seulement parce que tu m'as manqué.

Comme pour enfoncer le clou, il me serre dans ses bras. LuAnn avait raison : me soustraire à ses étreintes est une de mes priorités. Prudemment, je me libère. En reculant d'un pas, j'aperçois une chevelure rouge. Je fais volte-face et fouille du regard la foule de spectateurs. Serait-ce... LuAnn ?

– Qu'est-ce qu'il y a ? s'inquiète Garrett.

– Rien, j'ai cru apercevoir quelqu'un...

Je vérifie une nouvelle fois ; j'ai dû rêver.

– Bref, dis-je en me retournant vers lui, raconte-moi ton stage. Je veux tout savoir.

Enfin, tout sauf ce qui concerne cette fameuse Rhiannon, qui figure aussi en bonne place sur la liste des dangers potentiels. Garrett a apparemment compris le message – il faut dire que j'ai coupé court à la conversation, chaque fois qu'il l'a mentionnée –, et ne prononce même pas son prénom.

– Ces cours, Sadie ! Ils étaient incroyables. J'avais une prof de poésie, tu l'aurais adorée...

Nous récupérons nos billets, achetons de quoi grignoter...

Garrett est intarissable sur ses nombreux accomplissements littéraires.

– C'était dément, j'aurais tellement voulu que tu sois là. Les enseignants étaient géniaux, et je ne parle pas des conférenciers invités. J'ai l'impression que mon écriture a fait un sacré bond.

– Super, dis-je, tout en cherchant notre salle.

Il se corrige aussitôt :

– Désolé, je ne voulais pas remuer le couteau dans la plaie, je sais combien tu étais déçue de ne pas pouvoir venir.

– Non, ça va, je le rassure. C'était pour le mieux, en fin de compte.

Il me presse l'épaule.

– Inutile de faire semblant avec moi, Sadie. Je sais que tu as dû passer un sale été, coincée ici à Sherman. Mais dis-toi que je n'ai pas arrêté de chanter tes louanges à tout le monde. L'an prochain, tu seras forcément acceptée.

Je le remercie d'un air absent, distraite par la vision d'une couette noire et bleue, un peu plus loin dans la queue. Quand je me redresse, elle a disparu. Décidément, j'ai des visions ce soir ! Je secoue la tête pour me remettre les idées en place.

Les portes de la salle s'ouvrent et je reprends :

– C'est vraiment adorable, Garrett. Je ne suis pas certaine de postuler l'an prochain, mais...

– Quoi ?

Il se plante au beau milieu de l'allée.

– Sadie, tu dois impérativement faire ce stage ! Tu ne peux pas te laisser abattre par un refus... Tous les écrivains en ont essuyé. Pense à Kerouac ou Cummings, leurs textes ont été déclinés par des dizaines d'éditeurs avant qu'ils ne percent. Tu réussiras, il faut juste persister.

Ce n'était pas tout à fait ce que je voulais dire, cependant, en entendant Garrett parler de nous en tant qu'écrivains, je réalise que je n'ai pas écrit une ligne de l'été – en dehors de mon programme en douze étapes. Alors que je me cale dans le fauteuil en velours usé, je m'étonne de ne pas m'en être rendu compte jusqu'à présent. Peut-être bien que j'écrivais plus pour entretenir mon lien avec Garrett que pour moi-même.

– Sadie ?

Tirée de mes pensées, je réponds :

– Pardon ?

– Je te demandais comment tu as occupé ton été, répète-t-il. Le café, ça a l'air... sympa. Enfin, disons le meilleur endroit pour être un esclave payé au minimum syndical.

– Ça me plaît bien, moi, je rétorque avant de prendre une poignée de pop-corn. J'ai mis un peu de temps à faire mon trou, mais maintenant je suis amie avec toute l'équipe. J'en ai même accompagné certains à un match de hockey et...

– Attends une minute ! Toi ? À un match de hockey ? Pour regarder des brutes épaisses s'écharper sur la glace ?

– Exactement. Et c'était chouette.

Je souris à ce souvenir, puis tempère :

– Du moins, jusqu'à la bagarre et le sang. À part ça...

Il me prend le visage à deux mains et l'oriente à droite puis à gauche.

– Qui es-tu et qu'as-tu fait de la vraie Sadie ?

Après m'être dérobée – pas de contact ! –, je pousse un petit rire.

– J'ai peut-être bien changé.

– De toute évidence, riposte-t-il en m'étudiant. Je m'absente quelques semaines et regarde-toi ! De nouveaux centres d'intérêt, un nouveau look, une nouvelle coupe...

– À propos de coupe, tu as prévu d'aller chez le coiffeur bientôt ?

– Tu ne vas pas t'y mettre toi aussi ! Ma mère me le rabâche déjà assez.

– Elle n'a pas tort. Et cette nouvelle barbe... Il n'y avait pas de rasoir dans la forêt ?

Il caresse son duvet ridicule avec fierté.

– Tu n'aimes pas ? Je trouve que ça me vieillit...

– C'est sûr, je me moque, tu as l'air d'avoir au moins dix-neuf ans !

Une main sur le cœur, il s'écrie :

– Je suis vexé ! Et moi qui comptais les jours jusqu'à nos retrouvailles...

Je lui tire la langue.

– Tu t'attendais à quoi ? Une pluie de confettis ?

– Bien sûr que non, rétorque-t-il, affichant une fois de plus son air de chien battu. Une petite fanfare en revanche... Quelques pom-pom girls...

– Rêve toujours !

Je m'enfonce dans mon siège alors que les lumières s'éteignent et que le silence tombe sur la salle.

– Concentrons-nous pour l'attaque des extraterrestres, j'ajoute.

J'ai réussi. Voilà la pensée qui danse dans mon esprit tandis que des rayons laser réduisent des immeubles en miettes, sur l'écran. J'ai réussi. Les efforts et les larmes ont porté leurs fruits : entre Garrett et moi, c'est comme avant. En mieux. Parce que au lieu de passer tout le film la main posée sur l'accoudoir entre nous, dans l'espoir qu'il l'effleurera par accident, ou d'examiner son profil à la dérobée plutôt que de regarder l'écran, je peux me détendre et être moi-même. Finis, les fantasmes et les espoirs angoissés. Il n'y a plus que nous, deux amis.

Comme ça aurait toujours dû être le cas.

– Grâce à toi, on a vu un vrai chef-d'œuvre ! ironise Garrett à la sortie du cinéma.

Il fait plus frais maintenant, une brise s'est levée, et je ferme mon gilet tandis que nous discutons sur le trottoir, juste devant.

– Une telle profondeur, et les dialogues...

– Tu as adoré ! je réplique. Tu n'as pas détourné les yeux une seule fois.

– Ça, c'est parce que j'étais fasciné par tant de nullité.

– Bien essayé, mais je ne gobe pas ton histoire ! Je te parie que tu seras le premier dans la queue quand la suite sortira.

– Jamais ! Et je n'en reviens toujours pas que tu m'aies traîné voir ce film. Ton niveau d'exigence baisse avec l'âge, Sadie.

– Je n'ose imaginer le tien, mon vieux ! Si la sénilité me guette, c'est que tu as déjà un pied dans la tombe.

Nous nous sommes mis en route depuis quelques secondes à peine que je m'arrête brusquement, frappée par l'étrange impression d'être observée. Je me retourne : rien.

– Sadie ?

Garrett m'attend deux mètres plus loin, sous un réverbère.

– J'arrive !

Au bout de trois pas, pourtant, je fais volte-face. Et, cette fois, je les vois : Kayla, Aiko et LuAnn, planquées derrière un groupe d'adolescents. Malheureusement pour elles, leurs tenues ne leur permettent pas de passer inaperçues. LuAnn, emmitouflée dans un trench-coat, porte des lunettes de soleil, alors qu'Aiko et Kayla, en noir de la tête aux pieds, ressemblent à des cambrioleuses.

Je fonds sur elles.

– Ah... salut, Sadie ! s'écrie Kayla, baissant le prospectus qu'elle faisait semblant de lire. Quelle coïncidence ! On sort du ciné et...

– Ne gaspille pas ta salive ! Je n'en reviens pas... Vous me suivez !

– Pas du tout, se défend Aiko, tout en tortillant une de ses couettes.

Elle porte un legging en élasthanne noir, des rangers et un bomber satiné. La tenue qui s'impose pour aller voir un film...

– Disons plutôt, précise-t-elle, qu'on garde un œil amical sur la situation.

– Au cas où tu aurais besoin d'un sauvetage, approuve LuAnn, les yeux agrandis par l'inquiétude.

– On est ton équipe de secours ! conclut Kayla avec un sourire.

Je les observe, avec leur look insolite qui oscille entre le détective privé en herbe et l'apprenti espion, et je ne peux m'empêcher d'éclater de rire. Mes amies sont cinglées. Quand je réussis à reprendre mon souffle, je leur demande :

– Où avez-vous déniché cet attirail ?

– Ça te plaît ? Je me suis occupée de tout le monde, s'exclame LuAnn avant de décrire un petit tour sur elle-même. Camouflage élégant, voilà comment je définirais notre style.

– De véritables héroïnes de film noir ! Je croyais que l'objectif d'une filature, c'était de se fondre dans la masse ?

Elle lève les yeux au ciel.

– La masse est bien trop rasoir, à Sherman !

Ayant jeté un coup d'œil par-dessus mon épaule, elle ajoute soudain :

– Il arrive !

Garrett se dirige effectivement vers nous, poussé par la curiosité, et qui pourrait le lui reprocher ?

– Comportez-vous normalement, s'il vous plaît !

– Normalement ? Nous ? Aucun problème ! rétorque Kayla en ajustant la monture de ses fausses lunettes en plastique.

– Hé ! je lance d'un ton nerveux.

J'ai soudain l'impression que les deux sphères de mon existence viennent d'entrer en collision. Garrett observe le groupe de filles, dans l'attente des présentations.

– Alors ! je m'écrie d'une voix suraiguë. Voici LuAnn et Aiko. Tu les as croisées au café tout à l'heure. Et tu connais déjà Kayla.

– Salut, leur dit-il d'un ton chaleureux et amical. Je suis Garrett.

– Garrett, répète LuAnn avec gravité, comme si elle était face à Satan en personne.

Je lui lance un regard désespéré.

– Salut, ajoute Aiko sans aucun enthousiasme.

Leur accueil glacial le déstabilise et il reprend d'un ton moins assuré :

– Je suis content de vous rencontrer, toutes. Euh... Sadie m'a beaucoup parlé du café, j'ai l'impression de déjà vous connaître.

– Vraiment ? réplique LuAnn, un sourcil dressé. Elle ne t'a jamais mentionné. Comment vous vous êtes connus ?

Je me racle la gorge et Garrett, de plus en plus déconcerté, nous observe tour à tour.

– On est amis depuis un moment maintenant. Meilleurs amis, même, ajoute-t-il avec un sourire à mon intention.

Je me détourne.

– Ah... Bizarre ! s'exclame LuAnn. C'est sans doute parce qu'elle fréquente plein de garçons, difficile de suivre !

– Vraiment ?

Je sens le regard interrogateur de Garrett sur moi.

– Oh, oui, ils sont constamment fourrés au café, poursuit-elle. Sam et Pete étaient capables de rester des heures à rêvasser, on a été obligés de leur interdire de venir. Ça n'était pas bon pour les affaires.

– Pourquoi on n'irait pas manger quelque chose ? je propose soudain, avant que LuAnn ne raconte à Garrett que des garçons se jettent à mes pieds vingt-quatre heures sur vingt-quatre. Herrells est juste à côté.

– Bonne idée, j'ai bien envie d'une glace, répond Garrett.

Les filles ne laissent pas passer cette occasion.

– Parfait !

– Allons-y !

– Alors..., lance LuAnn en le prenant par le bras, les yeux animés d'une lueur inquiétante. Gary, c'est bien ça ? Tu es en première, je me trompe ?

Nous nous entassons sur les banquettes d'une table d'angle, cernés de bocaux en verre remplis de confiseries et de gamins ayant consommé du sucre en excès. Et ça a beau être le meilleur glacier du coin, je suis incapable d'avaler ma glace aux éclats d'Oreo, tant la situation me crispe. Garrett semble à l'aise, lui, discutant du lycée et de son stage comme si de rien n'était... Je sais trop que tout pourrait basculer sur un commentaire malheureux de... n'importe qui.

– Alors tu es le prochain grand écrivain américain ? demande LuAnn tout en aspirant son soda, agrémenté d'une boule de glace, avec une grosse paille.

– Je n'irais pas jusque-là ! s'exclame-t-il.

– Oh, ne joue pas les modestes, le taquine-t-elle. Ce stage avait l'air d'être réservé aux meilleurs.

– Garrett a beaucoup de talent, il a remporté toutes sortes de prix, interviens-je.

– Mais je continuerais à écrire, même si ce n'était pas le cas, ajoute-t-il avec modestie. Il faut le faire par passion, pas pour l'argent. Comme les véritables grands auteurs.

– Et les filles ? lance Aiko. Tout le monde doit sortir avec tout le monde dans ce genre d'endroit, non ? À moins que tu n'aies une copine.

Je m'étouffe avec un éclat d'Oreo.

– Aiko !

– Quoi ? réplique-t-elle d'un air d'innocence feinte avant

de croquer une cerise au marasquin. Je suis curieuse, c'est tout !

– On veut tout savoir, convient LuAnn.

Je les fusille du regard et conseille à Garrett de les ignorer. Il balaie mes inquiétudes du revers de la main.

– C'est bon, Sadie. Je... euh, j'ai rencontré une fille là-bas. Mais on a rompu.

La surprise est de taille.

– Tu ne m'as rien dit !

Gêné, il rétorque :

– Je croyais que... tu ne voulais pas entendre parler de ces histoires-là.

Mon cerveau mouline à toute allure. Il n'est plus avec Rhiannon, alors ? Comment, pourquoi, qui... ? Je prends une inspiration et m'efforce de rester naturelle.

– Qu'est-ce qui s'est passé ?

J'avale aussitôt une minuscule cuillerée de glace, pour feindre de n'être que vaguement intéressée par la réponse.

– Je croyais que c'était la bonne, j'ajoute pourtant.

– Garrett a raison, intervient Kayla tout en me considérant avec sévérité. Tu ne veux pas entendre parler de ça. Je me trompe, Sadie ?

Un silence lourd de sous-entendus tombe sur la table, et les trois filles me dévisagent. Je m'éclaircis la voix.

– Tu as raison. Aucune importance..., je cède avant de me ratatiner sur la banquette.

Garrett me prend par les épaules.

– De toute façon, c'est de l'histoire ancienne maintenant. C'est surtout pour ça que je n'ai rien dit.

– Hé, Garrett ! s'écrie LuAnn pour capter son attention.

Tu pourrais me rendre service et aller chercher des serviettes ?

Elle agite la main pour montrer qu'elle est bloquée des deux côtés.

– Bien sûr ! Je reviens tout de suite.

Dès qu'il est assez loin pour ne plus nous entendre, LuAnn me saisit le poignet.

– Qu'est-ce qu'on avait dit à propos des contacts physiques ?

Je me libère aussitôt.

– C'était purement amical !

– C'est ça ! Moi, j'ai compté trois embrassades amicales, une pression sur le bras et une caresse sur la main rien que dans la dernière heure, rétorque-t-elle.

Aiko ne veut pas être en reste :

– Sans compter, donc, tout ce que nous n'avons pas pu voir dans la salle de ciné à cause de l'obscurité.

– Exactement ! approuve LuAnn. On n'avait pas dit qu'il fallait éviter le noir, aussi ?

Leur inquiétude me fait sourire.

– Tout va bien, les filles. Ça ne se voit pas ? Tout va bien, je vous assure. On a une relation normale. Platonique. Aucun souci à avoir.

– Vraiment ? insiste Kayla. Tes vieux sentiments ne se sont pas réveillés en le retrouvant ?

Nous tournons toutes la tête vers Garrett qui, les bras chargés de serviettes en papier, récupère aussi des petits gobelets d'eau. Je le trouve toujours aussi mignon qu'avant, pourtant quelque chose a changé : j'ai l'impression qu'il y a une nouvelle distance entre nous, que je ne suis plus prisonnière de mes rêveries romantiques désespérées. Je ressens ce que je me suis dit tout l'été : ce n'est qu'un garçon comme les autres.

– Vraiment, je jure. Il peut me prendre cent fois dans ses bras, tout ira bien.

Nous réussissons à finir nos glaces sans aucune pique désobligeante de LuAnn et, en moins de temps qu'il ne faut pour le dire, Garrett gare sa Vespa devant chez moi.

– Tu es différente, Sadie, lâche-t-il en me raccompagnant jusqu'à la porte.

Je touche mes boucles, soudain gênée.

– Les cheveux, oui... Le moment était venu de passer à autre chose.

– Non, pas seulement.

Il prend le temps de m'observer, puis ajoute :

– Tu as l'air... Je ne sais pas, tu es différente d'avant mon départ.

– En bien ou en mal ?

– Eh bien...

– Garrett !

Je le bouscule et il recule, déséquilibré.

– D'accord, d'accord ! Différente en bien. Je suis incapable de l'expliquer.

– Quoi ? je le taquine. Toi, à court de mots ? Pas de comparaisons, de métaphores, de citations de Whitman ou de Hemingway... Hé !

Il veut me bousculer à son tour, et j'esquive l'attaque.

– Ce stage t'a visiblement vidé de tous tes talents littéraires, Garrett !

Arrivé devant la porte, il dit avec un sourire :

– C'est bon d'être rentré... Tu m'as vraiment manqué, Sadie.

– Toi aussi.

Et en dépit de tous les sentiments par lesquels je suis passée, c'est vrai. Je recule, pourtant, convaincue que m'attarder sur le perron, dans la pénombre, compte parmi les comportements à risques répertoriés par LuAnn.

– Je ferais mieux de rentrer, j'explique.

– Évidemment ! On se revoit quand ?

– Je ne sais pas trop, réponds-je en ouvrant la porte. Je travaille et j'ai déjà des trucs de prévu avec Kayla, alors... peut-être ce week-end ?

Il ne dissimule pas sa surprise.

– Mais c'est dans des siècles !

J'éclate de rire.

– Tu as survécu six semaines sans me voir, tu peux bien tenir quelques jours !

Un soulagement infini m'envahit au moment de refermer derrière moi. Si j'ai évacué les inquiétudes de Kayla, une part de moi redoutait qu'elles s'avèrent. Après tout, c'est une chose d'affirmer que je me suis remise d'un amour quand le garçon en question se trouve à des kilomètres – dans un autre État –, c'en est une autre de l'avoir devant moi, de l'entendre rire et parler, de le toucher... Comment résisterais-je ? Toutes mes défenses allaient-elles céder devant ses charmes ? Allais-je fondre, à nouveau, devant son talent littéraire ?

Non !

Je vole jusqu'à ma chambre, portée par mon succès. Bien

sûr, Garrett est aussi irrésistible qu'avant. Et oui, je l'avoue, j'ai eu des papillons de joie dans le ventre toute la soirée, mais pourquoi en aurait-il été autrement ? C'était une étape importante de mon programme, j'en ai profité pour tester ma détermination. Et j'ai triomphé ! Pas d'attentes déçues, pas de souffrance et d'apitoiement sur mon sort. Non, pour la première fois, j'ai eu l'impression que nous étions des... égaux. Deux amis passant du temps ensemble – et non un garçon avec une fille qui s'efforce de dissimuler sa dévotion totale et sa crainte du rejet.

Je n'ai plus besoin de lui.

La liste des commandements anti-amoureux est toujours punaisée au-dessus de mon bureau : instantané de mon été en noir et blanc. Au moment de la décrocher, tous les événements pénibles me reviennent en mémoire. Le granité renversé au centre commercial, la crise de panique au Café In...

Je déchire la liste en deux, envahie par la satisfaction du devoir accompli.

Je suis libérée des chaînes du désir, des entraves de mon désespoir. Sadie Elisabeth Allen n'est plus prisonnière de cet amour à sens unique !

22

– Tout va bien ?

Josh me trouve assise devant le café à sept heures moins le quart, le lendemain matin. Je profite des premiers rayons de soleil.

– Tu es malade ? En plein délire peut-être ?

– Non, pourquoi ? je demande, surprise par sa question.

– Parce que tu n'es jamais en avance !

Il entreprend d'ouvrir la demi-douzaine de verrous de la porte.

– À moins, poursuit-il, que tu n'aies été enlevée par les extraterrestres. Non, attends... en réalité, tu es un cyborg maléfique qui a l'apparence de Sadie !

– Tu exagères ! je proteste en le suivant à l'intérieur. Je ne suis jamais en retard. Enfin, presque jamais.

– Si tu le dis... Mais être à l'heure et être en avance, ça n'est pas la même chose.

Il allume les lumières.

– Peut-être que je suis de bonne humeur aujourd'hui !

Je fais une pirouette pour rejoindre mon casier, où je fourre mon sac à main. Je n'ai presque pas fermé l'œil de la nuit, toute à l'euphorie d'avoir réussi mon premier grand test avec Garrett. La sensation inédite de liberté qui coule dans mes veines m'apporte cette douce énergie de l'indépendance. Ce qui me rappelle...

– On ne m'avait pas promis deux roulés à la cannelle ?

– Maintenant je comprends, dit Josh tout en installant avec fracas les chaises rangées sur les tables.

Il porte un sweat-shirt bleu délavé sur son jean. Ses cheveux sont encore humides.

– Les filles ne s'intéressent à moi que pour une raison : mes talents de pâtissier.

– Ça commence par là, je le console. Et après on se rend compte que tu peux avoir de l'intérêt.

– Tu sais flatter l'ego d'un garçon, toi.

– Tu as vraiment besoin qu'on flatte le tien ? J'ai l'impression que tu t'en sors très bien tout seul !

Nous avançons dans les préparatifs pour l'ouverture, numéro bien rodé à présent, jusqu'à ce que le comptoir luise et qu'un sucrier plein trône sur chaque table.

Appuyée contre la caisse enregistreuse, j'observe la salle vide et paisible.

– Voilà pourquoi je ne suis jamais en avance ! Il n'y a plus rien à faire jusqu'à l'ouverture, maintenant...

– Rien à part me regarder accomplir des miracles, rétorque Josh à travers le passe-plat.

– Mais je croyais que ta recette était secrète !

– J'ai décidé de te faire confiance. Et si tu ne tiens pas ta langue, je connais une dizaine d'endroits où planquer ton cadavre.

Je le rejoins dans la cuisine.

– Un petit conseil, Josh : évite de mentionner ce genre de chose devant les filles. Que ce soit lors d'un rancard ou même, comme ça, dans la conversation.

– Ah, ça explique tout ! dit-il en se tapant le front. Je me suis toujours demandé pourquoi elles prenaient leurs jambes à leur cou, l'air terrorisées. Je pensais que c'était juste un problème de déodorant.

Je renifle bruyamment.

– Non, tout va bien de ce côté-là.

Depuis notre sortie match de hockey-virée en librairie, Josh et moi sommes plus proches. Je me sens plus à l'aise avec lui. Sans doute que le fait d'avoir quasiment vomi sur ses baskets n'y est pas étranger.

Il indique un coin de la pièce, entre des cartons de grains de café et une pile d'assiettes en équilibre précaire.

– Mets-toi là. Et ne touche à rien !

– Tu as ma parole.

D'un bond je m'assieds sur le plan de travail, impatiente de voir le maître pâtissier à l'œuvre. Il enfile sa casquette et son tablier noir, qui lui descend jusqu'aux pieds et qui est couvert de graffiti au Tipp-ex.

– Je ne sais pas si tu mesures le privilège que je te fais, Sadie. Beaucoup ont essayé d'apercevoir le magicien en action, mais aucun n'a réussi.

– Jusqu'à aujourd'hui !

Je balance les jambes en rythme sur la chanson de rock indé que diffuse le petit radiocassette.

– Tu es excité pour ton nouveau travail ? je lui demande.

– Carrément. Enfin, je crois...

Il hausse les épaules en mélangeant de la farine, du beurre et toutes sortes d'ingrédients savoureux.

– C'est vrai, j'oubliais... Tu es trop cool pour t'emballer à n'importe quel propos.

– On n'insulte pas le chef !

Il me jette un peu de farine et je rigole.

– N'empêche, tu vas nous manquer ici.

– Toi aussi, dit-il avec un sourire timide. Vous tous. Enfin, sauf Dominique.

– Tu exagères, elle n'est pas si terrible.

– Depuis quand ? s'étonne-t-il.

– Je ne sais pas. Apparemment, j'ai fini par m'habituer. À moins que je ne sois immunisée contre son regard glacial, maintenant. Bref, je pense qu'elle est moins farouche qu'il n'y paraît. Elle cache bien son jeu, c'est tout.

– Comme tout le monde, observe-t-il en mélangeant la pâte avec des gestes précis et professionnels. Sauf que moi, je ne fais pas pleurer les gamins sur mon passage.

– Tant que tu ne leur parles pas des endroits où tu planques des cadavres, en tout cas ! Ha ha ha !

– À toi, dit-il en me faisant signe d'approcher.

Avec une aisance déconcertante, il a assemblé une douzaine d'ingrédients et obtenu une pâte collante.

– Vraiment ?

J'applaudis d'excitation et le rejoins.

– Je préfère te prévenir, Josh, je suis du genre à faire brûler un toast.

– Zéro risque, je te le garantis.

Il patiente le temps que je me lave les mains, puis me

montre comment étaler la pâte avant de la parsemer de noix de pécan, de cannelle et de beurre.

– Ensuite, tu la replies comme ça, puis tu enroules le boudin dans le moule.

– Boudin ? C'est le terme technique ? je le taquine tout en saupoudrant la pâte de sucre jusqu'à ce qu'elle en soit entièrement recouverte.

Je la roule avec beaucoup de précaution avant de demander :

– Et le glaçage collant, sur le dessus ?

– C'est le mélange de sucre et de beurre fondu.

– Ah, le beurre ! Ma passion !

Josh observe le résultat et me tend la main pour que je tope.

– Maintenant, au four !

– Je fais cuire des gâteaux, je m'émerveille en le regardant glisser les moules au four. Et c'était trop facile ! Je croyais que tu peinais pendant des heures pour confectionner ces trucs !

– Ah, mais je t'interdis de répéter aux autres que c'est fastoche ! Tu as promis, Sadie...

Le CD passe à la piste suivante et je marque un temps d'arrêt.

– C'est quoi ? J'ai déjà entendu cette chanson dans ta voiture.

– Les Thermals. Tu aimes ? Ils sont en concert à Northampton dans deux semaines.

Après une légère hésitation, il ajoute :

– Je pourrais prendre des billets...

– Oui, bonne idée !

Je me lave les mains dans l'évier – les lécher ne serait sans doute pas très élégant.

– On n'a qu'à proposer aux autres de nous accompagner. Je suis sûre que ce groupe plairait à Kayla, et peut-être à Garrett aussi.

– Garrett ?

Josh, occupé à ranger les divers ingrédients, s'interrompt.

– Tu sais, mon ami, celui par qui j'étais obsédée ? je grimace. C'est vrai que tu n'étais pas là, hier. Il est rentré de son stage.

Comme Josh se remet à nettoyer le plan de travail sans décrocher un mot, j'ajoute :

– LuAnn et Aiko ont un peu paniqué, mais je vais bien. Enfin, on est copains, quoi. Bref, je lui proposerai le concert.

– Si tu veux. Tu pourrais...

Il me fait signe de m'écarter du passage.

– Oh, pardon !

Je me réfugie sur le seuil de la cuisine avant de demander :

– Tu as besoin de moi pour autre chose ?

– Non, c'est gentil.

Il relève brièvement la tête puis reprend son rangement.

– Tu devrais peut-être retourner devant, au cas où des clients...

Désarçonnée par sa froideur subite, je réponds :

– D'accord, préviens-moi quand les roulés seront prêts.

– Bien sûr, dit-il en me tournant à nouveau le dos. La minuterie du four est tellement forte que tu l'entendras, de toute façon.

Un client vient d'entrer dans le café, je n'ai donc pas le

temps de m'appesantir sur cet étrange revirement d'humeur. Il doit y avoir quelque chose dans l'air, car tous ceux qui franchissent le seuil de cette porte ce matin-là font la tête, malgré les doux arômes de cannelle et de sucre qui embaument l'atmosphère. De retour de ma pause déjeuner, je trouve Aiko avachie derrière le comptoir, feuilletant sans entrain un magazine.

– Pas toi aussi ! je m'écrie. Qu'est-ce qui se passe aujourd'hui ?

Elle soupire.

– Denton m'en veut parce que je lui ai dit que ses nouvelles lunettes de soleil lui donnaient l'air d'un gros naze branché.

– Aïe !

– J'y peux rien si c'est vrai... En plus, Dominique n'est pas encore arrivée et LuAnn s'est enfermée dans le bureau sans explication. Elle refuse d'en sortir.

– Elle va bien ?

– Aucune idée. Elle a failli m'assommer sur son passage. Je pensais aller voir d'ici une minute.

– Je m'en charge.

J'ordonne rapidement à la Bête de préparer la boisson préférée de LuAnn, un mocha.

– Il te reste une pâtisserie ? je demande à Josh.

La musique l'empêche de m'entendre. En tout cas, j'espère que c'est la raison de son absence de réaction. Je le disais, tout le monde a ses humeurs aujourd'hui. Le bureau est fermé à clé, je tape donc doucement à la porte.

– LuAnn ? Tout va bien ?

Aucune réponse.

– Je t'ai préparé un café, j'insiste en cognant une nouvelle fois. Avec un supplément de crème fouettée et des petites guimauves.

Le silence s'étire quelques secondes, puis j'entends le verrou coulisser. La porte s'entrouvre et LuAnn passe la tête par l'embrasure.

– De la caféine ? réclame-t-elle d'une petite voix.

J'écarte le mug pour qu'elle ne puisse pas l'attraper.

– Pas tant que tu ne m'auras pas laissée entrer.

Après un instant d'hésitation, elle ouvre le battant et je me faufile dans la pièce, tandis qu'elle va s'affaler sur le fauteuil de Carlos. Elle le fait pivoter de gauche à droite. Elle a l'air vraiment mal.

– Qu'est-ce qui t'arrive ? je la questionne après lui avoir tendu la tasse. Aiko m'a dit que...

– J'avais paniqué ? souffle-t-elle en tirant sur les manches de son gilet orange. Tu pourras lui présenter des excuses de ma part ?

– Hé, on est toutes passées par là, non ?

Ma sortie ne réussit pas à lui tirer un sourire, j'essaie donc une autre stratégie :

– Ça signifie que tu ne comptes pas quitter le bureau ?

– Ça dépend... Il est encore là ?

– Qui ?

– LUI.

J'entends les majuscules dans son ton. Il me faut quelques minutes, mais je finis par comprendre de quoi elle parle.

– Oh..., je m'écrie, les yeux ronds comme des soucoupes. Tu veux dire...

– Yep.

– Attends, je vais vérifier.

Je jette un coup d'œil dans le couloir et la salle du café, avant de demander :

– À quoi il ressemble ?

– À un trouduc menteur et infidèle, répond LuAnn, qui continue à faire pivoter le fauteuil.

– Il va m'en falloir un peu plus..., dis-je, tandis que j'examine les candidats potentiels au poste de briseur de cœur. Et il devait être doué pour qu'elle se mette dans un état pareil plusieurs années après.

– Alors, je vois un type un peu plus vieux que nous en chemise hawaïenne...

– Tu m'as bien regardée, Sadie ?

– Très bien. Ces garçons-là sont beaucoup trop jeunes, celui-là a plus de cinquante ans, ce qui nous laisse...

Mon regard atterrit sur un brun un peu débraillé mais plutôt mignon. Il porte un jean moulant et un tee-shirt vintage. Il occupe l'un des canapés près de la vitrine, un bras passé autour des épaules d'une fille. Une fille jeune, jolie et qui le considère avec adoration.

Bingo !

Je me retourne vers LuAnn.

– Il sait que tu travailles ici ?

Elle hoche la tête tristement.

– Quel trouduc !

Je foudroie le sol du regard dans l'espoir que, telle Matilda, ma rage réussira à l'enflammer.

– Il amène sa nouvelle conquête ici, comme un trophée. La grande classe !

– Tu l'as dit..., soupire-t-elle. Mais il ne voit pas les choses de cet œil. Il veut qu'on soit amis.

– Bah !

– Oui, bah...

Elle n'a pourtant pas l'air scandalisée ou d'humeur revancharde... juste usée. Je connais trop bien ce sentiment. Tout le monde ne peut pas transformer un échec amoureux en amitié platonique et heureuse comme Garrett et moi.

Je reste avec elle quelques minutes, seulement les clients commencent à faire la queue au comptoir.

– Je dois y retourner, j'annonce à contrecœur. Tu vas t'en sortir ?

Elle parvient à me sourire.

– Bien sûr. En attendant qu'il dégage, je vais réfléchir à toutes les façons possibles de le tuer.

– Tant que tu ne te tournes pas les pouces, ça me va !

Je la serre dans mes bras, puis ajoute :

– Je ne sais pas si ça te remontera le moral, tu es beaucoup plus jolie qu'elle.

Avec un vrai sourire, cette fois, elle répond :

– Ça ne devrait pas, mais ça marche !

Le reste de la journée se déroule sans encombre. L'ex de LuAnn finit par partir et elle, par sortir de sa cachette. Quant à Dominique, elle vient prendre la suite d'Aiko pour l'après-midi – son masque impassible de Reine des Glaces ne contribue évidemment pas à améliorer l'ambiance générale. Un client potentiel tourne même les talons en découvrant l'air déprimé des consommateurs et des serveurs.

– Secouez-vous un peu ! leur dis-je. On n'aura pas un seul pourboire si vous continuez à faire la tronche comme ça !

– Hmm, grommelle LuAnn sans relever le nez de son magazine de mode.

Le carillon retentit, et Kayla pénètre dans le café, son tee-shirt rouge constellé de taches.

– Qu'est-ce que je peux te servir ?

Je suis tellement soulagée de la voir ! Kayla va remonter le moral de tout le monde, elle est pour ainsi dire la déesse de la Bonne Humeur.

– Un billet pour New York ? répond-elle avec un long soupir attristé. Blake est parti aujourd'hui. Pour les sélections sportives.

Je la serre contre moi.

– Oh, Kayla ! Je suis désolée. Vous vous revoyez quand ?

– Pas avant plusieurs semaines. On est convenus qu'il devait prendre le temps de s'installer et de sympathiser avec les gens sur place... Au lieu de rentrer tous les week-ends pour me voir.

Son abattement ne laisse aucun doute, et je cherche à me montrer positive :

– C'est la bonne décision.

– Peut-être mais c'est nul, rétorque-t-elle, bouleversée. Enfin, on savait que ça allait arriver, simplement... ça fait mal. C'est le saut dans le grand inconnu.

– Mais non, mais non.

Tout en l'entraînant vers la table de LuAnn, je reprends :

– Vous vous appellerez, vous échangerez des textos, le temps va filer. Votre couple est solide, tu l'as dit toi-même. Fait pour durer. Je me trompe, LuAnn ?

– L'amour est un mensonge, déclare-t-elle, abandonnant son magazine. Toutes les histoires sont condamnées d'avance.

– LuAnn ! Ne l'écoute pas, j'ajoute à l'intention de Kayla. Blake et toi, vous vous en sortirez.

Je vais leur chercher à boire et à manger ; Dominique, qui en a profité pour s'installer avec elles, déplore elle aussi la bêtise des hommes.

– Il ne faut pas construire sa vie en fonction d'eux, explique-t-elle. Parce que si vous avez l'impression que tout n'est que rayons de soleil et pétales de roses, qu'arrivera-t-il quand vous vous rendrez compte que ce n'est plus le cas ? Qu'aurez-vous sacrifié entre-temps ?

Son discours semble faire vibrer une corde sensible chez Kayla.

– Ça suffit, maintenant !

Je pose bruyamment les assiettes sur la table.

– Je ne veux plus entendre de jérémiades ! D'aucune d'entre vous ! Les jérémiades sont interdites à cette table.

Silence.

– Je suis sérieuse ! Depuis quand c'est moi la fille équilibrée et raisonnable, ici ?

– Super, je me sens encore plus mal, grimace Kayla.

– Non, non, non ! Vous avez eu la présence d'esprit d'intervenir alors que je menaçais de perdre les pédales. On va se changer les idées ce soir, et interdiction de parler de son mec.

Je reporte mon regard de Kayla à LuAnn.

– Ou de son ex. Ou...

Devant l'expression paniquée de Dominique, je me ravise :

– Ou de n'importe quel garçon tout court. Entendu ?

– Sadie..., proteste Kayla. Je ne sais pas...

– Pas de discussion. On va s'amuser ! Qui me suit ?

Un nouveau silence, rompu par la sonnerie de mon téléphone.

– Je suis très sérieuse, j'insiste tout en reculant pour répondre. Réfléchissez à ce qu'on peut faire... Allô ?

– Sadie ?

J'ai trouvé un coin tranquille.

– Salut, Garrett. Quoi de neuf ?

– Rien de spécial, je me réinstalle. Tu n'imagines pas combien c'est agréable de ne plus avoir à prendre de douche commune !

– Ha ha ha ! Tu veux dire que ça ne te manque pas d'approfondir tes liens avec tes camarades d'écriture ? Je vous vois bien tous ensemble, partageant le même savon avant de vous emmitoufler dans des serviettes humides.

– Non, vraiment, affirme-t-il d'un ton sans appel. Bref, tu fais quoi ? Je pensais qu'on aurait pu se voir, ce soir.

– Je suis encore au travail.

Je jette un coup d'œil à l'autre bout de la salle : Kayla, LuAnn et Dominique ne sont pas en train de nous organiser une soirée divertissante, aucun doute là-dessus.

– Et je ne peux pas te retrouver après, j'ajoute. Je fais un truc avec les filles.

– Allez, Sadie, insiste-t-il en étirant la dernière syllabe de mon prénom. Tu les vois tous les jours et je viens juste de rentrer !

– Garrett…

– On pourrait commander à dîner, ou faire un tour avec Vera.

J'ai un tout petit pincement au cœur, souvenir des fois, innombrables, où j'ai tout laissé en plan pour le rejoindre. Immanquablement. Et voilà où ça m'a menée…

– Désolée, lui dis-je avec fermeté. Je suis sous l'eau jusqu'au week-end, je t'avais prévenu. Mais on se verra sans faute à ce moment-là, d'ac ?

– Sadie…

Dominique recule sa chaise, prête à s'esquiver.

– Je dois y aller ! On s'appelle plus tard.

Je raccroche et fonds sur la tablée.

– Si vous n'avez pas décidé d'un plan pour ce soir d'ici à mon retour, vous prenez les services du matin jusqu'à la fin de la semaine.

– Mais…, commence Dominique.

Je me dirige déjà vers le comptoir pour servir un client.

– Les services du matin, je répète. Sept heures et demie tapantes, avec le sourire. À votre place je m'agiterais les méninges.

Étape 11
Aller de l'avant, ou les Autres Garçons

Ils existent. Je vous assure. Les garçons qui ne sont pas ***lui****. Qui pourraient partager vos sentiments et, retenez votre souffle, agir en conséquence.*

(Prenez le temps de vous remettre de cette nouvelle fracassante.)

Plus tôt vous entrerez en contact avec eux, plus tôt vous réaliserez qu'il n'est pas votre seule chance de connaître le bonheur sur terre. Et que les Autres Garçons peuvent être mignons, drôles et, peut-être même, mieux assortis à vous.

Après tout, ils ont remarqué que vous existiez.

23

Nous entendons la soirée avant même d'arriver : le boumboum diffus des basses qui se réverbère sur les arbres et les rires qui nous parviennent par éclats assourdis. Mon excitation croît. Par soirée divertissante, j'envisageais une sortie au ciné ou un bowling dans le centre commercial, mais LuAnn avait entendu parler d'une soirée dans une ville voisine et, par miracle, elles ont toutes accepté d'y aller.

Dominique ralentit pour engager sa voiture sur un chemin de terre, dont l'entrée est marquée par une croix à la craie blanche.

– Vous n'avez pas vu *Délivrance* ou quoi ? grommelle-t-elle au moment où nous émergeons dans une clairière pleine de voitures et de pick-up boueux.

Je suis trop occupée à vérifier mon maquillage dans mon miroir de poche pour répondre, par chance LuAnn semble être sortie de son état d'abattement.

– Chut ! dit-elle à Dominique en la tapant avec un bâton de rouge à lèvres. Si tu ne voulais pas passer du bon temps, il ne fallait pas venir !

– Je ne me souviens pas avoir vraiment eu le choix, riposte-t-elle.

Elle se gare néanmoins, écarte le rouge à lèvres et rabat le pare-soleil pour se regarder dans le miroir.

– Qui organise cette fête, déjà ? demande Kayla, assise à côté de moi sur la banquette arrière.

– Des étudiants, je crois, répond LuAnn. Le genre de soirée ouverte à tout le monde. J'en ai entendu parler par plusieurs biais.

– Je vous préviens, si c'est nul, on s'en va, s'empresse de préciser Dominique, qui se recoiffe. Prérogative de la conductrice.

– Descends au moins de ta caisse avant de décider que la fête n'en vaut pas la peine, s'esclaffe LuAnn.

Nous nous engageons sur un sentier bordé d'arbres si touffus que la lumière crépusculaire filtre à peine. Kayla et moi sommes légèrement en retrait.

– Tu crois que j'ai la bonne tenue pour une soirée étudiante ? murmure-t-elle.

Elle porte un jean et un tee-shirt bleu sous un sweat-shirt à capuche.

– Je n'ai pas vraiment fait d'effort, ajoute-t-elle.

– On est dans une forêt du Massachusetts ! Tu as déjà fait beaucoup d'efforts ! Si l'une de nous a un problème, c'est moi, et pour les raisons inverses.

– Pas du tout, me rassure-t-elle. Tu es adorable.

J'espère bien. J'ai mis la robe rouge que j'ai achetée à Boston, Kayla ayant refusé toutes les autres options, sous prétexte qu'elles rappelaient trop l'« ancienne Sadie ». Nous avons raconté à nos parents que nous allions à une fête chez

LuAnn et que nous serions rentrées sans faute à minuit. J'espère que les dieux du Divertissement Imposé sont avec moi. Je n'avais encore jamais menti à ma mère sur l'endroit où je me rendais, même si c'est pour la bonne cause. Après tout, elle devrait se réjouir que j'aie atteint l'âge canonique de dix-sept ans sans faire le mur pour retrouver mes amis dans des endroits interdits. Et elle devrait surtout se réjouir que j'aie des amis tout court.

Je sursaute : mon portable vibre dans ma poche. Ma mère aurait-elle un sixième sens ? Ce n'est que Garrett. Encore une fois. *Dernière chance pour la pizza. Je l'ai commandée aux légumes, exprès pour toi.*

– Je ne pige pas. C'est le cinquième texto qu'il m'envoie ce soir, je soupire avant de taper une brève réponse. Je sais qu'il a été absent un moment, mais comment se fait-il qu'il soit aussi... demandeur ?

Kayla pousse un petit ricanement.

– Évidemment qu'il est demandeur. Tu n'as plus besoin de lui, les gars sentent ce genre de chose, ajoute-t-elle, alors que nous nous enfonçons encore plus dans les bois. Ils ont un radar. L'an dernier, TJ a largué Lexie par SMS. À la minute où elle s'est remise de leur rupture, il a recommencé à lui tourner autour et à vouloir reprendre leur histoire. Ils veulent toujours ce qu'ils ne peuvent pas avoir.

Je secoue la tête.

– Garrett n'est pas comme ça. Et on n'a jamais été ensemble.

– Peut-être, enfin tu répondais toujours présente, souligne-t-elle. Aujourd'hui, tu es occupée. Son tout petit cerveau d'homme a du mal à intégrer cette donnée.

Je n'ai pas le temps de m'interroger sur la pertinence de la remarque de Kayla, nous venons d'émerger dans la clairière qui jouxte la maison.

– Génial ! s'écrie-t-elle en avisant les lumières et la foule d'étudiants plus vieux et plus cool que nous, un verre en plastique ou une bière à la main.

On parle, on danse, et personne ne broie du noir.

– Tant d'élégance..., soupire Dominique.

– Tu t'attendais à quoi ? la taquine LuAnn avant de se diriger vers les marches du perron. Un buffet avec traiteur ?

Je lui emboîte le pas sans perdre une miette du spectacle. C'est une maison de rondins – le genre où Thoreau se serait réfugié pour écrire ses odes aux merveilles de la nature. Ce soir, les seuls poèmes qui seront composés chanteront les louanges de l'alcool et de la musique. La lumière vive contraste avec l'obscurité qui règne dans les bois. Plusieurs invités ont investi la véranda. Il y a quelque chose dans l'air, et je ne parle pas seulement des effluves de nicotine mêlée d'une autre substance. Non, il y a plus. L'inconnu. L'aventure. Ou, pour le moins, des gens passionnants à observer.

Je me tourne vers Kayla, enthousiaste.

– Tu vois ? C'est beaucoup mieux que rester chez toi à attendre que Blake appelle, non ?

– D'accord, dit-elle, visiblement plus joyeuse que lorsqu'elle a franchi le seuil du café cet après-midi. Tu avais raison. Je suis contente d'être là.

Dès que LuAnn s'est éloignée pour aller saluer plusieurs connaissances, Dominique s'empresse de disparaître, et nous nous retrouvons, Kayla et moi, à errer seules dans la maison, tout en nous efforçant de ne pas passer pour des lycéennes empotées. Munies de sodas et d'esquimaux, nous nous postons à l'entrée du salon, à la frontière entre la véranda dédiée aux conversations et la piste de danse. Un type qui porte toutes les nuances de fluo fait office de DJ, assis en tailleur sur la table basse, alors que les invités se défoulent dans le salon bondé. Il y a des couples partout – ils ne s'embrassent pas forcément, mais discutent, rient et s'amusent. Ensemble.

Je les observe comme s'ils appartenaient à une tribu étrangère.

– Tu crois..., je débute avant de me raviser. Non, laisse tomber.

– Quoi ? insiste Kayla.

– C'est juste... Vous disiez que, dans le cadre de ma désintox, il fallait que je me trouve un autre garçon... pour m'amuser.

Je m'empresse de croquer dans ma glace pour cacher mon malaise.

– Eh bien..., finis-je par conclure, je suis peut-être prête.

Elle pousse un cri d'excitation.

– Sérieux ? Tu crois ? Parce que ça fait plusieurs fois que je veux t'en parler, mais je n'osais pas, de peur de te brusquer.

– Depuis quand ça t'arrête ?

– S'il te plaît ! Je ne suis pas si horrible ! proteste-t-elle sans se vexer. Tu en as vraiment envie ? De te trouver un mec, je veux dire ?

– Peut-être... Pas pour une histoire sérieuse, seulement pour essayer de... je ne sais pas, flirter. Sauf que je ne saurais pas m'y prendre. C'est tout le problème ! J'ai passé tellement de temps à être obsédée par Garrett que j'ai raté toutes les années d'entraînement.

– On va rattraper ce retard ! s'exclame-t-elle en me serrant dans ses bras. Je suis si fière de toi !

Je rougis. Admettre mon absence totale d'expérience en matière de garçons est un peu humiliant, mais Kayla ne semble pas si consternée que ça. Elle est trop occupée à bondir d'excitation.

– Alors, quel est ton type ? s'enquiert-elle avant de répondre, d'elle-même, à la question : Attends, on sait déjà. Grand, intello et prétentieux. Je dirais donc que pour ce soir il nous faut l'exact opposé. L'anti-Garrett.

– Un mec petit, sportif et bête ? je réplique, hésitante.

– Non, on peut faire mieux...

Elle scrute la foule d'invités, les yeux plissés par la concentration.

– Tu ressembles à un de ces requins dans les documentaires animaliers, tu sais... À la recherche d'une proie.

– De ta proie ! rectifie-t-elle au moment où un blond barbu, aux cheveux coupés en brosse, nous dépasse.

Il doit avoir la vingtaine. Son tee-shirt gris délavé lui moule le dos. J'observe le contour de ses muscles pendant qu'il tend une bière à un pote.

– Et nous avons un gagnant, me murmure Kayla.

– Quoi, lui ? Pas question. Il est vieux, mignon et... totalement hors de ma portée !

– Ah, non ! me réprimande-t-elle en agitant l'index. Ne commence pas avec ça. Tu es jolie, géniale et tes cheveux tombent particulièrement bien ce soir.

– Merci… mais je lui dis quoi ?

– Peu importe ! « Il est chouette, ton tee-shirt », « Super soirée », « Ce pantalon a des poches secrètes ? »

Devant ma nervosité évidente, elle éclate de rire.

– Les garçons ne sont pas une espèce inconnue et dangereuse, Sadie. Ce sont des êtres humains. Tu es capable d'engager la conversation avec un humain, non ? Tu le fais sans arrêt au café !

Elle a raison, pourtant dès que je pose les yeux sur ce type, mes réticences reviennent au galop.

– Tu sais quoi ? On devrait peut-être attendre que je me détende un peu, et…

– Hors de question !

Kayla me prend par le bras et m'entraîne sur la véranda en direction du groupe de mecs.

– Qu'est-ce que tu as à perdre ? me lance-t-elle.

Je ne sais pas, moi. Ma fierté ? Ma dignité ? Soudain, je me rends compte que je les ai perdues il y a plusieurs semaines de cela, quand je me suis retrouvée à plat ventre derrière le comptoir.

– Rien, tu as raison, j'approuve en la suivant, prête à me ridiculiser.

Ou peut-être pas. Le garçon au tee-shirt gris s'appelle, je l'apprends vite, Oliver. Il a dix-neuf ans et suit une formation pour devenir garde forestier. À ma grande surprise, au bout de dix minutes de conversation banale, il n'a pas encore tourné les talons pour disparaître dans la nuit noire. Il me sourit même, détendu et amical.

– Alors, tu vas à la fac dans le coin ? demande-t-il en s'appuyant à l'un des piliers de la véranda.

– Je viens de finir le lycée, je mens avec le plus de naturel possible. J'ai décidé de prendre une année pour travailler et voyager avant de postuler à l'université.

– Classe !

Ses yeux bleus pétillent. Kayla se racle soudain la gorge.

– Je vais me chercher à boire ! s'écrie-t-elle joyeusement. Ah, je n'ai pas repéré le bar... Vous pourriez me montrer où il est ?

Pour achever de convaincre les amis d'Oliver, elle bat des cils. Des murmures approbateurs accueillent sa requête et, sans me laisser le temps de comprendre ce qui se passe, Kayla les entraîne à l'intérieur. Elle m'adresse un clin d'œil puis referme la porte moustiquaire derrière eux. Je me retrouve seule avec Oliver.

– Garde forestier, hein ? je lance en m'asseyant sur le banc.

Je m'efforce d'avoir l'air d'une fille cool, habituée à flirter avec des garçons plus âgés – des hommes ! – tous les week-ends. Oui bon, et alors ?

– Ça veut dire que tu sais faire des feux et tout le tralala ? j'ajoute.

Ce n'est que lorsque les mots franchissent mes lèvres que je me rends compte à quel point ma question est débile. *Bien joué, Sadie, très bien joué.* Oliver ne semble pas s'en formaliser pourtant.

– Évidemment, mais on cherche surtout à informer les gens sur les dangers des incendies de forêt, et d'autres trucs dans le genre.

– Ah oui, bien sûr, je m'empresse de dire. Les feux, c'est mal.

J'avale une gorgée de soda, toujours pas très à l'aise. Je ne m'explique pas pourquoi je suis aussi déstabilisée. J'ai discuté avec Garrett pendant des centaines d'heures, voire des milliers, mais c'était un tout autre univers : un où je me sentais bien dans ma peau, où je ne vérifiais pas toutes les cinq secondes que mon soutien-gorge ne dépassait pas.

– J'ai toujours aimé être dehors, reprend-il. Petit, je courais partout, je grimpais aux arbres. Mes parents m'emmenaient souvent camper, c'était génial.

– Mmm, je murmure.

Il s'assied à côté de moi, puis poursuit :

– Les gens ne se rendent pas compte à quel point les forêts sont un écosystème complexe.

L'enthousiasme anime son visage bronzé.

– Il faut vraiment commencer à se préoccuper de notre empreinte carbone.

– En mettant des gants, par exemple ?

Devant son air interloqué, je m'empresse d'ajouter :

– Je plaisante.

D'accord, son sens de l'humour laisse à désirer, mais il a de sublimes bras musclés… Il attend un instant puis, l'air de rien, en pose un sur le dossier du banc.

– Et toi, alors, tu es une fille d'extérieur ?

Lézarder dans son jardin, est-ce que ça compte ?

– En quelque sorte, dis-je, préférant rester floue.

Il s'illumine aussitôt.

– Ah oui ? Et quel genre d'activités ?

– Tu sais…

Non sans ressentir une pointe de culpabilité, je me demande si me peindre en fan de la nature revient au même que prétendre adorer les romans de Dostoïevski et les groupes anglais déprimants. Sans doute. Alors que je baisse les yeux, mon regard tombe sur ses pieds… Soudain ma question perd de sa pertinence : il porte des sandales, le genre en cuir que ne quittent jamais les touristes allemands et qui vont généralement de pair avec des chaussettes. Oliver n'en a pas mis, lui, et malgré l'obscurité je vois que ses pieds sont couverts de terre, comme s'il avait marché toute la journée dans les bois. Je jurerais même avoir vu quelque chose remuer entre ses orteils.

– Sadie ?

Je n'ai pas oublié ce que j'ai dit à Kayla : je voulais essayer de flirter avec d'autres garçons et je suis convaincue qu'Oliver est un chic type – qui défend avec héroïsme nos merveilleuses forêts, sans autres armes qu'un sac à dos et d'incroyables biceps –, mais la vision de ses orteils crasseux et de tout ce qui pourrait s'y terrer…

– En toute honnêteté, je hais la nature, j'annonce soudain en me forçant à le regarder dans les yeux.

– Quoi ?

Il me considère avec autant d'effroi que si je venais de lui avouer que la pyromanie était mon passe-temps favori, pourtant je n'ai aucune envie de revenir sur ma déclaration.

– Enfin, pas la nature…, je nuance malgré tout. Ce n'est pas elle que je hais, mais me retrouver dedans. Avec tous les insectes, la saleté et les branches. Faire pipi dans un buisson, il n'y a vraiment rien de plus… beurk !

Je lui souris, étonnamment libérée par ma franchise.

C'était la bonne décision : il suffit d'un petit rien, une remarque anodine sur le camping et, avant que j'aie eu le temps de dire ouf, je me serais retrouvée paumée au milieu de nulle part, à tenter de me réchauffer auprès d'un feu minable, les fesses constellées de piqûres d'orties.

Oliver me dévisage de ses jolis yeux bleus.

– J'aime bien regarder les arbres et les fleurs, poursuis-je. Derrière une vitre. Et je suis encore plus contente s'il y a l'air conditionné.

– Ah...

Il retire son bras.

– En tout cas, j'ai été ravie de discuter avec toi ! On se voit plus tard ? j'ajoute en me relevant d'un bond.

Un étrange sentiment de victoire m'envahit quand je rentre dans la maison. Bien sûr, un mec objectivement canon me prend pour une fille démoniaque qui déteste la nature, mais pour une raison qui m'échappe je trouve ça plus agréable que mentir sur mes goûts. J'ai fini d'acquiescer à tout ce qui sort de la bouche d'un garçon en souriant. Surtout s'il élève des champignons entre ses orteils.

Perchée sur le rebord d'une fenêtre, Kayla observe la soirée. Dès qu'elle m'aperçoit, elle se jette sur moi.

– Alors ? Ça s'est passé comment ?

– Il ne s'est rien passé.

– Pourquoi ? Tu lui plaisais, je l'ai senti.

Son regard se perd par-dessus mon épaule.

– Il est encore là-bas, tu peux retenter ta chance.

Elle me pousse vers la porte moustiquaire, mais je tiens bon.

– Saaadie ! Tu dois passer à autre chose !

– Ça n'a rien à voir avec Garrett ! je proteste.

C'est vrai, j'ai enfin vaincu les dieux des Amours Sans Retour. Pour une fois, je ne pense même pas à lui.

– Kayla, je te promets, on a parlé, on a même flirté, simplement... il ne m'a pas plu, d'accord ? Je t'assure, je suis prête à aller de l'avant, est-ce que je suis obligée pour autant de choisir un type qui a les pieds sales ?

– Sales ? grimace-t-elle. Bah ! C'est répugnant !

– Je ne te le fais pas dire.

Poussée par une énergie subite, je regarde les gens autour de nous.

– Viens, on va danser !

Nous nous mêlons à la foule dense, et je m'abandonne tout entière au tambourinement des basses et aux rythmes entraînants de chansons que je ne connais pas. Je ne danse jamais, mais c'est différent ce soir : tout le monde se déchaîne sans retenue, sans peur du regard des autres. Des filles se trémoussent seules, les yeux fermés ; des types baraqués sautent sur la musique ; Kayla et moi nous fondons dans la masse. Personne ne sait qui je suis, et surtout, ça n'a d'importance pour personne. Cet anonymat a quelque chose de libérateur. Je tourne sur moi-même jusqu'à en avoir le vertige, puis me raccroche à Kayla, et nous rions au point que mes poumons me brûlent.

Je l'attire à l'écart le temps de reprendre mon souffle.

– Tu as vu LuAnn ou Dom quelque part ?

– Non, pas de toute la soirée.

Des mèches se sont échappées de sa queue-de-cheval habituellement tirée à quatre épingles.

– Vite ! De la place !

Je viens de repérer un coin libre sur le canapé et me jette dessus. Kayla m'emboîte le pas et nous nous calons entre un couple d'amoureux et trois filles babas cool qui font tourner une menthol.

– Je devrais peut-être appeler Oliver. C'est le royaume des Birkenstock ici...

– Tu es sûre de ne pas vouloir insister ? Il était vraiment mignon, et la crasse, ça part...

– Sûre et certaine. C'était un bon entraînement, mais on n'est pas faits l'un pour l'autre. Je ne trie même pas mes déchets ménagers.

Elle éclate de rire.

– Désolée, Sadie, je t'ai un peu forcé la main.

– Non, j'en avais besoin. Je ne peux pas rester seule dans mon coin toute la vie. Et comme ça, tu sais que tu as un vrai potentiel de mère maquerelle si la fac ne marche pas pour toi.

– Mes parents seront enchantés de l'apprendre !

D'un ton plus sérieux, elle poursuit :

– Je crois qu'une part de moi cherche à vivre par procuration, à travers toi. Vu que je n'ai jamais embrassé personne d'autre que Blake.

– Jamais ?

Je n'en crois pas mes oreilles.

– Jamais, confirme-t-elle en rougissant. On s'est mis ensemble en troisième, tu te souviens ?

– Surprenant...

Les hippies lèvent le camp, apparemment pour aller écouter

des percussions dehors, et j'en profite pour récupérer leur place, avant de préciser :

– Surprenant dans le bon sens, je veux dire. Vous avez de la chance de vous être trouvés.

Elle hoche lentement la tête, puis ramène les genoux contre sa poitrine.

– Parfois, je me demande à quoi ressemblerait la vie si ça n'avait pas été le cas.

– Comment ça ?

– Je l'aime, hein, s'empresse-t-elle de dire en jouant avec la frange d'un coussin. Mais je ne sais pas... Des fois, j'essaie d'imaginer celle que je serais sans lui.

– Un peu comme moi sans Garrett ?

– Exactement. On est heureux, Blake et moi, se justifie-t-elle à nouveau, comme si elle craignait de commettre un sacrilège. Mais j'y pense. Par exemple, est-ce que je ferais partie de l'équipe d'athlé, si les séances d'entraînement n'avaient pas été le seul soir où on pouvait sortir ensemble ? Et est-ce que je me serais fait d'autres amis ?

Je ne crois pas l'avoir jamais vue aussi pensive.

– J'adore les Lauren, Yolanda et tout le monde, seulement au départ je les fréquente surtout parce qu'on étaient toutes avec un mec de la bande.

Elle se mordille la lèvre, puis poursuit :

– Blake et moi, on a toujours tout fait ensemble. Maintenant, quand je réfléchis à la fac, j'en cherche une pour être près de lui... Bref, je m'interroge, rien de plus.

Même si je sais qu'elle ne regrette pas son histoire avec Blake, je comprends ce qu'elle ressent. Sans ma rencontre avec Garrett, à quoi ressemblerait ma vie aujourd'hui ?

– On ne nous raconte jamais ce qui arrive après « ils se marièrent et vécurent heureux... » J'ai dû ajouter une nouvelle section à mon site Internet...

Je m'interromps soudain, consciente de ma gaffe. Trop tard.

– Quel site ?

Je rougis.

– Euh... tu te souviens des listes qu'on faisait ? Sur les plus beaux couples ou nos personnages préférés de comédies romantiques ?

– Bien sûr ! On en a rempli des cahiers entiers.

– Eh bien j'ai... disons que je suis passée à la vitesse supérieure.

Convaincue d'être la fille la plus ridicule de la terre, je lui parle de ma base de données et je m'empresse d'ajouter :

– Je ne l'alimente plus. Je n'y ai pas consacré beaucoup de temps cet été, j'avais d'autres sujets de préoccupation.

– Je trouve ça adorable ! Bon d'accord, et un peu bébête.

Je me cache le visage dans les mains en grognant. Elle me secoue par l'épaule.

– Oh, Sadie, ça montre juste que tu es une romantique dans l'âme. Mais sois prudente avec ça. Les vraies relations... n'ont rien à voir avec celles des livres et des films. La vie est beaucoup plus chaotique, soupire-t-elle.

Je n'ai toujours pas trouvé de réponse quand LuAnn déboule, hors d'haleine.

– Vous êtes là ! Je vous ai cherchées partout !

– On profitait du spectacle. Et c'est plutôt chouette !

– Oui, oui.

Distraite, LuAnn jette un coup d'œil en direction des

danseurs. Le volume a encore augmenté : celui de la musique et celui des cris.

– Il se pourrait qu'on ait un problème, explique-t-elle.

Préoccupée par la dernière remarque de Kayla, je ne réagis pas sur-le-champ.

– Quel genre de problème ?

– Un qui s'appelle Dominique...

Des hurlements nous parviennent soudain de la pièce voisine. J'échange un regard avec Kayla avant de suivre LuAnn pour découvrir ce qui a provoqué un tel émoi.

– Vas-y, bébé ! s'époumonent plusieurs types. Continue comme ça !

Nous nous frayons un chemin dans la foule dense jusqu'à ce que nous apercevions la cause de leur enthousiasme : Dominique, une bouteille de tequila dans une main, se frotte contre tous les garçons dans un rayon de trois mètres. Elle s'est débarrassée de son gilet BCBG ; décoiffée et transpirante, elle pousse des gloussements hystériques.

Dominique. Hystérique.

– Qu'est-ce que... ?

Je dois me pincer pour m'assurer que mon esquimau n'était pas drogué. La Dominique que nous connaissons toutes ne se ridiculiserait jamais en public, sans parler de se prendre pour une strip-teaseuse ! Pourtant je n'hallucine pas, c'est bien elle. Et elle est complètement pétée.

– Que s'est-il passé ?

Je crie pour me faire entendre par-dessus la bande de braillards.

– Aucune idée ! répond LuAnn. J'ai dû la laisser quelque chose comme vingt minutes.

– Elle ne perd pas de temps…, observe Kayla d'un air étrangement admiratif.

– Qu'est-ce qu'on fait ?

– Je n'en sais rien, soupire LuAnn. Elle a l'âge de boire, après tout. S'assurer qu'elle ne va pas plus loin ?

– Plus loin que ça ? s'exclame Kayla.

Dominique crie alors :

– Qui a envie de boire de la tequila dans mon nombril ?

Un rugissement parcourt la foule.

Elle retire son tee-shirt.

24

LuAnn et Kayla se chargent de rhabiller Dominique, pendant que j'appelle Garrett à l'aide. Quarante minutes plus tard, pourtant, il n'est toujours pas là.

– Où es-tu ?

Je presse mon portable contre mon oreille pour l'entendre malgré le vacarme de la soirée.

– Maintenant tu as envie de me voir ! me taquine-t-il.

Je ne suis pas d'humeur, et je m'efforce de conserver mon calme.

– C'est une urgence, Garrett. On doit rentrer, Kayla et moi, sinon elle va être privée de sortie à vie !

– Je sais, je sais, s'esclaffe-t-il, comme si ma panique le réjouissait. Ne t'inquiète pas. J'ai été retenu, mais je suis en route.

– Tu me l'as déjà dit il y a un siècle !

– Calmos ! J'arrive, promet-il. Je dois juste...

– Tu sais quoi, Garrett ? Laisse tomber, je le coupe en avisant un ange gardien en jean et pull gris qui émerge des bois sombres. Josh est là. LuAnn a dû l'appeler.

– Je suis en route, je t'assure...

– Laisse tomber. À plus tard.

Je raccroche pour aller à la rencontre de Josh.

– Merci beaucoup, beaucoup, beaucoup !

Il hausse les épaules, plus nonchalant que jamais.

– Où est la reine de la soirée ?

– Elle s'est endormie, Dieu merci.

Du menton, je lui montre Dominique, à nouveau présentable. En guise d'oreiller, on lui a glissé un pull sous la tête.

– Pendant un moment, je lui raconte, elle a voulu partir en randonnée dans la forêt.

– Tu redoutes tellement l'activité physique que tu l'as assommée ? plaisante-t-il.

Je réussis à sourire.

– Tu me connais par cœur...

– Elle va bien, quand même ? demande-t-il, inquiet.

– Aucune idée... Je n'ai jamais avalé une demi-bouteille de tequila. En tout cas, merci encore d'être venu. LuAnn avait bu, elle aussi, et on doit être rentrées avant minuit.

– Pas de problème.

Comme si on ne l'avait pas tiré de son lit pour le faire venir au bout du monde.

– Où sont les autres ?

– Elles cherchent le sac de Dom et ses clés.

– On va en profiter pour l'installer dans le pick-up...

D'un coup d'œil, il évalue la situation.

– Tu préfères quoi ? me demande-t-il. Les bras ou les pieds ?

– Traîne-la par un bras, c'est ce qu'on a fait.

Nous réussissons à la faire asseoir.

– Quoi... ? grommelle-t-elle, en soulevant les paupières,

alors que nous la transportons avec délicatesse au pied des marches du perron. Ça tourne...

Je croise le regard de Josh.

– Rappelle-moi de ne jamais boire. Jamais.

Nous l'amenons jusqu'à la voiture sans la cogner plus d'une ou deux fois. La hisser sur la banquette arrière se révèle plus compliqué, mais Josh est étonnamment fort : il la soulève tout seul et l'installe sans la brusquer. Elle s'affale aussitôt et se met à ronfler. Ce serait presque mignon si de la bave ne lui coulait pas sur le menton.

– Je suis désolée, je ne me doutais pas qu'elle se lâcherait autant...

– Qu'est-ce qui est arrivé, alors ?

– Aucune idée. On aurait dit qu'elle était possédée. C'était quelqu'un d'autre, je soupire en m'appuyant au capot. D'habitude, elle ne laisse tellement rien transparaître...

– Ce sont ceux dont il faut le plus se méfier. Il y avait un génie des maths au lycée... il n'a pas prononcé un mot de l'année, jusqu'à ce qu'il siffle dix bières à une fête et se mette à beugler la valeur de pi dans toute la baraque.

– Ces matheux, on peut compter sur eux pour l'animation !

Nous attendons dans le noir ; les lumières et bruits de la soirée ne nous parviennent que par bribes estompées – ces gens ont l'air de passer le meilleur moment de leur vie.

– Rien ne s'est déroulé comme prévu ce soir...

– Pourquoi ?

– Je croyais qu'on allait s'amuser entre filles. Pas de garçons...

Je ris à ma propre bêtise avant d'ajouter :

– Et Dom a décidé de se transformer en strip-teaseuse ; moi, j'ai essayé de flirter avec un mec… Elles me répètent toutes que je dois tourner la page, j'explique.

– Et ça marche ?

– Pas vraiment. Enfin, le flirt. Tourner la page, c'est déjà fait… Pardon, je ne suis pas très claire ! La nuit a été longue.

La lumière d'un portable filtre entre les arbres, puis Kayla et LuAnn surgissent devant nous.

– Notre sauveur ! s'écrie cette dernière en se jetant sur Josh. Tu es un trésor ! Un amour ! Un petit chou !

– Oui, oui, je sais ! Sens-toi libre de me récompenser avec des massages et une dévotion infinie.

– Tu ne crois pas si bien dire. Tu nous sauves les miches, sur ce coup ! Ou plutôt, celles de ces deux mineures. Je n'ai bu que deux bières, je vais rester encore un peu, puis je ramènerai la voiture de Dom. Elle peut dormir chez toi cette nuit ?

Sa dernière question s'adresse à moi. À contrecœur, j'accepte :

– Je devrais pouvoir la faire monter en douce dans ma chambre. On attendra que ma mère soit au Pilates pour partir.

– Dans ce cas, c'est réglé ! Mesdames, j'ai passé une excellente soirée !

Un grognement nous prévient juste avant que Dominique ne se penche par la vitre baissée pour vomir.

– Il est temps de vous laisser ! s'écrie LuAnn en reculant. À plus !

Nous attendons que Dominique ait régurgité tout le contenu de son estomac, puis nous partons. Josh se gare dans notre rue à quelques minutes du couvre-feu de Kayla.

– Désolée de ne pas pouvoir t'aider, s'excuse-t-elle en descendant. Je t'appelle demain, d'accord ?

Nous la regardons remonter au pas de course les marches du perron. Toutes les lumières de sa maison sont encore allumées.

– Et toi ? demande Josh en se retournant. Comment veux-tu procéder ?

– Euh... Est-ce que tu pourrais essayer de la faire passer par la cuisine pendant que je distraie ma mère ?

– Ça marche.

Je secoue doucement Dominique, qui a la tête sur mes genoux.

– On doit rentrer, maintenant.

– Pour se coucher ? bâille-t-elle.

– Oui. Enfin, par terre. Mais tu seras bien installée, promis. Il faut juste que tu marches jusque-là.

– Vas-y, me dit Josh en ouvrant la portière arrière. Je m'occupe d'elle.

– Tu es sûr ?

À l'exception du bureau de ma mère, tout est éteint à l'intérieur. Avec un peu de chance, elle sera absorbée par un projet, ou même endormie dans son fauteuil comme ça lui arrive après une longue journée.

– Les escaliers sont juste à côté de la cuisine, je lui explique. Et ma chambre est la première dans le couloir.

– On va s'en sortir, hein, Dom ?

– Hmm...

– Tu vois ? s'écrie Josh avec un sourire. On lancera

l'offensive quand tu auras enclenché la phase un du plan et distrait ta mère.

– À vos ordres, chef ! dis-je avec un salut militaire. Synchronisation des montres ?

– Hein ?

– Tu sais bien, comme dans les films !

– Ah... Synchronisation des montres, répond-il en me retournant mon salut. Reçu cinq sur cinq !

Je le laisse mettre Dominique sur ses pieds, et m'engouffre dans la maison avec un retentissant :

– Salut, maman ! Je suis rentrée !

Je fais un détour par la cuisine pour ouvrir la porte de derrière avant de me précipiter dans son bureau sans lui laisser le temps de venir à ma rencontre. Elle travaille en écoutant la radio, tout bas.

– Pile à l'heure, comme promis !

Elle me sourit.

– Tu as passé une bonne soirée ?

– Oui. Je me suis bien amusée.

Je jette un coup d'œil dans le couloir. Josh conduit Dominique vers l'escalier. Elle trébuche et atterrit contre le mur en poussant un petit gémissement. Je bondis vers la radio pour monter le volume.

– J'adore cette chanson !

– Tu aimes les Bee Gees ?

– Bien sûr ! Les années soixante-dix sont revenues à la mode, tu sais. C'est tellement ringard que c'est cool.

– Je me rappelle l'époque où c'était simplement cool.

– Il y a cinq millions d'années ! Et toi ? Comment as-tu occupé ta soirée ?

– J'avais de la comptabilité en retard, répond-elle avec une grimace. Je repousse toujours au maximum.

– Quoi ? Tu veux dire que Madame Organisation attend la dernière minute ?

Elle s'esclaffe devant mon air faussement outré.

– Je reste humaine, chérie.

– C'est toi qui le dis !

Un nouveau coup d'œil dans le couloir. Josh est redescendu. Il lève le pouce, puis ressort par la porte de la cuisine. La voie est libre. Je libère enfin ma respiration. Ma mère dégage ses papiers sur un côté de son bureau.

– Je voulais justement te parler de quelque chose...

– Demain !

Je recule déjà ; si ça se trouve, Dominique est en train de vomir sur ma moquette.

– Je suis claquée, je me justifie. J'ai besoin de dormir.

– Entendu. Bonne nuit, ma chérie. Je suis contente que tu te sois amusée.

Je file au premier, priant les dieux de la Confiance Maternelle et des Ivrognes Obéissantes que Dominique reste discrète. Expliquer ce que fait une fille – une femme – saoule dans ma chambre exigerait des pouvoirs de persuasion bien au-dessus de mes compétences et me vaudrait sans doute une interdiction éternelle de sortie, ainsi que la lecture d'ouvrages sur l'influence néfaste du groupe sur l'individu.

J'entrouvre ma porte : assise sur mon lit, Dominique sirote un verre d'eau.

– Hé ! je murmure. Tu es réveillée.

– À peine..., grimace-t-elle. J'ai mal au crâne.

– Continue à boire, je vais installer ton lit. Le sol est plutôt confortable, tu verras.

Elle ne dit pas un mot pendant que j'arrange les oreillers et mon sac de couchage en petit nid douillet. Quand je relève la tête, je constate qu'elle a retiré ses chaussures et s'est blottie sous ma couette.

C'est moi qui vais dormir par terre...

J'éteins les lumières et cherche la bonne position pendant un moment. Pourtant une fois que, à peu près satisfaite, je m'apprête à m'abandonner à un sommeil délicieux, la voix de Dominique me parvient à travers la chambre.

– Je suis désolée. Je... j'ai tout gâché.

– Aucune importance, je soupire en roulant sur le côté. Tu te sens comment ? Il y a une corbeille à côté du lit, si tu as besoin de...

– Merci.

Après un silence, elle ajoute :

– À propos de Carlos...

Je m'empresse de la rassurer :

– Je n'en ai parlé à personne. De toute façon, je ne sais pas vraiment ce qui se passe entre vous. Et ça ne me regarde pas.

– Merci.

D'une voix légèrement étranglée, elle précise :

– Ça n'est pas sérieux.

Ignorant la réaction qu'elle espère, je ne dis rien.

– Je suis censée faire quoi ? Rester dans cette ville avec lui et servir du café jusqu'à la fin de mes jours ? demande-t-elle, l'air usée et misérable. Je n'ai pas travaillé aussi dur pour tout abandonner. J'ai des projets !

Un long silence s'étire dans le noir. Sa respiration devient de plus en plus régulière et je me tourne de l'autre côté, prête à m'endormir. Elle murmure alors :

– Mais je l'aime.

La note plaintive dans son ton continue à résonner dans mon crâne tandis que je reconnais le pas de ma mère dans l'escalier. Mon cœur s'arrête quand elle fait une pause devant la porte de ma chambre, pourtant elle pousse jusqu'à la sienne, et je libère ma respiration.

Le danger immédiat a beau être écarté, je ne trouve pas le sommeil. Mon cerveau est en ébullition : je pense à Kayla et Blake, à LuAnn et son ex, à Dominique et Carlos... et oui, aussi, à mon histoire malheureuse avec Garrett. Plus aucun bruit ne trouble le silence – à l'exception du doux ronflement de Dominique –, cependant je n'arrive pas à mettre mon esprit au repos. Quel que soit le bout par lequel je prends les choses, impossible de dépasser cette étrange contradiction : peu importent nos choix, nous avons toutes l'impression d'avoir échoué, d'une façon ou d'une autre.

Kayla culpabilise parce qu'elle planifie son futur en fonction de Blake, et Dominique pour la raison inverse. LuAnn a tout plaqué pour suivre son copain, et je sens la honte me submerger chaque fois que je songe combien, comme elle, j'ai construit ma vie autour de Garrett, sans m'en rendre compte. Et je ne parle pas des efforts pour démanteler cet aspect de mon existence, petit bout par petit bout.

Dans ces conditions, comment réussir ? D'un côté, le monde nous apprend que l'Amour avec un grand A détruit tout sur son passage et que sans lui la vie n'a pas de sens. D'un autre, il nous rebat les oreilles avec l'idée que nous ne devrions faire aucun sacrifice ou effort pour le trouver, au risque de devenir des filles faibles, asservies, désespérées et idiotes.

Mais ça n'a rien d'idiot de rêver de cette connexion entre deux êtres, et ce n'est pas parce qu'on veut partager sa vie avec quelqu'un qu'on est faible. Je n'ai pas perdu la tête à cause de Garrett – je ne gloussais pas, ne rougissais pas, ne griffonnais pas son nom partout sur mes notes de cours. Ce n'est pas aussi simple. Tout ce que j'ai fait, je croyais le faire selon ma volonté, être indépendante et adulte, mener ma barque au lycée, vivre ma vie.

Je voulais juste qu'il partage mes sentiments.

Je souffle, exténuée. Je m'étais figuré que ce serait simple, une fois parvenue au bout du programme : je ne consulterais plus mon portable de manière compulsive, je ne serais plus obsédée par l'idée de savoir où il se trouvait et avec qui. Pour autant, le problème ne disparaîtra pas maintenant que je ne suis plus amoureuse de Garrett. Je le comprends désormais. Ses racines sont plus profondes. Elles ne tiennent pas seulement à Garrett mais à celle que je suis en sa présence. En présence de n'importe qui.

Qu'arrivera-t-il avec le prochain garçon ?

Un jour, je voudrai être aimée par quelqu'un d'autre, je voudrai qu'il partage mes sentiments, exactement comme avec Garrett. Plus, même, peut-être. Et qu'est-ce qui m'empêchera, alors, de reproduire la même erreur, d'oublier celle que je suis sans m'en rendre compte, simplement parce que je rêverai désespérément de cette connexion ? Je ne peux pas compter sur le simple passage des ans pour que ça change ; LuAnn et Dominique en sont la preuve. Elles connaissent toujours cette tentation de s'oublier au profit de quelqu'un d'autre, de tout sacrifier à cette histoire. Et si elles le font, elles risquent de se perdre elles-mêmes, mais si elles ne le font pas, eh bien, c'est lui qu'elles pourraient bien perdre. Se peut-il que l'alternative soit aussi simple ? N'y aurait-il pas une voie intermédiaire, qui me permettrait de rester moi-même, dans le monde que je choisis, tout en rencontrant l'amour, aussi ? Elle doit bien exister, quand même...

Étape 12
Les vieilles habitudes sont tenaces

Vous êtes donc officiellement guérie de **lui** *– libérée des tourments amoureux, des affres de cette souffrance solitaire. Vous avez réussi. N'est-ce pas une sensation merveilleuse ?*

Mais même si vous méritez qu'on célèbre – en grande pompe, à coups de cotillons et de confettis – votre formidable réussite, soyez prudente. Le spectre de l'amour à sens unique peut frapper de nouveau n'importe quand, réduisant même les plus intrépides et indépendantes d'entre vous en épaves larmoyantes.

Ne vous laissez pas avoir. Vous avez eu la force de l'abattre la première fois, il faut avoir l'intelligence de l'éviter la seconde.

Aimer n'est pas synonyme de souffrir. Les peines de cœur ne sont ni nobles ni romantiques. Vous méritez mieux, ne l'oubliez jamais.

25

À mon réveil, je constate que Dominique s'est déjà éclipsée. Si le lit n'était pas fait au carré et si je n'avais pas une raideur dans la nuque, je pourrais douter de sa présence la nuit dernière. Je n'en reviens toujours pas qu'elle se soit déchaînée à ce point. Josh a peut-être raison, il faut se méfier des plus calmes, de ceux qui ont en réserve des années de rébellion, prêtes à s'exprimer de façon destructrice.

Ma mère m'attend dans la cuisine avec une assiette de...

– Des pancakes ? je m'étonne.

D'un bond, je m'assieds sur le plan de travail et prends la mesure du festin qu'elle a préparé : il y a du bacon, du sirop et même du jus d'oranges pressées.

– Tu veux dire que tu les as préparés toi-même ? j'insiste.

Elle éclate de rire avant de verser une nouvelle fournée de pancakes dans le plat. Les effluves de beurre et de vanille flottent dans la pièce baignée de soleil.

– À t'entendre, je suis une calamité dans une cuisine !

– Mais non ! dis-je en remplissant une assiette de ces merveilles. Bon, ça n'a jamais été ton point fort... Mmm ! C'est délicieux ! Qu'est-ce qu'on fête ?

Elle s'adosse au comptoir ; déjà vêtue d'un élégant tailleur, elle est prête pour sa journée de travail.

– Eh bien, commence-t-elle avec ce qui ressemble à de la prudence, j'ai pensé qu'on pourrait avoir cette discussion...

– Hmm-hmm ?

Je suis trop occupée à me régaler pour articuler une réponse.

– Ton père a appelé hier soir, explique-t-elle avant de pincer les lèvres. Il a une offre pour toi. Enfin, pour nous, plus exactement.

– Ah...

J'arrête de manger : ce festin a un prix, finalement. Mon père a continué à envoyer ses habituels mails expéditifs et cartes postales pendant sa tournée, pourtant, à chacun de ses appels, je ne peux m'empêcher de me rappeler qu'il a oublié mon anniversaire.

– Où est-il actuellement ?

– En Californie, pour une session de travail.

Ma mère utilise ce ton neutre, qu'elle adopte chaque fois que nous abordons la question de mon père, comme si nous parlions de la météo ou d'une émission de télé. Son bureau contient une pile de bouquins sur l'éducation postdivorce et l'importance, pour l'enfant, de conserver toute impartialité.

– Il va aller en Europe pendant deux semaines au moment des vacances de Noël, ajoute-t-elle. Et... il voudrait que tu l'accompagnes. Pour se faire pardonner ses désistements des derniers mois.

– En Europe ?

Elle hoche la tête d'un air toujours aussi impénétrable.

– Il a quelques concerts à Londres, puis Berlin, Rome… J'ai l'itinéraire précis, il me l'a envoyé par mail.

– Tu accepterais… Enfin, tu serais prête à me laisser partir ? je demande d'une voix haletante, me représentant déjà les rues pavées de Paris, la neige sur la Seine.

L'Europe !

– Si tu en as envie, alors oui, on pourrait s'arranger.

Elle s'échine à conserver sa neutralité, les mains serrées sur sa tasse de thé. Je suspends un instant mon rêve éveillé à base de macarons et de chocolat chaud.

– Tu n'as pas l'air très excitée, maman.

Elle hausse les épaules.

– Je ne trouve pas que ce soit une excellente idée de t'entasser dans ce bus avec des musiciens. En même temps… soupire-t-elle, je veux que tu passes du temps avec lui, Sadie. C'est ton père. Et s'il ne peut t'en consacrer que dans ces circonstances-là, qu'il en soit ainsi. Tu sais qu'il n'est pas souvent disponible, surtout en tournée. La décision t'appartient, ajoute-t-elle. Réfléchis bien. Prends quelques jours, on lui répondra plus tard.

– D'accord, je vais y penser.

En réalité, ma décision a été prise à la seconde où elle a prononcé le mot « Europe ». Pour quelles raisons hésiterais-je ?

– Et merci pour le petit déjeuner ! je m'écrie en attrapant un dernier pancake pour la route. Tu es la meilleure !

Je suis toujours sur mon petit nuage quand j'arrive au travail, songeant aux aventures qui m'attendent. Garrett va s'étouffer de jalousie. Il parle constamment de partir à l'étranger sur les traces des grands auteurs américains expatriés qui traînaient dans les cafés de Berlin et Paris. Il veut qu'on y aille ensemble, après le lycée ou lorsque l'un de nous fera un échange d'un semestre dans le cadre de la fac. Et c'est moi qui partirai la première.

– Tu as l'air joyeuse, observe Josh en s'appuyant au comptoir. La mission a été couronnée de succès ?

– Oui, chef. Mission accomplie, dis-je avec un salut militaire. On te doit vraiment une fière chandelle, ma mère ne s'est doutée de rien.

Le regard attiré par le zombie sur son tee-shirt rouge, je m'approche de lui. J'ai l'impression de l'avoir déjà vu quelque part.

– C'est Aiko qui l'a dessiné ?

– Oui ! répond-il en se rengorgeant. LuAnn a fini par gagner, elle s'est mise à vendre ses trucs en ligne. Tu en penses quoi ?

– J'aime beaucoup. Très chic... dans le genre horrifique.

Le carillon de la porte résonne et Dominique pénètre dans le café d'une démarche chaloupée. Sa chemise et son jean sont d'une propreté immaculée : rien ne laisse deviner qu'il y a huit heures, elle se déshabillait dans une pièce pleine d'inconnus. Elle nous double sans nous accorder un regard et s'engouffre dans le bureau.

Josh et moi nous dévisageons.

– Joker ! s'empresse-t-il de décréter.

– Hé !

– Fallait être plus rapide, rétorque-t-il avant de se diriger, en souriant, vers la porte du café. Quelqu'un doit rester en vie pour ouvrir !

Il retourne le panneau afin d'indiquer que nous sommes ouverts, et je rassemble mon courage. Quand faut y aller...

Dominique est en train de vider son casier : elle fourre de vieux emplois du temps et notes dans un sac-poubelle.

– Grand ménage de printemps ?

Je m'approche prudemment, ignorant comment agir après ses confessions d'ivrogne de la nuit dernière. Elle redresse la tête.

– Non, se contente-t-elle de répondre avant de replier un gilet et de le glisser, avec soin, dans son sac. Je démissionne.

– Quoi ?

– Je quitte le café, Sherman...

Avec un sourire las, elle ajoute :

– Je vais poursuivre mes études ailleurs. Dans l'Ouest peut-être, ou à Chicago. J'en ai fini ici.

Le café est presque désert à cette heure, pas une âme pour témoigner de cet événement incroyable, à part Josh. Elle a tellement souvent menacé de partir que personne ne pensait qu'elle passerait à l'acte.

– M... mais Carlos ? je bredouille. Qu'est-ce qu'il a dit ?

– Que voudrais-tu qu'il dise ? Je lui ai laissé un mot. Il s'en remettra.

Elle vérifie une dernière fois son casier. Elle est si impénétrable, son attitude est à la fois si travaillée et réservée que je repense à ce poème de John Donne auquel on a droit tous les ans en cours de français et qui dit qu'aucun homme n'est une île. Dominique, si. Un vaste territoire protégé par des murailles infranchissables.

– Dans ce cas, bonne chance, je lance, à court d'idées.

Elle termine de ranger ses affaires en silence, mais juste

avant de s'en aller, elle pose la main sur mon bras. Je crois que c'est le geste le plus affectueux dont elle ait jamais fait montre à mon égard.

– *Merci*[1], chuchote-t-elle.

– Pour quoi ?

– Tu as changé. Cet été, avec ton programme...

Je ne comprends pas où elle veut en venir.

– Comment ça ?

Pendant quelques instants, j'ai l'impression qu'elle va juste retirer sa main et me gratifier d'un bon mot d'un ton pince-sans-rire puis disparaître. Une fois de plus, elle me surprend.

– Je n'aime pas celle que je suis avec lui. Ce que je ressens. Hier soir...

Elle secoue la tête et conclut :

– Tu avais raison. Rien ne me force à être cette fille-là. Je peux agir.

Elle se ressaisit presque aussitôt et brandit à nouveau ses défenses : elle se redresse et jette un ultime regard autour d'elle.

– Dis aux autres... Eh bien, dis-leur ce que tu veux. Ça m'est égal.

Elle s'éloigne d'un pas décidé, et la porte se referme derrière elle avec un ding-dong définitif.

Sans Dominique pour m'aider, je dois être au four et au moulin, filant à droite et à gauche pour servir les clients. Simultanément, j'essaie de décrypter ses remarques énig-

1. En français dans le texte. (NdT.)

matiques. Quitter la ville, changer de fac, en bref fuir Carlos me semble si extrême... Encore un psychodrame de la part de l'employée la plus encline aux coups de théâtre. Ex-employée, désormais. Pourtant, j'ai beau être surprise par son départ précipité, d'une certaine façon je la comprends. La note plaintive dans sa voix hier soir, la lueur d'autodépréciation dans son regard aujourd'hui... C'est la femme qu'elle est devenue à son contact qu'elle fuit, par tous les moyens.

– J'ai prévenu LuAnn, elle fait au plus vite, m'informe Josh, qui emporte une pile de vaisselle sale dans la cuisine.

– Merci, merci, merci ! je m'écrie tout en jonglant avec trois commandes qui impliquent cinq sortes de cafés différentes.

Je lance la Bête, récite une brève prière et me tourne vers le nouveau client pour m'excuser.

– Désolée, je vais devoir vous demander de patienter quelques...

– Salut, Sadie ! La forme ?

Garrett. Avec son sourire en coin. Et ses cheveux encore assez longs pour qu'il les glisse derrière ses oreilles.

– Salut ! dis-je en reportant mon attention sur mes commandes et en essayant de me rappeler où est le lait de soja et où est le demi-écrémé. Tu peux patienter dix minutes ? On est un peu débordés, là...

– Je sais, je voulais juste m'excuser pour hier soir.

Il produit le bouquet de marguerites qu'il avait jusque-là caché dans son dos.

– J'ai été tellement absorbé par ce nouveau poème, j'ai perdu toute notion du temps...

Les fleurs, maintenues ensemble par une ficelle, ont été visiblement cueillies par lui. J'ai toujours adoré les marguerites. Je me radoucis.

– Merci, c'est adorable, Garrett. Mais je n'ai vraiment pas le temps.

Josh surgit soudain de la cuisine.

– Je me charge de la caisse pendant que tu sers les boissons ?

– Ça marche !

Nous nous lançons dans un ballet parfaitement chorégraphié, tandis que Garrett fait le pied de grue.

– Oh, avant que j'oublie...

Josh sort un CD de la poche de son jean. Dessus, il a écrit : *Pour Sadie.*

– Je t'ai fait une sélection des meilleures chansons des Thermals.

– Euh, merci, dis-je, ne sachant plus où donner de la tête. Super, j'écouterai ça plus tard.

Garrett s'éclaircit la voix ; son regard passe de Josh à moi.

– Bref..., souffle-t-il. Désolé, ce n'est sans doute pas le moment idéal.

– Pas vraiment !

Je place le lait sous le jet de vapeur pendant que Josh me tend un mug propre.

– La fille qui devait assurer le service avec moi est partie, j'explique. Et ça va bientôt être le coup de feu...

– Vous voulez de l'aide ? propose-t-il, son visage s'étant soudain éclairé.

– Non, ça va, je lance avant de lui tourner le dos. Crotte ! Le lait de soja, c'était pour le mocha ou le latte ?

– Le latte, me répond Josh.

– Oh, non !

Je vide les tasses et recommence du début, après m'être épongé le front avec mon tablier.

– Je suis sérieux, insiste Garrett, qui n'a pas bougé d'un pouce.

– À quel propos ?

– Je vais vous aider ! Je me suis occupé de la cantine tout l'été, je suis habitué.

Je marque un temps d'arrêt. Normalement, je refuserais sans hésiter, mais aujourd'hui... ? Le café est un vrai champ de bataille, la vaisselle sale s'amoncelle partout, les tables auraient besoin d'être nettoyées.

– Tu es sûr, Garrett ?

– Certain. Vous avez besoin de moi...

Il tend la main pour m'essuyer de la mousse de lait sur la joue.

– Je t'écoute ! ajoute-t-il.

– Bon... Ça n'a rien de bien passionnant, mais tu pourrais débarrasser les tables ?

– C'est comme si c'était fait ! Tu n'auras jamais vu des tables aussi propres !

Il avait raison. En tout cas, il se débrouille très bien. Il rassemble la vaisselle, la rapporte dans la cuisine, essuie les tables et nettoie jusqu'à ce que nous trouvions notre rythme, et que LuAnn vienne enfin reprendre le poste de Dominique.

– Bien, bien, bien. Qu'est-ce que je vois là ?

Adossée au comptoir, elle observe Garrett, qui s'active

près de la vitrine. Il a déniché un tablier et a jeté un torchon sur son épaule, heureux de jouer le rôle de commis pour un jour.

– Quoi ? Ah, oui. Garrett nous a proposé son aide.

– Et Josh en pense quoi ? lance-t-elle avec ironie.

– Josh ? Pourquoi ? Ça nous a bien arrangés, on avait besoin d'un coup de main.

– Tu en es bien sûre ?

Elle tend le menton en direction de Garrett, que Josh suit à la trace – il vérifie chaque table derrière lui.

– Je suis toujours touchée par cette manie qu'ont les garçons de marquer leur territoire, ricane-t-elle. Je suis surprise qu'il n'urine pas dans tous les coins, plutôt.

– LuAnn !

Je la tape avec un torchon.

– Oh, Sadie, je voulais juste dire...

– Eh bien abstiens-toi ! Surtout quand les clients peuvent t'entendre.

– Ce n'est peut-être pas le café que Josh cherche à défendre...

– Quoi ?

Son regard est chargé de sous-entendus.

– Mais non ! je m'écrie, en me sentant rougir. Pas du tout !

Je me détourne et mets de l'ordre dans les pâtisseries entreposées dans la vitrine réfrigérée.

– Tu racontes vraiment n'importe quoi, j'ajoute.

– Ah vraiment ?

– Oui. Maintenant, pourrait-on se concentrer sur ce qu'on va faire pour Dominique ?

Le départ soudain de Dominique occupe toutes les conversations au cours des jours suivants. Carlos accueille la nouvelle d'un haussement d'épaules indifférent avant de disparaître le restant de la semaine, apparemment pour écumer tous les bars de la région – Josh et Denton le ramassent dans un karaoké sordide de Boston, où il beugle sur son unique tube. Leur relation était trop secrète pour que je puisse deviner s'il avait des sentiments sincères ou s'il se servait d'elle, mais quand le vendredi je le vois passer une heure à draguer un groupe de blondes, les régalant d'anecdotes sur d'anciens festivals de musique, j'ai l'impression que Dominique a pris la bonne décision. S'il l'aimait, il aurait essayé de la retenir ou aurait au moins pris quelques jours pour faire son deuil avant de s'attaquer à la première jolie fille.

– À quoi tu penses ? me demande Josh, qui me rejoint derrière le comptoir, le samedi matin. Tu es ailleurs depuis l'ouverture.

– Oh, rien... Je réfléchissais juste au sens de la vie, de l'amour, de l'univers...

– Rien d'essentiel, alors.

Il jette un coup d'œil à Garrett, attablé près de la vitrine avec un livre et un bloc-notes – comme tous les autres jours de la semaine.

– Ce type a vraiment une fascination pour le café.

Je souris. Garrett fait un peu partie des meubles maintenant : il écrit des poèmes, discute avec les employés pendant leur pause, attendant patiemment que je vienne passer un moment avec lui.

– Il ne devrait pas poser les pieds sur les sièges, ajoute-t-il avant de donner une claque à la Bête. Tu connais Carlos.

– Tu exagères, là...

– Quoi ? Moi, je dis ça comme ça. Les clients râlent sans arrêt à ce sujet.

– Très bien, je vais lui demander de les retirer.

Josh se retourne au moment où je veux contourner le comptoir et nous nous percutons.

– Désolé...

Il semble mal à l'aise quand il réalise qu'il m'a bloquée dans un coin.

– Je... euh...

– Ce n'est rien, dis-je.

Je fais un pas de côté, mais lui aussi. Je lui souris.

– Choisis, Josh, droite ou gauche ?

– Ma gauche ou la tienne ?

– Aucune idée. On peut voter.

– Et si on arrive ex aequo ? rétorque-t-il en se forçant à retrouver son sérieux.

– Bon argument, on risque d'y rester toute la journée.

– À trois..., décide-t-il.

– Attends ! l'interromps-je, hilare. Je vais de quel côté ?

Josh finit par me prendre par les bras et me conduire de l'autre côté du comptoir.

– Là !

– Pourquoi tu ne l'as pas fait tout de suite ? je l'apostrophe en traversant le café.

– Quoi, et me priver de ce débat enrichissant ?

Je ris encore quand je rejoins Garrett.

– Tu n'es pas obligé de rester là toute la journée, tu sais. Tu dois t'ennuyer.

Je pousse ses pieds pour m'asseoir.

– Pas du tout. C'est drôle de te regarder travailler.

– Bien sûr, essuyer des tables est une activité passionnante à observer.

– Comme ça, on est ensemble. En quelque sorte.

Il tambourine de ses doigts tachés d'encre sur la table et me jette un regard timide.

– Tu sais bien que j'ai été privé de toi tout l'été.

Je lui souris. Je ne bois peut-être plus la moindre de ses paroles, mais je mentirais si je n'avouais pas que ça me fait plaisir qu'il veuille me voir – il est prêt à rester en tête à tête avec un café pour me voler cinq minutes, ici ou là.

– Alors, tu as prévu quoi pour la fin des vacances ? je lui demande. Les cours reprennent dans quelques semaines, maintenant.

– Prévoir ? me taquine-t-il. Méfie-toi, tu vas bientôt nous concocter un planning.

– Et pourquoi pas ? je proteste, gênée. On n'oubliera rien, comme ça. On devrait aller à Boston pour acheter des bouquins.

Je sors mon carnet et entame une liste. Quand je relève le nez, je constate qu'il est mort de rire.

– Quoi ?

– Rien, je croyais juste que l'ordre était l'ennemi de la créativité.

Il me pique mon stylo, puis poursuit :

– Tu vas devenir comme ta mère si tu n'es pas vigilante.

– Et ce serait si terrible que ça ?

Il rit à nouveau.

– C'est toi qui te plains d'elle depuis des années. Plusieurs dizaines, presque. Tu avais peut-être raison, tu sais. Peut-être que les extraterrestres lui ont fait subir un lavage de cerveau. Et peut-être qu'ils sont venus s'occuper de toi cet été !

– Au moins, ils sont efficaces, eux, dis-je en refermant mon carnet. Au lieu d'être étourdis et systématiquement en retard. Comme certaines personnes de ma connaissance !

– Je plaide coupable, désolé... Je te promets de ne pas te faire attendre ce soir.

– Qu'est-ce qu'il y a ce soir ?

Je lui pique un morceau de cookie.

– Je t'emmène quelque part. C'est une surprise.

Il a beau sourire jusqu'aux oreilles, j'hésite.

– Je ne sais pas, Garrett, je devais peut-être voir Kayla...

– Mais j'ai déjà tout prévu ! s'exclame-t-il avec son fameux air de chien battu. Allez, Sadie, tu vas passer un super moment, je te le garantis.

Une surprise ? Je dois le reconnaître, il a réussi à éveiller ma curiosité.

– O.K.

– Super ! Je viens te chercher à vingt heures.

26

– Pas le bleu. Trop sexy.

Les bras croisés, Kayla me surveille de près alors que je fouille dans ma garde-robe à la recherche d'une tenue pour cette grande surprise.

– Quoi ? je m'exclame en étudiant avec perplexité le tee-shirt on ne peut plus basique. C'est sexy, ça ? Depuis quand je possède des trucs sexy, moi ?

– Je dis juste que tu ne veux pas lui donner la mauvaise impression, rétorque-t-elle, les lèvres pincées.

– Bien sûr, parce que jusqu'à présent mes vêtements ont suscité en lui désir et passion.

Je m'affale sur mon lit, exaspérée.

– C'est pour ça que je n'aime pas les surprises ! On ne sait jamais comment s'habiller...

– Ça devrait t'être égal, observe-t-elle. À moins que tu n'aies encore des sentiments pour lui.

– Évidemment que non !

Je me redresse, déterminée à résoudre cette crise vestimentaire avant l'arrivée de Garrett.

– Pourquoi pas la robe rouge ? Celle que j'ai achetée à

Boston avec LuAnn ? Si elle ne sent pas trop la cigarette depuis la soirée.

– Sadie... Tu t'entends ? Tu reprends tes mauvaises habitudes !

– Quelles habitudes ?

Je me jette sur mon panier à linge sale et en sors la robe. Après l'avoir bien reniflée, je la tends à Kayla.

– Tu en dis quoi ? Je dois avoir du parfum pour couvrir l'odeur de tabac.

– Sadie !

Je soupire.

– Arrête de t'en faire, Kayla, je vais bien.

– Non, pas du tout, insiste-t-elle. Je t'ai vue papillonner autour de lui, au café.

– Papillonner ?

– Il flirte avec toi, poursuit-elle, la mine grave. Et ça marche ! Après tous nos efforts...

– Primo, il ne flirte pas, dis-je en retirant mon tee-shirt et en enfilant la robe. Et secundo, même si c'était le cas, ça ne marcherait pas.

– Qu'est-ce que tu fais d'hier, alors ? Tu as passé au moins une demi-heure à rire avec lui.

– Et ? Ce n'est pas un crime.

Je vérifie mon reflet dans le miroir.

– Ah, je vais devoir changer de soutien-gorge.

Je me mets à fouiller dans mon tiroir pour en dénicher un sans coutures.

– Écoute, Kayla, je trouve ça super que tu veilles sur moi, mais tu n'es pas obligée... Je t'assure. On est amis, d'accord ?

– Oui, et on se souvient tous très bien comment ça s'est terminé la dernière fois.

Je me tourne vers elle : elle me considère avec un air accusateur, comme si j'avais déjà commis un crime capital contre la condition féminine. Je suis sur la défensive, tout à coup.

– Tu veux que je te dise quoi, Kayla ? que je ne le verrai plus jamais ?

– Ce serait peut-être la décision la plus intelligente.

– Pourquoi ? Parce que j'apprécie sa compagnie ? Parce qu'on passe du temps ensemble ?

Je prends une inspiration pour tenter de garder mon calme.

– Écoute, je sais que tu ne l'as jamais aimé, seulement c'est mon ami et j'aimerais que tu lui lâches un peu les baskets.

– Tu veux que je reste sans rien dire alors que tu tombes à nouveau dans le panneau ? rétorque-t-elle d'une voix empreinte d'un sarcasme inhabituel. Très bien.

– Je ne tombe pas dans le panneau ! J'apprécie Garrett et je veux rester son amie, c'est vraiment trop demander ?

– Oui, Sadie, décrète-t-elle en se levant. Parce que tu voulais tourner la page. Et tu as réussi ! Tu pensais par toi-même au lieu de ressembler à un clone de Garrett.

Je la foudroie du regard, perdant définitivement mon calme.

– La vache ! Merci, Kayla. Remarque, venant de la fille qui planifie toute sa vie autour d'un garçon alors qu'elle n'a que seize ans, je ne suis pas sûre que ça vaille grand-chose !

Ses traits se durcissent.

– Pas toute ma vie, seulement mes années de fac. Contrairement à toi, je sais ce qu'est une vraie relation, je n'en reste pas aux histoires abracadabrantes qu'on voit dans les livres ou les films !

Je manque de m'étouffer.

– Tu es injuste, Kayla ! Notre relation est vraie, c'est une véritable amitié. Garrett tient à moi.

– Évidemment, dit-elle en levant les yeux au ciel. Tu as enfin cessé de lui vouer un culte, alors il cherche à te reprendre dans ses filets. Tu parles d'une amitié !

Je recule, surprise par sa virulence subite. Kayla, habituellement si enjouée et positive, crache soudain une amertume pleine de vitriol. Qu'est-ce qui lui prend ?

– Tu sais quoi ? je m'écrie. Je n'ai pas à écouter ça.

– Oh, non, surtout que tu peux l'écouter lui à la place.

Elle joint les mains et se met à battre des cils pour me singer :

– Garrett, parle-moi encore de ce livre barbant. Comment ? Tu veux que je laisse tout en plan pour te rejoindre ? Bien sûr, j'adore te suivre comme un caniche !

– Va te faire voir !

– Amuse-toi bien, Sadie. Et oui, ta robe sent aussi bon qu'un cendrier !

Elle récupère son gilet et sort en trombe, martelant les marches de son pas furibond. J'entends la porte d'entrée claquer puis j'aperçois ses cheveux blonds quand elle traverse la rue. Je m'éloigne de la fenêtre pour reprendre mon souffle.

Où a-t-elle puisé toute cette haine ?

Kayla est la dernière personne par laquelle je m'attendais à être attaquée, avec une telle méchanceté... Elle doit être jalouse. C'est ce que je me dis en troquant la robe contre un tee-shirt blanc tout simple. Oui, jalouse. Après tout, Blake est parti à la fac et avec le retour de Garrett, j'ai moins de temps à lui consacrer. Ça ne l'excuse pas pour autant !

Je me dépêche de finir de me préparer. Quand Garrett débarque, je l'attends sur les marches du perron. J'ai mis un jean et une jolie veste, et je me suis fait de belles boucles.

– Tu es superbe, Sadie ! s'écrie-t-il, me serrant déjà dans ses bras.

Il a fait un effort vestimentaire : il a rentré sa chemise dans son pantalon en velours, et il s'est peigné. Mon regard vagabonde jusqu'à la voiture rutilante garée le long du trottoir.

– Où est Vera ? Ne me dis pas qu'elle t'a lâché ?

– Non, elle va bien. Mes parents m'ont prêté leur caisse pour la soirée, explique-t-il en faisant tourner les clés autour de son index. Il risque de pleuvoir, je ne voulais pas que tu sois mouillée.

– Oh, la classe !

Je le suis jusqu'à la voiture et il se précipite pour m'ouvrir la portière côté passager.

– Tu te rappelles la fois où on s'est pris une averse de grêle ? je demande avant de m'asseoir sur le siège en cuir. J'ai cru que j'allais mourir de froid.

– Pas cette fois.

Il referme derrière moi, puis s'installe au volant.

– Ce soir, ajoute-t-il, madame a un carrosse !

Après trente minutes de route, nous arrivons à Northampton, où Garrett insiste pour me cacher les yeux. Nous laissons la voiture sur le parking puis prenons la direction de notre mystérieuse destination. Nous marchons à deux à l'heure.

– Je peux regarder ?

Il a toujours les mains sur mon visage.

– Pas encore.

Il me fait avancer.

– Mais on... aïe ! je crie en heurtant une marche.

– Désolé ! dit-il sans déplacer ses mains.

Nous descendons une volée de marches, puis il annonce :

– Maintenant, tu peux regarder ! Et voilà ! ajoute-t-il.

Je cligne des paupières. Je me trouve dans un café en sous-sol, sombre et défraîchi. Dans la lumière tamisée, je discerne de vieux canapés défoncés, et une bande d'étudiants assis autour d'une petite scène. Le parfum d'une substance pas tout à fait légale embaume l'atmosphère.

C'est ça, sa grande surprise ?

– Par ici.

Il me conduit à une table dans un coin, avec une nappe à carreaux rouges et blancs et une rose dans un soliflore ébréché.

– Soirée poésie, annonce-t-il avec un enthousiasme évident. J'en ai entendu parler par des gars du stage. Ils devraient arriver plus tard.

– Ah... super, dis-je lentement en m'asseyant sur une chaise bancale.

– Tu veux boire quelque chose ? Un Coca ?

J'accepte d'un hochement de tête et il file vers le bar, surexcité.

– Je reviens !

J'en profite pour étudier la pièce, tout en essayant de me défaire de cette sensation confuse qui me taraude depuis qu'il est passé me chercher. Je sais que je n'ai pas beaucoup d'expérience dans ce domaine – bon, d'accord, je n'en ai aucune –, mais je connais Garrett et je l'ai déjà vu à l'œuvre avec d'autres filles. La voiture, la chemise repassée, la table à l'écart...

Ça ne peut pas être un rancard, si ?

– Un Coca pour la fille aux cheveux incroyables !

Garrett s'installe sur la chaise en face de la mienne. J'avale une longue gorgée de soda en me rappelant ce qu'a dit Josh sur les nausées. Pour une raison inconnue, mon estomac s'est mis à danser la gigue tout à coup. Garrett a l'air parfaitement à l'aise, mais maintenant que je me suis mis cette idée dans la tête, impossible de penser à autre chose. A-t-il envie que ce soit un rendez-vous ? S'imagine-t-il que c'est ce dont moi, j'ai envie ?

Et la plus importante de toutes les questions : en ai-je envie ?

– Je suis content de cette soirée ensemble. Tu as été si occupée depuis mon retour, j'avais l'impression qu'on n'avait plus de temps à nous. En tête à tête, je veux dire.

Il écarte la mèche de cheveux qui lui tombe sans arrêt dans les yeux. Malgré ses efforts, il a encore quelques traces d'encre sur les doigts et son geste familier me serre le cœur. Qu'est-ce qui m'arrive ? Je réfléchis trop. Il n'y a aucun mal à être avec lui et discuter, ainsi que nous l'avons toujours fait. Je me détends.

– Moi aussi, réponds-je avec un sourire. Et j'ai plein de trucs à te raconter. Tu ne vas pas en revenir ! Tu sais ce que mon père...

– Les voilà !

Garrett bondit soudain sur ses pieds et agite le bras en direction du groupe d'étudiants qui vient d'entrer. Ils le saluent mais ne nous rejoignent pas, préférant investir un des canapés mangés par les mites.

– Je vais juste leur dire bonjour, je reviens.

Il traverse la pièce pour échanger avec eux des poignées de main et des tapes dans le dos.

Je sirote mon soda en attendant. Le café se remplit peu à peu de types en veste militaire, avec dreadlocks et/ou bouc, et de filles avec cet air dédaigneux qui accompagne souvent le duo eye-liner-piercing. Certains me jettent des regards intrigués, et j'ai le sentiment de faire particulièrement jeune dans ma tenue – je n'aurais jamais dû écouter Kayla pour la robe.

Kayla... je commence à culpabiliser à cause de notre dispute et de ce que je lui ai dit. Je n'avais pas l'intention d'être aussi cassante, mais ses paroles m'ont blessée...

Je pose les yeux sur Garrett, installé sur une chaise et en pleine conversation animée avec ses nouveaux amis. Il n'a pas du tout l'air disposé à me rejoindre. À mesure que les minutes s'écoulent, ma gêne ne fait que croître : j'ai l'impression d'être l'objet de tous les regards, assise seule. Après avoir hésité, je finis par me lever et le rejoindre. Un type en manteau de l'Armée rouge est au beau milieu d'une tirade sur Hemingway, le plus grand écrivain de tous les temps.

– Absolument, approuve Garrett avant de se laisser aller contre le dossier de sa chaise. Et sa vantardise a toujours davantage tenu du mythe que de la réalité.

– Je savais que tu dirais ça, marmonne la fille assise à côté de lui.

Elle porte un carré court très années trente, et a appliqué, avec beaucoup de soin, un épais trait d'eye-liner.

– Et on oublie évidemment que c'était un horrible misogyne, poursuit-elle sur le même ton. Qu'est-ce que vous faites des cinq femmes qu'il a abandonnées ?

Je les observe, embarrassée, jusqu'à ce que Garrett relève enfin les yeux.

– Oh, pardon ! Je vous présente mon amie Sadie.

– Salut, dis-je en agitant la main.

Ils me gratifient tous d'un mouvement de tête puis reprennent leur débat enflammé.

– Tu ne peux pas tirer un trait sur un artiste à cause de sa vie personnelle. Dans ce cas, tu fais quoi de D. H. Lawrence ou de Polanski ?

– Dieu nous garde de juger simultanément leur âme et leur œuvre artistique !

Je patiente quelques minutes supplémentaires avant de récupérer une chaise à la table la plus proche. Garrett se décale pour me faire de la place.

– Ils étaient tous en stage avec toi ? je lui demande tout bas.

– Seulement Alex et Charlotte, explique-t-il en les

désignant. Mais je les ai accompagnés à la soirée slam, il y a quinze jours, et j'ai rencontré tout le monde.

– Tu es venu en visite ? Je ne savais pas...

– Euh... non, je n'ai pas poussé jusqu'à Sherman. C'était une virée improvisée. Regarde ! ajoute-t-il en me tapotant le genou. Ça commence...

J'ouvre la bouche pour répondre, mais il tourne sa chaise vers la scène. Les lumières déjà tamisées diminuent encore, et le type au manteau militaire monte sur l'estrade.

– Bonsoir, tout le monde. Bienvenue à notre soirée expression libre. Beaucoup d'artistes veulent prendre la parole ce soir, alors commençons sans tarder et accueillons Malachi avec son poème en seize parties : *Décadence de l'être.*

Je n'en crois pas mes oreilles. Il n'est pas sérieux, si ?

Très, au contraire. Des applaudissements retentissent et un des garçons à bouc se dirige à pas lents vers la scène. Il est entièrement vêtu de noir, à l'exception du mouchoir rouge dans la poche de sa chemise.

– Merci, Logan.

Après avoir incliné la tête avec solennité, il déplie une épaisse liasse de feuilles.

– J'ai écrit ce poème après une rupture.

Il s'interrompt puis promène ses yeux plissés sur le public.

– Luna, j'espère que tu sens ma douleur.

Ma torture commence.

Au bout de seize strophes, cinq haïkus et trois odes épiques à l'amour déçu, le dernier poète quitte finalement la scène et je pousse un profond soupir de soulagement.

Mes prières aux dieux des Artistes Amateurs – et Ratés – auraient-elles enfin été entendues ?

– Pas de panique, ce n'est pas terminé ! s'exclame Logan, de retour derrière le micro pour piétiner mes espoirs de ses vieilles rangers. Nous serons de retour après une courte pause. N'hésitez pas à aller parler aux auteurs de leur travail.

Les lumières se rallument et Garrett se tourne vers moi.

– Le premier était provocateur, non ?

– Tu veux parler du poème où il imagine la mort sanglante de son ex ?

– Oui, j'ai trouvé ses images très fortes.

Le reste du groupe murmure son assentiment, à l'exception de Charlotte, bien sûr.

– C'est typique, crache-t-elle. Un nouvel exemple de torture machiste, qui réduit littéralement au silence les femmes à travers la mort.

Garrett l'ignore pour s'adresser à moi :

– Tu devrais venir lire ton travail, tu sais. J'ai hâte de découvrir ce que tu as écrit pendant l'été.

– Pas grand-chose..., je confesse. Rien du tout, même.

– Sadie ! Tu dois te discipliner, me réprimande-t-il. Je me suis levé à l'aube tous les matins et j'ai bossé une heure pour moi. Mon prof m'en a parlé, la créativité est un muscle qui se travaille, comme les autres.

Un des types agite ses dreadlocks miteuses.

– Si tu ne le prends pas au sérieux, tu ne peux pas prétendre être un véritable écrivain.

– Les vrais artistes vivent, respirent, saignent pour leur art, approuve Charlotte avec solennité.

Un ricanement m'échappe. Je tente de le masquer en toussant, mais mes talents de comédienne sont aussi convaincants que la poésie de Malachi. Ils braquent tous leur regard sur moi.

– Tu trouves ça drôle ? s'enquiert Charlotte avec arrogance.

– Eh bien, je...

Garrett me coupe aussitôt la parole.

– Sadie débute, s'excuse-t-il à ma place. Elle n'est qu'en première.

Je me fige. En me tapotant à nouveau le genou, il reprend :

– Son travail est très prometteur. Sa candidature n'a pas été retenue cette année ; sans doute l'an prochain, hein, Sadie ?

Il me lance un sourire encourageant, et je le fixe, perplexe. Le soutien de Garrett a toujours valu de l'or à mes yeux, mais je ne peux pas m'empêcher de me demander, soudain, s'il a toujours été aussi... condescendant.

Le type aux dreadlocks éclate de rire.

– Mec, j'aimerais être encore aussi jeune et naïf.

– Moi aussi ! approuve Garrett. Fais-moi confiance, Sadie, tu apprendras vite qu'il faut souffrir pour son art.

Son regard glisse vers la scène et il ajoute :

– Oh, super, ça recommence !

Ils se tournent tous vers l'estrade pour entendre la prochaine salve de poèmes, et moi, je reste pétrifiée. Je viens de réaliser quelque chose : tout ce temps où il parlait de moi – où il me parlait à moi –, Garrett ne m'a jamais vraiment regardée. Son attention est toujours flottante.

Combien de fois cela s'est-il produit ? Combien de fois suis-je restée assise à attendre pendant qu'il discutait avec quelqu'un, quelqu'un de plus important ? Un frisson glacial me parcourt la colonne vertébrale.

– Garrett..., je murmure.

Il ne bouge pas.

– Garrett.

Ma voix est plus forte cette fois, et il s'arrache au spectacle sur scène.

– Je crois que je vais y aller, j'ajoute en attrapant mon sac.

– Quoi ? se renfrogne-t-il. Mais Sadie...

– Reste si tu veux, lui dis-je sans animosité, je peux appeler ma mère pour qu'elle vienne me chercher.

Je m'esquive aussitôt et remonte la volée de marches à toute allure. La rue est éclairée par un vieux réverbère. Je ne sais pas pourquoi j'ai dû partir aussi précipitamment ; quelque chose de désagréable me démange, et je suis incapable de rester une seconde de plus dans cet endroit, avec ces gens.

– Sadie ! Attends !

Garrett descend la rue au pas de course pour me rejoindre.

– Qu'est-ce qui ne va pas ? Tu te sens bien ?

– Très bien, merci...

Il a l'air si inquiet que je ne sais plus quoi penser. Peut-être me suis-je trompée... Comme s'il lisait dans mon esprit, il s'approche et me touche le bras.

– Je suis désolé de m'être laissé distraire par eux, dit-il

d'un air penaud. Je te promets qu'on va passer le reste de la soirée en tête à tête.

– Oh... Non, tu n'as pas à...

– Bien sûr que si ! Qu'est-ce qui te ferait envie ? Tu décides.

Il accompagne sa déclaration d'un large geste théâtral du bras, avant de descendre du trottoir et de hurler, au milieu de la chaussée :

– Le monde nous appartient ! Enfin, l'ouest du Massachusetts en tout cas !

Il me fait signe de le rejoindre, mais je ne bouge pas.

– Tu es sûre que ça va, Sadie ?

– Je...

– Je vais me rattraper, je te le promets. Ce soir, et demain aussi, toute la journée, on fera ce que tu veux.

Il me décoche un de ses sourires envoûtants, puis enfonce le clou :

– Tu pourras même m'emmener voir un nouveau film d'extraterrestres. Et je ne me plaindrai pas une seule fois !

Je le dévisage, perdue. C'est ce que je voulais, non ? Qu'il me choisisse, qu'il me préfère à ses autres amis... Déjà, pourtant, cette réflexion est remplacée par une autre, qui résonne plus fort encore dans mon crâne.

Pourquoi je recommence exactement comme avant ?

Attendre qu'il me choisisse. Me montrer sensible à son charme et à l'attention qu'il me porte. Si je voulais cesser de l'aimer, si je voulais que nous soyons à égalité, c'était exactement pour cette raison : ne plus être cette fille qui espère et guette désespérément le moindre signe. J'ai consacré mon été à me débarrasser de mes sentiments, un à un, tout en essayant de protéger mon cœur tant je voulais sauvegarder notre amitié. La préserver telle qu'elle était.

C'était une illusion. Et je ne veux pas de ça. Pas si je dois me morfondre et le laisser me traiter comme la fille d'autrefois. Je suis différente, aujourd'hui.

Une sensation de calme et de sérénité coule soudain dans mes veines.

– Tu sais quoi ? Je suis claquée, Garrett. Tu pourrais simplement me raccompagner chez moi ?

Il se décompose.

– Ah bon, tu es...

– Une autre fois, peut-être, j'ajoute avec un sourire. La semaine a été longue.

– J'avais prévu de te parler de quelque chose. Je n'avais pas imaginé te le dire dans ces conditions, mais...

– Ça peut attendre ?

Je tourne déjà les talons pour regagner le parking, pourtant, avant que j'aie le temps de comprendre ce qui arrive, il couvre la distance qui nous sépare, me prend le visage et m'embrasse.

27

Ça ne peut pas être en train d'arriver.

Pétrifiée sur place, sa bouche contre la mienne, je tente d'admettre l'impossible. Garrett pose une main sur ma taille et m'attire vers lui. Sonnée et chancelante, je me laisse faire. Ses lèvres sont douces, sa peau d'une rugosité insolite contre ma joue et, l'espace d'un instant merveilleux, je m'abandonne à ce baiser.

Tout ce que j'ai attendu, toutes ces nuits blanches à imaginer ce moment précis ont conduit à ceci. Maintenant. Ici.

Le baiser s'approfondit, langoureux et délicieux. Je bouge à peine. Je respire à peine. *C'est Garrett*, me dis-je, étourdie. *C'est Garrett et il m'embrasse.* Mon cœur se gonfle d'un sentiment de victoire.

J'ai réussi à le rendre amoureux.

Il finit par s'écarter.

– Hé, souffle-t-il en coinçant une de mes boucles derrière mon oreille et en me souriant. J'en rêvais depuis toujours.

– Quoi... ?

Étourdie, je me raccroche à sa chemise et reprends :

– Enfin... pourquoi ?

Il continue à me sourire de ce sourire que j'ai espéré pendant deux longues années. Celui qui dit : « Tu es la seule fille au monde. » Celui que je l'ai vu adresser à Beth, à Julie, à une ribambelle d'autres filles et jamais à moi.

Jusqu'à aujourd'hui.

– Tu ne devines pas ?

Il ramène ses cheveux en arrière d'un geste nerveux, presque timide.

– Je t'aime, Sadie, murmure-t-il. Je crois que ça a toujours été le cas. J'étais trop bête pour m'en rendre compte. Je ne voyais pas...

Il l'a dit. Il m'aime. Je le dévisage avec incrédulité. Cependant, pour une raison inconnue, les mots dansent devant moi, hors d'atteinte, comme appartenant à une langue que je ne comprends pas parfaitement. Quelle signification donne-t-il à l'amour, d'abord ?

– Quoi ? je répète, plus fort cette fois. Qu'est-ce que tu n'as pas vu ?

– Eh bien, que tu étais aussi géniale ! s'esclaffe-t-il. Et qu'on irait super bien ensemble.

Du bout du doigt, il suit le contour de mes lèvres puis m'embrasse une nouvelle fois. Nous n'avons jamais été aussi près l'un de l'autre, je peux sentir son souffle, goûter la pointe d'amertume que le café a laissée dans sa bouche. Pour une raison étrange, pourtant, Garrett me fait soudain l'impression d'un inconnu, d'un corps étranger pressé contre le mien.

Figée sur le trottoir, j'ai une conscience suraiguë de mon environnement. Un peu plus haut dans la rue, un groupe sort d'un bar en riant ; des couples font la queue devant un restaurant italien ; au coin, un garçon aux cheveux longs et sales joue à la guitare une chanson de Jeff Buckley qui nous parvient par bribes assourdies. Et Garrett, tout contre moi, qui me paraît plus lointain que chacun d'eux.

Je recule ; la délicieuse sensation d'abandon s'éloigne déjà, remplacée par quelque chose d'autre – quelque chose de plus froid et de plus solide. Une simple question.

– Que s'est-il passé avec Rhiannon ? je demande tout bas.

– Comment ça ? rétorque-t-il en se renfrognant.

– Pourquoi vous êtes-vous séparés ?

Je fais un pas de plus en arrière sans le quitter des yeux. La brume se dissipe ; je perçois la situation avec clarté à présent.

– Il y a à peine quinze jours, tu étais amoureux d'elle. Tu disais que c'était la bonne. Et maintenant c'est moi que tu aimes ?

Il secoue la tête.

– Ça n'est pas ce que tu crois. Oui... enfin... on était ensemble, bredouille-t-il, mais quand elle a décidé de me quitter, j'ai enfin ouvert les yeux et vu ce qui était sous mon nez depuis le début.

Je souffle, envahie par la déception.

– C'est elle qui a rompu.

Depuis que je connais Garrett, il n'a presque jamais été dans cette position-là. Il garde toujours le contrôle de la situation.

La culpabilité le fait rougir.

– Non, se défend-il. Enfin, si, elle a rompu, mais je me suis rendu compte... de ce que nous partageons, toi et moi.

De ce lien spécial. Tu ne me laisses jamais tomber, Sadie. Tu es toujours là !

Débordé par son émotion, il me serre les mains et insiste :

– Tu ne vois pas ? On est faits pour être ensemble !

Je le dévisage, douloureusement frappée par ses paroles. Je ne l'ai jamais laissé tomber. J'ai toujours été là pour lui. Et il a raison : c'était le cas. Mais plus aujourd'hui.

– Je suis désolée, dis-je en retirant mes mains. Il est trop tard. Je ne peux pas.

Garrett perd aussitôt son sourire.

– Je ne comprends pas...

Bien sûr qu'il ne comprend pas.

– Tu n'es pas amoureux de moi, pas vraiment, je lui explique, prenant conscience de cette réalité à mesure que les mots franchissent mes lèvres. Tu aimes seulement l'image que je te renvoie. Celle du centre de mon univers. Parce que c'était le cas, je confesse. J'aurais fait n'importe quoi pour toi.

– Mais moi aussi ! s'écrie-t-il, troublé. Voilà pourquoi on est faits l'un pour l'autre !

– Non, Garrett.

Je mesure pour la première fois la distance incroyable qui sépare celle que j'étais et celle que je suis désormais.

– Je ne t'aime pas, je déclare avant d'ajouter : Je t'ai aimé. Je t'ai tellement aimé... Mais c'est terminé. Je ne suis plus cette fille.

– Sadie...

Il se tait alors, réduit au silence. Il ne peut rien dire.

– Ça n'est pas grave, je le rassure avec un pauvre sourire. Tu t'en remettras. Je dois y aller maintenant.

Je me hisse sur la pointe des pieds pour l'embrasser sur le front. J'éprouve un dernier pincement au cœur. Peu importe le tour qu'a pris cette histoire, Garrett aura été mon premier amour. Mon meilleur ami. Mais c'est terminé aujourd'hui. Tout est terminé. La scène dans ce café l'a prouvé. Il me considère comme une disciple lui vouant un culte, une groupie. Et je suis bien plus que ça, aujourd'hui.

– Prends soin de toi, lui dis-je avant de tourner les talons et de m'éloigner.

28

Il est très tard lorsque ma mère gare la voiture devant la maison, mais je ne me sens pas du tout fatiguée. Une étrange adrénaline m'électrise toujours, mélange de soulagement, de fierté et d'euphorie. J'ai tourné une page ce soir. Je l'ai enfin tournée, et pour de bon.

– Tu veux me raconter ce qui s'est passé ? finit-elle par me demander.

Elle a réussi à faire preuve d'un incroyable self-control pendant tout le trajet, mais elle n'y tient plus. Elle pose sur moi un regard inquiet.

– Ça va ?

– Bien, réponds-je en hochant la tête. Mieux que bien même. Très bien.

Un sourire s'immisce sur mes lèvres à ces mots.

– Ah...

Visiblement décontenancée, ma mère attend que nous soyons à l'intérieur de la maison pour aborder à nouveau le sujet. Alors qu'elle se dirige vers la cuisine pour préparer sa sempiternelle tasse de tisane, elle me demande :

– Et tout va bien avec Garrett ?

– Pas vraiment, réponds-je avec un sourire avant de poser mon sac à main sur la table. Mais c'est mieux comme ça.

Son expression interloquée me contraint à développer :

– Je ne peux pas continuer. À être amie avec lui, ou même davantage... J'ai passé trop d'années à dépendre entièrement de lui. Ça devait cesser.

– Oh, Sadie !

Ma mère vient me serrer contre elle, fort.

– Je suis fière de toi, chérie. Je sais l'importance qu'il avait pour toi.

Je rougis.

– Ne fais pas cette tête, me taquine-t-elle en retournant s'occuper de sa tisane. On ne se sépare pas facilement de quelqu'un comme ça.

Après un instant d'hésitation, je murmure :

– C'est ce qui t'est arrivé avec papa ?

Elle se redresse, surprise.

– Pas exactement, répond-elle avec prudence.

Je ne lui ai jamais demandé ce qui s'était passé, et elle semble vouloir s'assurer que j'ai volontairement mis les pieds sur ce terrain-là. À l'époque, ils m'ont fait asseoir, bien sûr, pour me servir le discours habituel : ils ne pouvaient plus vivre ensemble mais ils m'aimaient tous les deux. Je n'ai cherché à obtenir aucun détail sur leur séparation, sur ce qui avait mal tourné. Je n'ai posé aucune question et elle n'a apporté aucune explication.

Quelque chose me donne le courage de déclarer, ce soir :

– Je veux savoir.

– Tu connais ton père, tu vois bien, quand il est dans

sa musique, que plus rien au monde n'existe ? Pas même nous...

Elle verse l'eau bouillante avec précaution, une expression lointaine au visage – elle remonte le temps. Elle me tend une tasse et je la suis sur la terrasse. Elle allume les lampes et nous nous blottissons, l'une à côté de l'autre, sur le long canapé en osier, une couverture enroulée autour des jambes.

– Il venait juste de commencer les tournées, explique-t-elle. J'étais constamment seule avec toi, à attendre son retour. Mes sculptures ne me rapportaient rien, les factures s'accumulaient et... Et le moment est venu où j'ai dû prendre la décision.

Un sourire las se peint sur ses lèvres.

– La décision de divorcer ?

– Non, même pas...

Elle reste quelques secondes pensive avant de reprendre :

– Il s'agissait plus de décider si j'allais modeler nos vies autour de la sienne, ou tâcher de définir l'existence selon mes propres termes... pour toi et moi.

J'opine. Après l'été que je viens de connaître, je comprends parfaitement ce qu'elle veut dire. Moi-même, je me rends compte que je me suis pliée en quatre pour mon père, que je me suis faite toute petite pour qu'il puisse me glisser entre deux concerts ou deux tournées. En vingt ans, il n'a jamais placé rien ni personne au-dessus de sa musique, et je doute que ce soit un jour le cas.

– Je crois que tu as raison pour l'Europe, finis-je par admettre. Je n'avais pas vraiment réfléchi, pas vraiment réalisé comment ça serait. Papa répétera toute la journée, ou on sera sur la route et je... je passerai sans doute l'essentiel de mon temps à l'attendre en coulisses.

Elle m'adresse un sourire plein de regrets.

– Je suis désolée. J'aimerais qu'il en soit autrement, mais...

– Mais il est comme ça.

Mon père, Garrett et sans doute plein d'autres. Ils mènent leur barque et, finalement, je dois choisir de mener la mienne, peu importe l'attachement que j'ai pour eux.

Nous restons assises sans un mot, à écouter les grillons dans le noir, et mon euphorie se transforme peu à peu en fatigue agréable. Je romps soudain le silence :

– On a de la pâte à cookies ?

– Tu as faim ? Regarde dans le frigo, il y a des trucs à manger.

– Non, mais je dois des excuses à Kayla.

La culpabilité continue à m'étreindre, malgré l'épuisement.

– Et j'ai pensé qu'elles passeraient mieux avec des gâteaux, j'ajoute.

– Il doit y en avoir dans le congélateur. On bricolera quelque chose demain matin. Pour l'heure, au lit !

Elle me donne une petite tape sur les pieds.

– Il est tard, et tu as eu une longue journée, Sadie.

– La plus longue de ma vie...

Je ne me relève pas tout de suite, pourtant.

– Merci, je souffle. Pour tout.

– Tu n'as pas à me remercier.

Le lendemain matin, je me tire du lit aux aurores pour préparer deux douzaines de cookies avec la pâte instantanée rangée dans le congélateur. Je les parsème de M&M's, à l'aide desquels j'écris : *Désolée.* Je les dépose sur le paillasson des parents de Kayla avec le DVD d'un documentaire, *Grey Gardens*, et vingt sachets d'étoiles dorées.

– C'est ta façon de dire que j'avais raison au sujet de Garrett ?

Kayla ouvre la porte au moment où j'arrange un biscuit. Je relève la tête.

– Oui, j'avoue, piteuse. J'ai failli retomber dans le panneau. Tu l'avais vu venir.

– Je suis plus maligne que j'en ai l'air...

Elle croque dans un cookie, puis ajoute :

– Ma grande sagesse est souvent sous-estimée.

J'éclate de rire et elle me jette un regard noir.

– Désolée, je marmonne. Et désolée pour ce que j'ai dit au sujet de Blake et toi. Je n'aurais pas dû être aussi méchante.

– Tu sais que tu peux vraiment avoir l'air honteuse quand tu veux ?

– C'est un don.

Elle finit par se dérider.

– Bon, d'accord, viens ici !

Elle me prend dans ses bras.

– Attention ! je m'écrie en évitant de justesse de mettre le pied dans l'assiette de cookies.

– Oups !

Elle sourit, puis s'installe sur les marches du perron – elle porte un pyjama avec des pingouins. Je m'assieds à côté d'elle et goûte un de mes cookies.

– Je suis désolée, moi aussi, reprend-elle. J'ai été vraiment peste. Je ne supportais pas de te voir à nouveau à sa botte.

– Moi non plus.

– Alors, qu'est-ce qui t'a fait réaliser qu'il n'était pas ton âme sœur ? demande-t-elle d'un ton plus enjoué. Le côté mollasson ? Prétentieux ? Ses cheveux ?

– Tout ça à la fois. En plus de sa déclaration d'amour.

– Quoi ?

Kayla manque de s'étouffer avec un M&M's.

– Je te raconterai tout plus tard. Dans l'immédiat, j'aimerais parler d'autre chose que Garrett. J'ai l'impression d'avoir passé trop de temps à ne penser qu'à lui. Disons juste, pour le moment, que l'affaire est classée.

– Alléluia !

Kayla prend un deuxième cookie, puis demande :

– Et maintenant ?

– Je ne sais pas. Je vais sans doute bosser jusqu'à la fin de l'été. Puis le lycée.

– La vache, contiens un peu ton enthousiasme !

– Tu as des suggestions ?

– Je ne sais pas, moi. Quelques après-midi au bord du lac, des soirées... Oh, et prendre la route ensemble ! s'exclame-t-elle. Le centre aéré ferme à la fin de la semaine prochaine, je serai libre ! Fauchée, mais libre.

– Tu devrais venir bosser au Café In, je suggère en prenant un autre cookie. On a besoin de quelqu'un maintenant que Dominique s'est enfuie. Je continuerai à faire quelques heures là-bas à la rentrée, on pourrait bosser ensemble. Je te recommanderai.

– Tu crois vraiment qu'ils m'engageraient ? Ce serait dément ! Si je dois encore essuyer derrière un mioche, je risque d'inventer un moyen de recycler les vieux bouchons de liège...

J'éclate de rire.

– Tu devras quand même essuyer, là-bas. Mais pas d'urine, promis ! Et Carlos a constamment la gueule de bois, il dira oui... si on lui demande assez fort.

Elle applaudit à deux mains.

– Je suis contente ! Bon, j'ai un déjeuner de famille avec ma tante June aujourd'hui, mais on se voit ce soir ? Je pourrais appeler les filles et leur proposer une soirée DVD.

– Super idée.

À cet instant précis, le ronronnement d'un moteur familier me parvient. Jetant un coup d'œil par-dessus mon épaule, Kayla affiche un petit sourire malicieux.

– Mais qui vois-je ?

– Quoi ?

Le pick-up boueux de Josh vient de se garer devant chez moi. Il descend et nous salue d'un signe de tête avant de rabattre sa casquette, gêné.

– Qu'est-ce qu'il fait là ? je murmure.

– À ton avis ? se moque Kayla. Vas-y !

Elle me chasse déjà.

– Tu as intérêt à tout me raconter ! ajoute-t-elle.

– Kayla...

– Tout !

Elle se lève et disparaît à l'intérieur, me forçant à le rejoindre.

Je prends une profonde inspiration, en proie à une nervosité inexplicable.

– Salut, Josh ! Ça va ?

– Désolé de débarquer comme ça, mais tu ne répondais pas au téléphone, dit-il en passant une main dans ses cheveux, qu'il ébouriffe encore plus.

Son tee-shirt rouge avec le zombie fait ressortir son bronzage, et son regard, brillant, trahit un certain embarras.

– Je vais au lac, et je voulais te proposer... de m'accompagner.

Il relève la tête sur ces derniers mots et ses yeux croisent les miens. Ce que j'y lis n'a rien de platonique. Un frisson d'excitation me parcourt.

– Tu veux dire... comme un rancard ? je hasarde, prise du besoin subit de savoir à quoi je m'engage.

Finis, les accords tacites et les limites floues. J'ai besoin de clarté une bonne fois pour toutes.

– Peut-être, hasarde-t-il à son tour, alors qu'un sourire point sur son visage. Si tu en as envie. Sinon, ça pourrait juste être rancard-ien.

– Ou rancard-esque, j'ajoute en me détendant.

– Un quasi-rancard, convient-il.

Nous échangeons un sourire gêné, et je me décide.

– Oui, je suis partante, mais... tu peux m'attendre cinq minutes ? Le temps que j'aille chercher des affaires ?

– Bien sûr. Prends tout le temps nécessaire.

Je me précipite chez moi et monte les marches de l'escalier quatre à quatre. Je remplis mon sac de plage en deux minutes chrono. Baskets, écran solaire, iPod pour le trajet...

Il ne me reste plus qu'une chose à faire. Je m'installe devant mon ordinateur. En quelques clics, il apparaît sur l'écran : mon site Internet, répertoriant toutes les histoires d'amour parfaites, tous les couples les plus romantiques.

Des années de travail. Une vie entière de rêve. Le sanctuaire d'une chose qui, je le sais aujourd'hui, n'existe pas... pas dans la vraie vie. En tout cas pas de façon aussi évidente. Kayla a raison : le véritable amour est beaucoup plus chaotique... et peut-être bien beaucoup plus amusant, aussi.

Un dernier clic et j'entre mon mot de passe. Une fenêtre apparaît.

Êtes-vous sûr de vouloir effacer la base de données ?

Je presse la touche « entrée » sans la moindre hésitation et dévale l'escalier, pour sortir profiter du soleil.

Remerciements

Un immense merci à tous ceux qui travaillent si dur pour concrétiser mes livres : Kayla, Liz, Tracy, Jenny, et l'équipe de Candlewick ; Mara et l'équipe de Walker ; Rosemary Stimola, Tyler Ruggeri et Elisabeth Donnelly.

D'autres titres

Wiz
Albin Michel

Judy BLUNDELL, *Double jeu*
Meg CABOT, *Irrésistible ! L'Intégrale*
Meg CABOT, *Ready to Rock !*
Elizabeth CRAFT et Sarah FAIN, *Comme des sœurs*
Elizabeth CRAFT et Sarah FAIN, *Amies pour la vie*
Cath CROWLEY, *Graffiti Moon*
Sharon DOGAR, *Si tu m'entends*
Stephen EMOND, *Entre toi et moi*
Norma FOX MAZER, *Le Courage du papillon*
Gregory GALLOWAY, *La Disparition d'Anastasia Cayne*
Anna GODBERSEN, *Tout ce qui brille*
Anna GODBERSEN, *Une saison à Long Island*
Anna GODBERSEN, *Un baiser pour la nuit*
Kristin HALBROOK, *Rien que nous*
Jenny HAN, *L'Été où je suis devenue jolie*
Jenny HAN, *L'Été où je t'ai retrouvé*
Jenny HAN, *L'Été devant nous*
Mandy HUBBARD, *Prada & Préjugés*
Alice KUIPERS, *Deux filles sur le toit*
Sarah MLYNOWSKI, *Parle-moi !*
Sarah MLYNOWSKI, *2 filles + 3 garçons – les parents = 10 choses que nous n'aurions pas dû faire*
Jan Henrik NIELSEN, *Automne*
Joyce Carol OATES, *Un endroit où se cacher*
Joyce Carol OATES, *Ce que j'ai oublié de te dire*
Joanna PHILBIN, *Manhattan Girls*
Joanna PHILBIN, *Manhattan Girls, Les filles relèvent le défi*
Joanna PHILBIN, *Manhattan Girls, En mode VIP*
Yvonne PRINZ, *Princesse Vinyle*
William RICHTER, *Dark Eyes*
Meg ROSOFF, *Maintenant, c'est ma vie*
Meg ROSOFF, *La Balade de Pell Ridley*

Rinsai ROSSETTI, *L'Envol*
Polly SHULMAN, *La fille qui voulait être Jane Austen*
Victoria STRAUSS, *Bleu Passion*
Gabrielle ZEVIN, *Une vie ailleurs*
Gabrielle ZEVIN, *Je ne sais plus pourquoi je t'aime*
Gabrielle ZEVIN, *La Mafia du chocolat*
Gabrielle ZEVIN, *La Fille du parrain*

www.wiz.fr
Logo Wiz : Laurent Besson

Composition Nord Compo
Impression CPI Bussière en avril 2014
à Saint-Amand-Montrond (Cher)
Éditions Albin Michel
22, rue Huyghens, 75014 Paris
ISBN : 978-2-226-25526-6
ISSN : 1637-0236
N° d'édition : 20310/01. – N° d'impression : 2008901.
Dépôt légal : mai 2014.
Loi n° 49-956 du 16 juillet 1949 sur les publications destinées à la jeunesse.